# 二人の誘拐者

翔田 寛

小学館

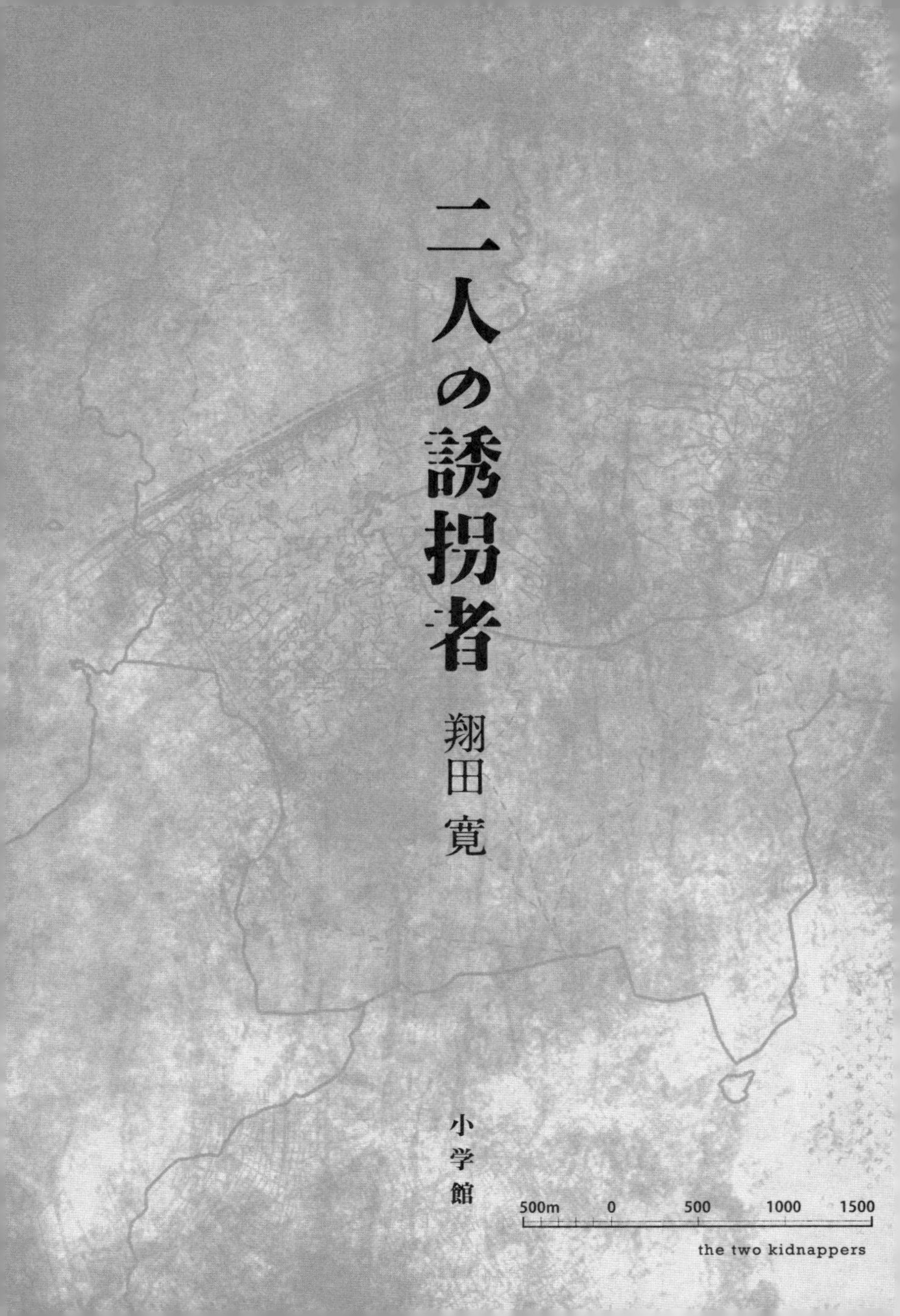


the two kidnappers

目次

装丁　舘山一大

# 二人の誘拐者

# プロローグ

平成二十五年八月二十一日付、駿河《するが》日報第十四版社会面

誘拐事件の身代金奪われる

二十日、静岡県警は清水市在住の正岡聡子ちゃん（12）が誘拐されたことを発表した。聡子ちゃんは十三日午前中に自宅から姿を消し、翌十四日、身代金を要求する脅迫状が郵送されてきた。静岡県警は十三日に報道各社に報道協定の申し入れを行い、営利誘拐事件として非公開捜査を開始していた。しかし、警察の厳重な警戒にもかかわらず、身代金が何者かに奪取され、被害者に極めて憂慮すべき身体的不調があることから、県警本部は公開捜査に踏み切った。

＊

無数の波しぶきが、煌《きら》めく光のように輝いている。

体が一メートルも持ち上がった瞬間、吸い込まれるように一メートル下方に落下する。ふいにまた、全身が跳ね上がった。

絶え間ないその繰り返しの中で、青空、樹木の緑、水面の眩《まぶ》しい銀色の反射など、色鮮やかな光景が目まぐるしく視界に飛び込んでくる。周囲の景色が後方に走り去り、白い波頭の水流と灰褐色の岩場が、瞬く間に眼前に迫ってくる。

黄色い大型ゴムボートが、碧《あお》い奔流に翻弄されるたびに、赤いライフジャケットに青いヘルメット姿の人々がパドルを漕《こ》ぎながら、いっせいに歓声を上げる。

その雄叫《おたけ》びの中に、児玉健太《こだまけんた》の甲高い笑い声も響いている。児玉精一郎《せいいちろう》はゴムボートの右側に座り込んで孫の手を握り、もう一方の手でゴムボートの安全ロープを摑《つか》んでいた。

渓流をゴムボートで下る《ラフティング》に行きたいと言い出したのは、健太だった。三日前、浜松の自宅で晩御飯を食べながら、テレビでローカルニュースを見ていたとき、天竜川《てんりゅうがわ》を大きなゴムボートで下る観光客たちの様子が映し出されたのである。それを目にして、箸を止めたまま、夢中になってしまったのだ。父親がシンガポールへ単身赴任しており、夏休みだというのに、小学校のプール教室に通うだけで、どこへも遊びに連れていってもらえない一人っ子の孫を、精一郎は喜ばせてやりたいと思わずにはいられなかった。

《健太、おじいちゃんと一緒に川下りをするか》

そのとき、ビールの入ったグラスを手にしたまま、精一郎は言った。

《うん》

茶碗《ちゃわん》と箸を握り締めたまま、健太が嬉《うれ》しそうにうなずいた。

《お義父《とう》さん、そんなことして大丈夫なんですか》

食卓の向かい側に着いていた身重《みおも》の嫁の真理子《まりこ》は、ひどく心配そうな口調だった。

《心配ないさ。いまのニュースでも、子供だって参加していたじゃないか》

彼女の反対を押し切り、今朝、精一郎は愛車の黄色いフォルクスワーゲン・ビートルを飛ばして、気田川《けたがわ》の《ラフティング》へ健太を連れてきたのである。

「おじいちゃん、すっごく速いね」

ゴムボートの真ん中に座っている健太が、風切り音に負けじと大声で言った。

「ああ、遊園地のジェットコースターなみだな」

精一郎も笑いながら言い返す。昨日降った大雨のせいだろう、流れがかなり急だった。

「あっ、おじいちゃん、あれ見て、でっかい岩があるよ」

健太の大声で我に返った精一郎は、ゴムボートの舳先《へさき》の方向を見た。

川幅の広い流れが、左へ大きく蛇行している。その右側の川岸の突端に、大人の背丈ほどの岩が屹立《きつりつ》していた。その巨岩が見る間に近づいてくる。目の前の景色が激しくぶれて、胃のあたりを力いっぱいに摑まれたような不快な感覚に襲われた。

このままで大丈夫なのか——

咄嗟《とっさ》に気になり、精一郎はゴムボートの後方のインストラクターへ顔を向けた。真っ黒に日焼けした髪の短いインストラクターの青年は、懸命にパドルを漕いでいるものの、明らかに焦りに満ちた顔つきになっていた。

「あの岩にぶつかるんじゃない」

「やばいよ」

乗り合わせている大人の男女が、口々に声を上げた。

「みなさん、絶対に安全ロープから手を離さないでください」

インストラクターが大声で叫んだ。

次の瞬間、予想以上の激しい衝撃とともにゴムボートが岩に直撃し、ひしゃげるように折れ曲がった。精一郎が握っていた健太の手が離れたのは、あっという間の出来事だった。

折れ曲がったゴムボートが反動で元に戻ると、冷たい水がどっと流れ込んできた。気付くと、孫の姿がゴムボートのどこにもなかった。

「健太、どこだ――」

水を搔《か》き出している大人たちの中で、精一郎は声を張り上げて、慌てて周囲を見回した。

「あそこに流されているわ」

若い女性が叫んだ。

精一郎が目を向けると、十メートルほど離れた流れの中に健太の姿があった。

碧く透き通った水流に、小さな体が翻弄されている。

ライフジャケットを身に着けているものの、岩に激突すれば怪我《けが》を負いかねない。

当たり所が悪ければ、命にもかかわる。

飛び込んで助けよう――

精一郎が胸一杯に息を吸ったとき、インストラクターの青年が立ち上がり、川に身を躍らせた。

そのとき、若い女性が絶叫した。

「富山《とみやま》さん――」

# 第一章

## 1

安倍川《あべかわ》沿いの県道二九号線に、二台の中型オートバイの軽快な排気音が谺《こだま》している。

足立洋二《あだちようじ》は、同じ大学の宮島志郎《みやじましろう》と前後になって、カーブが連続し、陽炎《かげろう》の立つ道路をオートバイの車体を右へ左へと巧みに傾けながら走行していた。

県道の両側は、濃緑に覆《おお》い尽くされた山並みが、はるか彼方《かなた》まで続いている。足立は黒いフルフェイスのヘルメット越しに、素早く上空を見上げた。令和五年八月五日の蒼穹《そうきゅう》に、純白に輝く巨大な入道雲が立ち上っていた。夏休みのせいか、足立たちのオートバイの前後を、かなりの数のセダンやSUVが走行している。

二人が向かっているのは、県北にある梅ヶ島《うめがしま》温泉だった。硫黄泉《いおうせん》の熱い湯にゆっくりと浸《つ》かり、美味《うま》い料理で地酒をやる。それが彼らのツーリングの目的なのだ。途中、県道から脇道へ入った先にあるという廃村を訪れる予定にもなっていた。

葵区《あおいく》入島《にゅうじま》という地点で、二台のオートバイは狭い脇道へ入った。両側を雑木林に挟まれた、落ち葉に覆われた土の道で、オートバイの走行に適しているとは言い難《がた》いものの、その分だけスリルが増す。体に感じる振動が凄《すさ》まじい。汗ばんだ体に風が爽快だ。

二十分ほど走ると、上空を天蓋《てんがい》のように覆っていた周囲の木立《こだち》が途切れて、眩しい陽射《ひざ》しに照らされた焦げ茶色の家屋の残骸《ざんがい》が見えてきた。

廃屋手前の小さな広場のような場所で、足立はオートバイを停《と》めた。エンジンを切り、ヘルメットを脱いだ途端に、蟬《せみ》の大合唱が耳を聾《ろう》する。宮島もすぐ横に停車させた。

「おい、本当にこの廃村なのかよ」

真っ赤なフルフェイスのヘルメットを脱いだ宮島が、手の甲で額の汗を拭いながら言った。

「ああ、昨日の晩、念のためにネットでもう一回確認したから、ここで間違いない」

乱れた前髪を整えながら、足立は答えた。

世の中には、物好きがいるものである。各地の廃村を訪れ、朽《く》ちかけた家々の写真や動画を撮影し、面白おかしいナレーションまで付けて、インターネット上にアップする連中がいるのだ。この廃村は、かつては天竺村《てんじくむら》と呼ばれていたらしい。偶然、その探訪記を目にした足立は、俄然《がぜん》興味を掻き立てられ、気乗りしない宮島を強引に誘ったのだった。

「ともかく、探検してみようぜ」

ヘルメットのストラップをハンドルに掛けて、足立はオートバイから降りると、村の中へ向かって歩き出した。後から宮島も続いてくる。

二人の汗ばんだ体に、たちまち羽虫が纏《まと》わりつく。瓦がすべて落ちた、屋根が傾いた土壁の民家。蔦《つた》に埋もれた木造の物置小屋。傾いた墓石群。どれも苔《こけ》むしているか、泥を吹きかけられたように薄茶色に染まっていた。

「宮島、もしもここで、ゾンビの大群が現れたら、どうする」

足立がふざけて言うと、宮島は嫌そうな表情を浮かべた。

「やめろよ。俺はホラーが大嫌いなんだから」

目の前に民家と思われる廃屋があった。その斜向《はすむ》かいにあるのは納屋《なや》らしき建物で、この二棟が肩を寄せ合う形で傾《かし》いでいる。

その二棟を迂回《うかい》したとき、かろうじて崩れ落ちていない一軒の家が、目に飛び込んできた。

足立は宮島とともに、太い梁《はり》がかすかに歪《ゆが》んだ薄暗い家の中を、開けっ放しの縁側から覗《のぞ》き込んだ。埃《ほこり》と黴《かび》の饐《す》えた臭いが、ムッと鼻を突く。泥だらけの食器や古めかしい籐椅子《とういす》、脚の折れたちゃぶ台も転がっている。雨水に濡《ぬ》れて膨らんだ古い雑誌が何冊も放置されていた。

二人は慎重に家の中へ入り込んだ。歩くたびに、板張りの床が軋《きし》む。窓ガラスはすべて割れていて、雨戸もない。破れた天井から差し込む陽光の筋が、空中を輝きながら舞う微細な埃を映し出している。

そのとき、どこかで板が割れるような大きな音が響いた。

「おい、足立、こっちに来てくれ」

いつの間にか別の部屋に入っていた宮島が、叫んでいる。声に、ひどく切迫した響きが籠《こも》っていた。

「いったい何だ」

足立は、宮島のいる部屋へ足を踏み入れた。四畳半ほどの狭い空間で、窓はなく、家具一つない。天井が壊れていて、隙間《すきま》から眩しい陽光が差し込んでいた。割れた板戸が半分開いた押し入れの前に、宮島がこちらに背中を向けて立ち尽くしている。

「どうしたんだよ」

笑いながら、その肩に手を掛けた。

振り返った宮島の顔が、真《ま》っ蒼《さお》になっていた。無言のまま、押し入れの下の方を指差している。

「下手な芝居はやめろ――」

言いながら、足立は押し入れの下段を見やった。

瞬間、言葉を失う。

薄暗い下段に、白骨化した人間の遺体が転がっていた。

## 2

シルバー・メタリックのホンダ・ヴェゼルの助手席で、日下《くさか》悟《さとる》警部補は車の揺れに身を任せたまま、眩しい陽射しを浴びた周囲の山並みに目を向けていた。

安倍川を挟むようにして、県道の両側に緑一色に覆われた景色が、見はるかす彼方まで続いている。覆面パトカーのハンドルを握っているのは、部下の水谷良司《みずたにりようじ》巡査である。後方から、鑑識課員たちの乗った白いワゴン車が追走している。

日下が所属する静岡中央警察署に、県警本部の通信指令センターから対応指令が入ったのは、三十分ほど前だった。管轄となっている葵区入島地区で、人骨を発見したという一般人からの通報が入ったのだ。

前の配属先だった浜松中央署から、日下が静岡中央署へ異動になったのは、この四月のことである。

「係長、入島で脇道へ入ったあたりでしたら、周囲に人の住む民家もない山の中ですよ」

顔を正面に向けたまま、水谷が言った。剛毛を七三に分けた髪型、日焼けした面長の顔、眉が濃く目鼻の大きい顔立ちだ。高校と大学を通じて野球部のレギュラー選手だったというだけあって、がっちりとした体つきが、分厚い胸板や半袖ワイシャツから伸びた太い腕から感じられる。

「ああ、そうだろうな。一度、家族で梅ヶ島温泉に行ったときに、車で近くを通りかかったよ」

日下はうなずいた。短く刈り込んだ髪に、銀縁眼鏡を掛けた五十路《いそじ》前半の、目の大きい厳《いか》つい顔立ちである。日下も、上着を脱いだ半袖のワイシャツ姿になっている。

「へえー、係長も梅ヶ島温泉に行かれたことがあるんですか」

「あの温泉が、どうかしたのか」

「私はあそこの出身なんですよ。実家は宿屋をやっています。家業を継げって、親父《おやじ》がうるさくて困りますよ」

「そうだったのか。あの温泉は周囲を山に囲まれているし、滝もあるし、風情《ふぜい》があるよな」

二人は話しているうちに、通報のあった地点へ向かう脇道に差し掛かった。水谷がハンドルを大きく切り、狭い未舗装の道に車を乗り入れた。後方から鑑識課員たちのワゴン車も続く。

二十分ほど走行すると、崩れかけた民家の群れが見えてきた。そのくすんだ廃墟《はいきょ》の前に、ひどく場違いな感じで、カラフルな二台のオートバイが停められており、ヘルメットを抱えた二人の若い男性が立っていた。

覆面パトカーが停車すると、日下は車から出た。途端に、うるさいほどの蝉の鳴き声が耳朶《じだ》に押し寄せてきた。刺すような陽射しに晒《さら》され、蒸し暑い熱気に全身が包まれる。腕時計に目をやる。午後三時二十三分。

運転席側から、水谷も降り立った。二人はすぐにフェルト地の《捜査》の腕章を安全ピンで袖に取り付けた。後続のワゴン車も停車して青い制服姿の三人の鑑識課員たちが、ジュラルミン製の大型ケースを肩に掛けたまま降りてきた。

水谷とともに、日下は二人の若者たちに歩み寄りながら声をかけた。

「警察に通報したのは、あなたたちですか」

「はい、そうです」

眩しげに顔をしかめたまま二人揃《そろ》ってうなずき、一人が答えた。

「静岡県警の日下です」

「同じく水谷です」

ともに警察のストラップの付いた身分証明書を提示すると、日下は続けた。

「学生さんですか」

「ええ、駿州《すんしゅう》大人文社会学部の三年です」

「お名前は?」

「足立洋二です」

黒いTシャツにジーンズというなりで、かなり背が高く、整った顔立ちをしている。

「宮島志郎です」

青いTシャツに、同じような恰好《かっこう》だが、足立よりも少し小柄で、丸顔に眼鏡を掛けていた。二人のオートバイの座席に取り付けられたシートバッグの上に、革ジャンがゴムネットで固定されている。ツーリングの途中で、暑くて脱いだのだろう。

「どこですか。人の遺体を発見したというのは」

「あの傾いた納屋の向こう側に建っている家の中です。納戸《なんど》のような狭い部屋に押し入れがあって、その下の段で見つけました」

日下と水谷の背後を指差して、足立が怯《おび》えたような顔つきで言った。

日下たちが指差された方に顔を向けると、二十メートルほど先に、傾きかけた木造の納屋らしきものが見えた。周囲にある三棟の大きな民家は、どれも屋根が傾いている。

「いまから現場を確認しますので、もうしばらく、こちらで待っていてください。後ほど、お二人から発見の経緯を詳しくお聞きしたいので」

言うと、日下は水谷とともに歩き出した。三名の鑑識課員たちも後から続く。踏みしめる黒っぽい地面は、驚くほど柔らかい感触だった。落ち葉が夥《おびただ》しく堆積しているのだ。倒壊しかけている廃屋と、そこに寄りかかる形の納屋を迂回すると、一軒の小さな家が目に飛び込んできた。

「あれですね」

水谷が言った。

日下はうなずき、ズボンの後ろポケットから白手袋を取り出して両手に嵌《は》める。水谷も同じようにした。家に近づくと、鼻先にはっきりと異臭を感じた。埃。黴。腐った材木。湿った土。植物の濃厚な青臭さも混じっている。

足元に十分に用心しながら、五人は開けっ放しの縁側から薄暗い家の中へ入り込んだ。内部は予想した以上に荒れていた。長い年月、人が住んでいなかったことと、窓ガラスが割れて砂礫《されき》を含んだ風雨が入り込んだせいだろう。そこに夥しい箇所の雨漏りも重なり、部屋中が泥まみれになっている。

「柱や壁に、うっかり寄りかからない方がいいぞ。家が倒壊しかねない」

日下が言うと、水谷と鑑識課員たちが、真剣な顔つきでうなずく。

納戸のある場所は、すぐに分かった。足立が話していたとおり、押し入れの薄暗い下段に白骨化した遺体があった。両脚を曲げて、うずくまるように横たわっていた。上半身の半袖の服も、下半身のジーンズと思《おぼ》しきズボンも、すっかり黄土色に変色し劣化している。色褪《いろあ》せたスニーカーを履いたままだった。小さな頭蓋骨や靴のサイズからして、子供のものと思われた。

水谷もしゃがみ込むと、日下はその遺体に両手を合わせた。

屈《かが》み込むと、日下はその遺体に両手を合わせた。

「自然死ですかね」

「分からんな。ただし、相当に古い遺体のような気がする」

「古いとは、どれくらいですか」

「最低でも一年か二年、――あるいは、もっと古いかもしれん」

遺体を子細に確認し、押し入れの上段や、狭い部屋の中を丹念に検《あらた》めたものの、目を引く発見はなかった。遺体が置かれていた押し入れのような空間は、前面を厚い板戸で覆われていたらしく、その板戸が二つに割れた状態で、床に放置されていた。板はかなり古い感じだったが、割れ目は真新しかった。

「遺体と周囲の鑑識をお願いします」

鑑識課員たちに場所を譲り、日下は言った。

「了解しました」

ストロボ付きの一眼レフ・カメラを手にした鑑識課のキャップが、緊張気味に答える。

日下と水谷は、現場を荒らさないように気を付けながら、家の中も隈《くま》なく見て回った。茶の間、寝所、台所、風呂場、便所。しかし、発見者の二人の足跡以外に、新しい痕跡や目を引くものは何もなかった。

廃屋から出ると、日下たちは手袋を外して、大学生たちのもとへ取って返した。改めて二人の氏名、年齢、現住所、電話番号などを確認すると、日下は言った。

「あの遺体を発見した経緯を、最初から詳しく説明していただけますか」

足立と宮島が顔を見合わせ、宮島がおもむろに口を開いた。

「僕らは、ツーリングで梅ヶ島温泉に向かう途中、この廃村に立ち寄ったんです」

「ここへ到着したのは、何時頃ですか」

「たぶん、午後二時前くらいだったと思います」

「ここへ来ることは、最初からの計画だったんですか」

「ええ、最初から決めていました」

「どうして、こんな場所に立ち寄ったんですか。観光地ってわけでもないし。だいいち、廃屋といえども、勝手に入り込んだりしたら、法律上は不法侵入ですよ。大学生なら、それくらい知っているでしょう」

日下の言葉に、今度は足立が小さく頭を下げて言った。

「すみませんでした。実は、二年ほど前からネット上に、この廃村について奇妙な噂《うわさ》が拡散していて、それが気になって」

「奇妙な噂？」

「ええ、この廃村――昔は天竺村と呼ばれていたんだそうですが、このあたりで子供の泣き声が聞こえるっていう噂です。何人もの《廃村マニア》がブログに探訪記の写真や動画をアップしていて、それを僕がたまたま目にして、宮島のことを誘ったんです」

日下は驚いて、水谷と顔を見合わせた。

「与太話に決まっていますよ」

水谷が顔をしかめ、即座に言う。

すると、足立がすぐに口を開いた。

「僕だって、当然そう思いましたよ。だけど、ある探訪記に、気になる内容があったんです。三年ほど前、地元の住民がこのあたりで、不審な人影を二、三度見かけたと証言したっていう。――三年前なら、子供の泣き声が聞こえるなんて噂は、まだネット上に拡散していなかっただろうから、廃村マニアとは違うでしょうし、本当に何か見えたりするんじゃないかと思って」

「そいつはきっと、猿とか鹿を、人と見間違えたんだよ」

馬鹿馬鹿しいという顔つきで、水谷がまた口を挟んだ。

日下は質問を続けた。

「あなたたちは、このあたりで人を見かけたり、話し声や物音を耳にしたりしたんですか」

「いいえ」

「そうですか。――それで、二人であの家に入り込んだんですね」

ええ、と宮島がうなずき、言った。

「足立がほかの部屋を見ている間に、僕があの小部屋に入り込んだんです。そうしたら、板戸が閉まった押し入れみたいなものがあったので、中に何かあるかもしれないと思って、板戸を無理やりこじ開けてみたら――」

額に汗の光る宮島が、言葉の終わりを呑《の》み込んでしまった。

「なるほど。それから、どうしましたか」

「驚いて、足立を呼びました。それから、二人で逃げるように家から飛び出して、すぐに携帯電話で通報しようとしたんですけど、電波状況が圏外になっていたので、バイクで県道まで戻って、そこで連絡したんです。そうしたら、対応に出た警察の人から、現場に留《とど》まっていてほしいと言われたので、またここまで戻ってきました」

日下はうなずいた。話の筋道に、さして疑わしい点はない。だが、宮島が遺体を発見した小部屋に入り込んだとき、押し入れの板戸が閉じられていたという点に、彼はかすかに引っかかるものを感じた。

その後、日下たちは二十分ほど質問を続けたものの、それ以上の実のある証言は得られなかった。日下は二人の大学生に、警察からの連絡があるまで、遺体の発見については絶対に口外無用だと釘《くぎ》を刺すことを忘れなかった。事件性の有無については、いまのところ判断がつかない。とはいえ、無人の村の廃屋から人骨が見つかるという事態は、どう考えてもまともな出来事ではない。

現場検証の結果も、捗々《はかばか》しいものではなかった。遺体の死因や死亡時期を特定する材料が何一つ確認できなかったのである。犯罪に結びつくと考えられる遺留品や指紋、毛髪や体液などの微物も検出されなかった。廃村内のほかの家屋についても、可能な限り入り込んで調べてみたが、遺体と結びつくものや不審物は何も発見できなかった。

強いて言うなら、鑑識課員の一人が、遺体が見つかった家屋のちょうど裏手に、村唯一と思われる掘り抜き井戸の痕跡があると気付いたことぐらいだった。家屋に隣接していた裏山で崖崩れが起き、土砂と樹木によって井戸が覆われてしまっていたのである。

現場検視は不要と判断され、遺体と遺棄現場、現場周辺の入念な写真撮影を終えてから、白骨遺体の位置関係を計測した調書を作成し、遺体と劣化した衣服類、それにスニーカーを慎重に回収して、現場検証を終えた。

全身汗だくになった日下たちが現場から引き揚げたのは、午後六時半過ぎだった。空が鮮やかな茜色《あかねいろ》に染まっていたものの、蟬の鳴き声は依然として喧《かまびす》しかった。

3

翌朝、午前八時五分前。

日下は、静岡駅から北西に延びる御幸《みゆき》通りに面した、静岡中央警察署の玄関ホールへ足を踏み入れた。

昨晩の捜査会議で、鑑識課員により、廃村で発見された人骨が十代前半くらいの女性と断定されたとの報告があった。しかし、目視の限りにおいては、事件性を積極的に示唆する痕跡は一切確認されなかったという。今日も、現場の廃村とその周辺で聞き込みを行うという捜査方針が固まっている。もっとも、担当するのは、日下と水谷だけである。

事件性が少しでも疑われる遺体が発見された場合、時間をおかず《地取り》が開始される。現場周辺の住宅、店舗、学校、事業所などに、地域ごとに分担した多数の捜査員たちが足を運び、居住者や勤務者、通学者など、すべての人間から、事件発生当日と数日間遡って、不審人物、不審車両、叫び声や争う物音、遺留品の有無についての聞き取りをするのが、《地取り》である。

今回は、現場がまったく無人の廃村であることや、白骨化した遺体の状況からして、《地取り》の効果はほとんど期待できないだろうと考えられた。しかし、廃村のような特殊な場所で、人の遺体が発見された状況から鑑みて、単なる自然死ではない可能性は十分に考えられる。そして、その可能性がかすかでもあれば、警察が捨て置くことは許されない。

これと並行して、ほかに二つの調べも進められることになっていた。一つは、白骨遺体そのものと衣服の残骸、スニーカーについての科学的分析である。それらの科学捜査研究所の詳細な分析結果が、早ければ今日中に出ることになっていた。いま一つは、ネット上に拡散している、例の気味の悪い噂についての確認作業だった。

日下が刑事課の部屋に入るなり、離れたデスクの前に立っていた水谷が興奮した面持ちで口を開いた。

「係長、大変なことが判明しました」

「どうしたんだ」

自分のデスクに革鞄《かわかばん》を置きながら、日下は言った。

「昨日の遺体の身元が判明したんです。さっき科捜研から連絡が入りました。あの人骨は、十年前に誘拐された小学生のものだったんです」

「十年前に誘拐された小学生——」

予想よりも古い遺体だったことも驚きだったが、それ以上に、誘拐事件の被害者という事実に大きな衝撃を受けていた。

足早に近づいてきた水谷が、手元のメモに目を落としながら続けた。

「清水市内在住の医者の娘で、氏名は正岡聡子《まさおかさとこ》。年齢は当時十二歳です」

「身元が判明した経緯は？」

「誘拐事件発生時に集められた歯科治療のカルテの記録、それに歯のレントゲン写真が遺体と完全に一致したとのことです」

「誘拐された状況は、分かっているのか」

「捜査記録の確認はこれからですが、科捜研の担当者によれば、平成二十五年八月十三日に、自宅から忽然《こつぜん》と姿を消したと、データに残っていたとのことです」

日下は考え込む。記憶を探るうちに、ふいに手応えを覚えた。十年ほど前に、県内で確かにそんな事件があった。犯人はおろか、容疑者すら見つからなかったのではなかっただろうか。

そのとき、刑事課長の飯岡耕三《いいおかこうぞう》警部が部屋に入って来た。

「課長、ちょっといいですか」

上座のデスクに着いた飯岡のもとへすぐに近づくと、日下は言った。水谷も付き従っている。

「どうしたんだ」

「昨日、葵区入島で見つかった白骨遺体のことで、お話があります」

「あれが、どうかしたのか。昨晩の捜査会議で、捜査方針なら決定したはずだぞ」

デスク上の《未決》の書類に手を伸ばして、飯岡が気忙《きぜわ》しげに言った。五分刈りの頭。赤ら顔で、達磨《だるま》のような大きく鋭い目をしている。

「実は、先ほど科捜研から連絡がありまして、身元が判明したんです。十年前に誘拐された正岡聡子という当時十二歳の少女でした」

「何だと――」

顔つきを一変させた飯岡に、日下は言葉を続けた。

「私と水谷で、その誘拐事件の捜査記録の確認のために、清水署へ行かせていただきたいんです。――あの事件では、一人の容疑者すら見出《みいだ》せなかったはずです。となれば、今回、被害者の遺体が発見されたことで、誘拐犯に繋《つな》がる重要な手掛かりを得られる可能性があります」

飯岡が眉間に皺《しわ》を寄せて、腕組みして唸《うな》った。

日下が胸の裡《うち》で三つまで数えたとき、飯岡が腕組みを解き、おもむろに言った。

「よし。二人で清水署へ赴き、十年前の誘拐の一件について、詳細に確認してこい。捜査に関わった者がまだ在職しているかもしれん。直《じか》に話を聞くことも忘れるな。現場周辺の《地取り》は、ほかの誰かを当てる。それに被害者の自宅に連絡を入れて、家族に遺体を確認してもらう。未解決事件の被害者の遺体が発見されたわけだから、当面、この事実は公表を一切差し控えることにするぞ」

「了解しました」

日下は、水谷とともにうなずいた。

4

清水警察署は、JR清水駅の西側二キロ強の県道六七号線沿いにある。

五階建ての四角い建物で、日下が一階の受付カウンターで女性警官に用件を告げると、すぐに水谷とともに奥へ通された。静岡中央署から事前に捜査協力依頼の連絡を入れておいたので、手続きはスムーズに済んだ。

日下と水谷は庶務係の職員に案内されて、庶務課の資料室へ向かった。

庶務課の資料室は、二十畳ほどの部屋だった。午前中だというのに、すべての窓にブラインドが下りており、蛍光灯が明るく灯《とも》っていた。壁沿いに数列にわたってスチール製の棚が設《しつら》えられていて、夥しい数の段ボール箱が並んでいる。室内は冷房が利いておらず、埃っぽく蒸し暑い空気が籠っていた。

「これが、正岡聡子ちゃん誘拐事件の捜査記録です――」

制服姿の職員が、棚に並んだ段ボール箱の一つを指差した。所轄署管内で発生した案件の捜査記録は、署内の庶務課に保管されることになっている。

「――捜査記録の閲覧は、あちらのデスクをご利用ください。何かありましたら、私は隣の部屋におりますので、遠慮なくお声を掛けてください」

奥に置かれた横長のデスクと、その向こう側にあるドアを指差して、職員が言った。

「お手数をおかけしました」

日下は礼を口にした。

隣で、水谷も頭を下げる。

職員がエアコンのスイッチを入れて部屋から出て行くと、日下はスチール棚からその段ボール箱を取り出し、デスクへ運んだ。ガムテープを剝《は》がして、中から黒い表紙の捜査記録を取り出す。水谷も、別の一冊を手に取る。

二人はデスクに向かうと、傍らに執務手帳を開き、さっそく捜査記録に目を落とした。

# 第二章

## 1

静岡県警特殊班の寺澤圭吾《てらさわけいご》警部補が、石川辰夫《いしかわたつお》巡査部長と町田久美《まちだくみ》巡査部長とともに、覆面パトカーのトヨタ・マークXで清水市内にある一軒の住宅を訪れたのは、平成二十五年八月十三日、正午少し前のことだった。

県警本部の通信指令センターに、《自宅にいるはずの娘が、どこにもいないんです》と悲痛な声で女性からの通報が入ったのは、三十分ほど前のことである。通報者は、いなくなった娘の母親で、自宅玄関の錠が開いたままだったことや、子供部屋に娘の財布が残されていた点、玄関先に娘の携帯電話が落ちていたことなどから、何かただならぬ事態が起きたと判断したという。母親自身が三十分ほど自宅周辺を必死で探し回ったものの、娘を発見することができず、パニック状態になって警察に連絡したのだった。

こうした状況を踏まえ、通信指令センターの担当官は、通報者とさらに詳細な事実確認を行ったうえで、誘拐事案発生の可能性ありと判断して、所轄署である清水警察署に対応指令を伝達するとともに、県警本部の捜査一課にも通達した。それに呼応して、捜査一課は、ただちに所属する特殊犯捜査係に出動を命じたのである。

通報者の住宅は、二階建ての大きな家だった。場所は、ＪＲ清水駅から五百メートルほど離れた江尻町《えじりちょう》である。家のすぐ前の道沿いに、巴川《ともえがわ》が東西に流れていた。

その家から二十メートルほど離れた路地に、シルバー・メタリックのトヨタ・マークXが停車すると、寺澤は後部座席から外へ出た。運転席の石川と、助手席の町田も車外へ出た。三人とも地味なスーツ姿で、捜査のための機材が入った大きな革鞄を手に提げている。

寺澤は二人とともに、斜向かいにある被害者宅へ足を向けた。

三人は通報者の家の裏木戸に近づいた。木戸が薄く開いていて、中に女性が立っているのが分かった。通報者である母親には、来訪を事前に連絡していた。

寺澤たちが近づくと、気配を察したらしく、その女性が恐る恐るという感じで出てきた。

「私が通報した正岡浩子《ひろこ》です」

四十代後半くらいの、小柄な女性だ。ショート・ヘアーで色白、二重の目が大きく、目鼻立ちが整っている。

「静岡県警特殊班、警部補の寺澤です」

「同じく、巡査部長の石川です」

「巡査部長の町田です」

三人は、警察の身分証明書を提示して言った。

「特殊班って、それは、どういう部署なんですか」

表情を強張《こわば》らせて、正岡浩子が言った。

「誘拐や立て籠《こ》もりなどの事案に専門的に対応するのが、私どもの任務です。犯人からの脅迫電話の録音や、逆探知などを行います。その際、奥さんやご主人に協力をお願いすることになると思います。――正岡さん、ともかく、家の中で詳しくお話をお伺いしたいので」

寺澤の抑えた言葉に、正岡浩子は慌てたようにうなずくと、三人を裏木戸の中へ招じ入れた。

「午前十一時頃に、私が買い物から戻ってみたら、二階の子供部屋にいるはずの娘がいなくなっていたんです」

応接室の革張りのソファで、寺澤と対座するなり、正岡浩子は堰《せき》を切ったように口を開いた。膝の上で組んだ色白のか細い両手が、それと分かるほど震えている。庭に面したサッシ窓に、水色のカーテンが引かれており、室内には蛍光灯が灯っている。

「まずは落ち着いてください」

寺澤は言った。

「は、はい」

苦しそうに息を弾ませて、彼女がうなずく。

二人の横で、ローテーブルに置かれた固定電話器に、石川が録音用の端子を接続して、録音機のテストを繰り返している。町田は、犯人との電話でのやり取りの音声を、誘拐事件の指揮本部が置かれる清水警察署に直に転送する機器のセッティングに余念がない。

寺澤は続けた。

「お嬢さんのお名前と、年齢を教えてください」

「娘は聡子と言います。年齢は十二歳です」

「小学生ですね」

「六年生です。塾のない日は、自宅で勉強しているはずなんです。私立中学を目指していますから。それに――」

正岡浩子が言い淀《よど》んだ。

一瞬、寺澤は、作業の手を止めた石川や町田と目を見交わしたものの、質問を続けた。

「いま、買い物から戻られたとおっしゃいましたけど、どちらへ行かれたんですか」

「近くのスーパーです。日用品と食材を買いに行きました」

「家を出たのは何時頃でしたか」

「十時半くらいだったと思います」

「外出時間はわずか三十分ですか」

「長時間、家を空けないようにしているんです」

「なるほど。お嬢さんがどこかへ遊びに行ったということは、考えられませんか」

「いいえ、それは絶対にないと思います」

「どうして、そう思われるんですか」

「あの子は――聡子は、レシピエントなんです」

「レシピエント？」

「腎臓に重い疾患があって、臓器移植の希望の登録をしているんです。臓器の提供者をドナー、臓器をいただく側をレシピエントと言うんです。だから、学校や塾以外に、聡子は自分から滅多《めった》に外出しませんし、親としても長時間目を離すことはできません。いつ何時ドナーが現れるか分からないので、常に連絡を受けたら動けるようにしておかなければならないんです」

寺澤は、音を立てずに息を吐く。目の前の母親が、娘が消えたことに度を失っている理由には、そんな特殊な事情まで含まれていたのかと納得した思いだった。

「ちなみに、腎臓の疾患があると、どういった症状が出るものなんでしょうか」

「最初は、ごく普通の頭痛でした。それが四年生の一学期のときです。そのうち意識障害やむくみの症状が出てきたので、慌てて病院へ連れていって検査してもらいました。そうしたら、腎臓に疾患があるという診断が下ったんです。四年生の後半になる頃には、貧血や嘔吐《おうと》、痒《かゆ》みや呼吸困難の症状まで現れるようになってしまいました。薬の服用だけでは重度の腎不全の改善が期待できないうえに、年齢の関係から、負担の重い透析療法を継続するよりも、臓器移植の方が適切だと勧められたんです。――お願いです、一刻も早く、聡子を取り戻してください。薬を服用しないと、それだけで体調が急変するかもしれないんです」

寺澤は言葉に詰まったものの、すぐに言った。

「薬は、どれくらいの間隔で服用しなければならないんですか」

「聡子が服用している薬は、数種類あります。腎臓に疾患があると、血圧が上昇したり、排尿が滞ったりします。人によっては脂質異常を起こし、感染症に罹《かか》りやすくなったりする場合もあるんだそうです。聡子の場合、主治医の先生から、それらの薬を二日以上服用しない状態が続くと、体に甚大なダメージが生じると注意を受けています」

しばし、掛ける言葉が見つからなかった。だが、すぐに思い直して、寺澤は続けた。

「こちらのご家族の構成は？」

「私と夫、それに聡子の三人家族です」

「失礼ですが、ご主人はどんなお仕事をなさっているんですか」

「静岡市内にある静岡総合中央病院に勤めています」

「ということは、お医者さんですか」

「ええ、外科医をしています。聡子が診察を受けているのも、夫の勤めている病院です。――ついさっき病院に電話を掛けましたから、夫もいまこちらへ向かっているはずです」

「聡子さんの祖父母に当たる方やご親戚が、近くにお住まいではありませんか」

病気を抱えた思春期の女の子が、親戚を頼る可能性を思い描いて、寺澤は訊《き》いた。

「私の両親が鶴岡市《つるおかし》に住んでおりますけど、聡子と頻繁な交流はありません。それ以外の親戚はいません」

「学校のお友達は、いかがですか」

「娘の姿がないと分かって、三人のお友達の家にすぐに電話を掛けてみました。聡子がクラスで仲よくしている人たちです。でも、どこでも姿を見せていないと言われてしまいました」

「ここ数日、お嬢さんに、普段と変わった点はありませんでしたか。苛立《いらだ》っていたとか、何か心配事を抱えているようだったとか、どんな些細《ささい》なことでもかまいません」

「いいえ、いつもと少しも変わりありませんでした」

寺澤は音をさせずに息を吐いた。

すると、隣の石川が手を止めて、わずかに身を乗り出して言った。

「お嬢さんは、今日、どんな服装をされていますか。それと、お嬢さんの写真を二、三枚ほどお借りできますでしょうか。責任を持ってお返しいたしますので」

「聡子の服装は、赤いTシャツに細身のブルー・ジーンズ、スニーカーも赤色です。——写真は、いまお持ちします」

そう言うと、彼女は慌てたように立ち上がり、応接室を足早に出て行った。

その後ろ姿を見送ると、石川が待ちかねたように囁《ささや》いた。

「どう思いますか」

「何とも言えんな」

寺澤が言うと、今度は町田が口を開いた。

「しかし、重い腎臓病なんですよ。それに、玄関先に携帯電話が落ちていたんですから、やはり、不測の事態が起きたとしか考えられませんよ」

「病気の上に、受験生だ。気鬱《きうつ》になって、ふらりとどこかへ行きたくなったという可能性だって十分にあるぞ」

二人のやり取りを聞きながら、寺澤は改めて室内を見回した。部屋の奥に置かれたスタインウェイのピアノ。壁に掛けられた三十号ほどの田園風景の油絵。サイドボードの上に飾られているリヤドロの大きな婦人人形。姿を消した娘の父親が医者と耳にして、営利誘拐の可能性を思い描かずにはいられなかった。

そのとき、正岡浩子が赤い表紙のアルバムを手にして戻って来て、寺澤に差し出した。

「この中から、お選びください」

「失礼します」

寺澤はアルバムを開いた。スカイツリーを背景にして撮った写真が、目に飛び込んできた。ソフトクリームを手にして、にっこりと微笑《ほほえ》んでいる。一重の目だが、母親似の整った顔立ちだ。

「つかぬことをお訊きしますが、お嬢さんが姿を消した後、こちらに不審な電話が掛かってきませんでしたか」

「いいえ——やっぱり、聡子は誘拐されたんでしょうか」

「あくまで、一つの可能性です。どうか取り乱さないで、質問にお答えください」

「は、はい。すみません」

「ここ数日、家の周囲で不審な人物や車を見かけたことはありませんか」

顔を引きつらせて、彼女がすぐにかぶりを振った。

「これは、お訊きするのが心苦しいのですが、ご主人かあなたが人から恨まれているとか、誰かと揉《も》め事になっているとか、そうした事実はありませんか」

「いいえ、主人も、私も、そんな人は一人もいないと思います」

「そうですか。いずれにせよ、お嬢さんが姿を消した状況は、どう考えても、ただごととは思えません」

真剣な顔つきで、正岡浩子が深々とうなずいた。

2

蛍光灯の灯った応接室に、これ以上もないほどの沈鬱な空気が張り詰めていた。

壁に掛けられている楕円形《だえんけい》の時計が、八月十四日の午前十時四十四分を示している。昨日の夕刻から轟《とどろ》く雷鳴とともに降り始めた豪雨が嘘《うそ》のように、いまは晴れ上がっているものの、サッシ側のカーテンは隙間なく閉められたままで、冷房の利いた室内に蛍光灯が白々と灯っていた。

正岡聡子の父親の正岡満《みつる》と、浩子は頭を抱えるようにして、憔悴《しょうすい》しきった様子でソファに腰掛けている。彼女は昨日の服装のままだった。正岡満も帰宅時のスラックスにワイシャツ姿である。彼は、昨日の午後一時過ぎに、慌てた様子で帰宅した。歳《とし》は妻より三、四歳くらい上だろう。長身で、鼻筋が高く、彫りの深い端整な顔立ちの男性だった。寺澤たちに矢継ぎ早の質問をしてきたものの、口ぶりに生真面目そうな人柄が表れていた。そのとき、他人との悶着《もんちゃく》の有無を問い質す寺澤の言葉に、正岡満は即座に首を横に振ったのだった。

寺澤と石川、それに町田は、ソファに浅く座り、ローテーブル上の電話を無言で見つめている。電話には録音用の端子が取り付けられ、横に録音機器と傍受用のレシーバーが置かれていた。電話の音声を直に指揮本部に転送できる機器も、スタンバイしてある。正岡浩子が警察に通報した後、昨日の午後一時前に急遽《きゅうきょ》、清水警察署内の講堂に、誘拐事件対策のための指揮本部が設置されたのである。

寺澤は、すっかりぬるくなったアイスコーヒーを口にした。石川は、しきりとガムを嚙《か》んでいる。町田は、ときおり無言のまま寺澤に目を向けてくる。二人とも、目が真っ赤に充血していた。

寺澤自身も無精髭《ぶしょうひげ》が伸びて、重い鉛のような疲れが体全体に溜《た》まっていた。

絶え間なく屋根を叩《たた》きつける雨音を耳にしながら、一晩待ち続けたものの、犯人からの脅迫電話はついになかった。正岡聡子自身からの連絡もない。自宅周辺で密《ひそ》かに行われた聞き込みも、収穫は皆無だ。多数の捜査車両による捜索の網にも、被害者本人はもとより、不審人物が引っかかることはなかった。

ただ、正岡邸の周辺で赤い軽自動車を見たという、近所の老人の証言が指揮本部の注目を集めることとなった。それは昨日、正岡浩子が帰宅する直前のことで、その車が猛スピードを出していたと目撃者は断言した。しかし、車種は不明で、運転していた人物についての記憶も定かではなかった。それでも、所轄署の捜査員が総掛かりで、この自宅周辺にある防犯カメラの映像を軒並み確認しているはずである。

正岡浩子がふいにソファから立ち上がると、おぼつかない足取りで応接室を出て行った。手洗いにでも行ったのだろう。

そのとき、石川の手元の無線機が音声を発した。

《こちら指揮本部。被害者宅に何か動きはあったか》

指揮本部からの、状況確認のための定時連絡だった。寺澤たちが正岡邸での配置に就いてから、十五分おきに連絡が入っている。声の主は、清水警察署の指揮台で捜査員を統括している特殊班係長の島崎蓮二《しまざきれんじ》警部だった。

石川が、ハンディー・マイクを口元に近づけた。

「こちらは特殊班、石川です。いまのところ、犯人からの連絡はありません。以上」

石川がマイクのスイッチを離し、寺澤にだけ聞こえるように囁いた。

「まずいかもしれませんね」

「確かに」

寺澤も声を潜めて言い返す。町田が無言のまま、上目遣いに二人を交互に見る。

言葉に出さなくとも、寺澤と同じことを、この両名も考えているのだろう。平成も二十年以上が過ぎた現在、営利誘拐は、ほぼ成り立たない犯罪になっている。あらゆる幹線道路に張り巡らされたNシステムや、駅やコンビニ、店舗やマンション、それに電柱にまで設置された防犯カメラが、犯人の特定や移動経路の絞り込みに絶大な威力を発揮するからだ。

しかし、それでもなお、金銭目的の誘拐を強行する愚か者がいたとしたら、よほど切羽詰まった事情があると考えねばならない。金銭面で極度に追い詰められている可能性が高い。当然、被害者を誘拐した犯人は、時をおかず、身代金を要求してくるに決まっている。

だが、正岡聡子が消えてから、二十四時間ほどが経過したにもかかわらず、犯人からの連絡はない。とすれば、これが誘拐事件なら、考えられる可能性は、ほぼ二つに絞り込まれる。未成年の女児に対する乱暴目的と、正岡浩子も満も否定したが、彼女か夫に対する怨恨に起因する犯行である。

しかも、今回の被害者の場合は、この二つに加えて、特殊な要因が犯罪の引き金になった可能性も考慮に入れなければならない。それは、姿を消した正岡聡子が、腎臓に重度の疾患を抱えたレシピエントという点だ。そのことが、何らかの形で誘拐の動機になったことを否定する材料は、いまのところ何もない。

実際、ついいましがた、午前十時ちょうどに静岡総合中央病院の植竹末男《うえたけすえお》という医師から電話が入った。扶桑《ふそう》臓器移植ネットワークの佐田亜佐美《さだあさみ》という臓器移植コーディネーターから少し前に電話があり、正岡聡子に適合するドナーが現れたことを知らせてきた、という連絡だった。寺澤は苦慮の末、正岡満の口から本当の事情を説明させた。その内容を耳にして、電話の向こう側で植竹医師は驚愕《きょうがく》の声を発した。彼に厳重に口止めしたことは言うまでもない。ともあれ、これ以上なく間の悪いタイミングだった。通話が切れた直後、正岡夫妻は人目も憚《はばか》らず絶叫を漏らし、浩子は卒倒してしまったほどだった。

寺澤がそこまで思い返したとき、正岡浩子が慌てた様子で応接室に駆け込んで来ると、上ずった声で叫んだ。

「刑事さん、これを見てください――」

寺澤たちは、いっせいに立ち上がった。

正岡満も、弾《はじ》かれたように腰を上げた。

彼女の震える手に、白い封筒が握られていた。

「――郵便受けを覗いてみたら、中にこんなものが入っていたんです」

言いながら、その封筒を差し出した。封が切られており、広げた便箋《びんせん》が重ねられていた。

寺澤は慌てて白手袋を嵌めると、慎重にその封筒と便箋を受け取った。

石川と町田が、両脇から覗き込む。

手紙は、パソコンで打たれたものだった。

娘は預かった。生きて返して欲しければ、明朝までに、通し番号になっていない使い古しの一万円札で、一千万円を用意しろ。金は静岡駅前のデパートの紙袋に入れて、娘の母親が持ち、八月十五日午前七時に静岡駅内の南口近くにある公衆電話の前で待機しろ。公衆電話の場所はＪＲ東海静岡支社の向かい側だ。ほかの公衆電話と絶対に間違えるな。そこでこちらの指示を待て。金を手に入れたら、娘は必ず生きて返す。警察には絶対に通報するな。もしも、明日、母親の周囲に、張り込み中の捜査員の姿を認めた場合、その時点で取引は終了だ。

娘の命はないものと思え。

寺澤は声もなく、同僚たちと顔を見合わせる。

切手の貼られた封筒の表に、《正岡満》という宛名と住所がパソコンの文字で印刷されているだけで、裏に差出人の氏名も住所も記されていなかった。

消印は静岡中央郵便局で、日付は《八月十三日》。

「どうしますか」

沈黙に堪えかねたように、石川が口を開いた。

寺澤は言った。

「ただちに指揮本部に連絡を入れる」

3

ＪＲ東海静岡支社横の静岡駅の南口を入ると、向かって左側が商業店舗の入った駅ビルになっている。

その駅ビルの一階には、コンコースの新幹線切符販売機と向かい合う形で、両側に土産物店、飲食店、薬局などの店舗の並んだ広いメイン通路があった。それと平行して、少し南側に幅三メートルほどの狭い連絡通路も続いている。その右壁面にはコインロッカーが設置されており、左手奥に公衆トイレもあるので、絶え間なく人が行き交っている。その通路の奥に、正岡浩子が立ち尽くしていた。

西山峰雄《にしやまみねお》警部補は、彼女から三十メートルほど離れたハンバーガー・ショップの角にたたずんでいた。隣に、同じ清水警察署刑事課の周布正之《すふまさゆき》巡査部長が、スポーツ新聞を広げて立っている。二人とも、地味な背広姿で、左耳にインターカムのイヤフォンを取りつけていた。指揮本部からの指令を受けると同時に、接話マイクによって連絡が取れる。

正岡浩子は、紺色の半袖のポロシャツに、ベージュのチノパンという軽装だった。手にしているのはデパートの紙袋だけだ。その紙袋の中に、一千万円の現金が入っている。

西山たちの位置からは陰になって見えないものの、彼女がいる通路は、その先の右側が別の通路への入り口になっており、ガラス張りの自動ドアの手前右隅に、緑色の公衆電話が金属製の台に据えられている。

寺澤からの連絡を受けた指揮本部では昨日のうちに、犯人が指定してきた公衆電話付近に複数の私服捜査員を派遣して、人の流れや通路の構造、人が身を隠せそうな場所、防犯カメラの位置などを密かに確認した。公衆電話についても、ただちに逆探知の態勢が整えられたのである。

ただし、警察の動きに神経を尖《とが》らせているであろう犯人が、当該公衆電話をいつ見張っているか把握できない状況下で、捜査員が不用意に公衆電話自体に触れることは無謀と考えられた。それに対し、駅ビルの営業終了後ならば、外部の目はなく、公衆電話の内部確認も可能という反対意見が飛び出した。すると今度は、犯人が駅ビル内部と繋がりのある人物であった場合、人質を危険に晒す可能性もあるという指摘が提示された。そうしてあらゆる事態を想定した結果、捜査会議は一時間以上も紛糾したのである。駅ビルのしかるべき立場の関係者からの許可なしに、警察が勝手に店舗内に入り込み、公衆電話を分解して確認を行うことは不可能なのだ。当然、そうした捜査を行おうとすれば、駅ビル関係者のかなりの人間が、その事実を認識することになる。

結局、捜査方針の落着点は、かつて電電公社の技術員の手作業で長時間を要した逆探知が、現在では通話が開始されれば、即座にパソコンと連動して、犯人が掛けている場所を特定できるという事実だった。つまり、リスクを冒してまで、公衆電話の機器自体に固執する必然性はないという判断である。

現在、公衆電話の電話番号は一律非公開であり、一般人が公衆電話に電話を掛けることは不可能だ。しかし、電信関連の会社への勤務経験があれば、その電話番号さえ知り得るかもしれない。犯人が想定外の情報を有している可能性も、排除するわけにはいかない。

とはいえ、身代金を奪取するという目的がある以上、正岡浩子の比較的至近に、誘拐犯は潜まざるを得ない。そこが、今回の捜査の最大の焦点と考えられた。そのために、彼女を監視し、追跡するべく、周囲に男女の私服捜査員を二重三重に配置するシフトが構築されていた。紙袋の千枚の一万円札は、すべての番号が控えられており、彼女の身に着けているポロシャツの内側には、ワイヤレス・マイクが留められている。

昨日、深夜にまで及んだ捜査会議において、首脳陣は犯人側の目論《もくろ》みをこう推測していた。十中八九、犯人は正岡浩子のそばの公衆電話に電話を掛けてくるか、あるいは、何らかの手段で特定の電話番号を知らせて、彼女から犯人へ電話を掛けさせるかして、別の場所への移動を指示するはずだ。その際、徒歩やタクシーの移動などとともに、静岡駅から電車に乗せる可能性についても十分に想定されていた。

この移動の過程で犯人は、彼女を監視したり、尾行したりしている捜査員や捜査車両などの有無を見極めようとするだろう。そして、完全に安全だと確信した時点で、慎重に正岡浩子に接近して、紙袋に入った一千万円の身代金を奪うに違いない、と。

軽便な紙袋に身代金を入れさせたことについても、犯人の周到な計画が透けて見えていた。革製の鞄などに入れた場合、皮革の中にＧＰＳなどの電波発信機を巧妙に封入される恐れがあるからだ。紙袋ならば、身代金を入手して、すぐにＧＰＳの有無を確認できる。

しかし、そんな考えは甘いぞ――

正岡浩子の姿から目を離さぬまま、西山は思う。どれほどの悪知恵を働かせようとも、犯人の計画通りに、ことを運ばせはしない。いかなる不測の事態が起きても、捜査陣の意表を突いた場所に彼女を移動させたとしても対応可能なように、二キロ圏内の要所に、予備となる膨大な人員が分散配置されている。

とはいえ、誘拐捜査における最大の難題は、被害者が犯人の手中にあるという極限状況に尽きる。誘拐された人間を無事に保護するまで、犯人を強引に逮捕するという挙に、そう簡単には出られない。公衆電話内部の確認を見送った理由も、まさにこの点に関わっていた。まして、誘拐を行ったのが複数犯の場合、捜査陣に残された対応策は、極めて限定される。

指揮本部の島崎警部が下した指令は、身代金を運ぶ正岡浩子を遠巻きに監視して、その周辺で不審な動きを見せた人物を一人残らず徹底的に追跡し、事件との関連の有無を確かめるという、この上もなく迂遠な手段だった。対象者が明白に追跡班からの逃走を図る事態が発生した場合にのみ、その場での身柄の確保が認められるものの、それは文字通り最終手段とされていた。

そのために、昨晩のうちに、静岡県警の刑事部長名で、《一斉電報》が配信されたのだった。県内の全警察署員が終業時間後も、所属部署に待機することを強制する命令である。覆面パトカーや追尾のためのバイク班も十分に用意されていた。

また、ホームや駅構内はもとより、静岡駅のすべての出入り口付近や周辺、それに近隣の駅構内や、駅周辺にまで私服の捜査員たちが散開している。市内の交通管制センターとも連絡を取り合っていて、付近のすべての信号機をコントロールし、犯人の車両による逃走の阻止と、追跡班の支援が行われる態勢もできていた。

同時に、今回、正岡夫妻の娘が狙われたことから、相当数の捜査員たちが金銭目的や怨恨などの動機を持つ可能性のある人間関係を調べており、変質的犯罪や児童ポルノ所持などの前歴者の洗い直しも行われている。

正岡浩子の周囲を行き交う人の数が、さらに多くなっていた。

西山と周布の脇を、人々が足早に通り過ぎてゆく。

彼らの右側には、乗降客で埋め尽くされた改札口前のコンコースが広がっており、スピーカーから絶え間なく構内アナウンスが響き渡っている。

落ち着かない気持ちを紛らわすつもりで、西山は腕時計を見やった。

午前七時二分。

誘拐犯が指定してきた時刻を、すでに過ぎている。

そのとき突然、正岡浩子が身を震わせるような動きを見せた。

インターカムのイヤフォンから、アラームのような音が流れたのは同時だった。

彼女のポロシャツに取り付けられたワイヤレス・マイクが、何かの音を拾ったのだ。

《マル対に動きあり――》

《何かが発生した模様――》

《注視、注視、マル対に何かが起きました――》

イヤフォンから、捜査員たちの割れた音声が立て続けに流れた。

正岡浩子の横顔が固まったように、公衆電話の方を凝視している。

次の瞬間、その姿が通路の陰に半分隠れた。

《マル対が、公衆電話が置かれた台の下を覗き込んでいます――》

《台の裏側から紙のようなものを手に取りました――》

体を起こした正岡浩子が、それまでなかった白い紙を手にしていた。

その紙を凝視しているだけで、一言も声を発しない。
《誰か、マル対の手にしている紙を覗き込める者はいないか――》
インターカムのイヤフォンから、指揮本部の島崎の声が流れた。
《横を通り過ぎざまに文字が記されていることは確認しましたが、文字が小さ過ぎます――》
《立ち止まることができなければ、とても読めません――》
《マル対の体で陰になり、手元が見えません――》
捜査員たちの泣きごとのような音声が続く。
いきなり正岡浩子が紙を手にしたまま駆け出すと、右奥の通路へ姿を消した。
《マル対、移動を開始しました――》
《追跡しますか、許可願います――》
捜査員たちの焦りに焦った音声が響いた。
《通路にいる捜査員は、絶対に動くんじゃない。目立ち過ぎるぞ。それ以外の人員は、一般人を装って距離を取ったまま、マル対を追え――》
指揮本部の島崎の声までが、完全に裏返っていた。
「周布、こっちだ」
西山は言うと、咄嗟に広いコンコースへ足を向けた。
正岡浩子のいた通路の奥を右へ曲がると、その先は直進する通路と、右手へ続く広いメイン通路に分かれている。そのメイン通路を通り抜けると、正面に新幹線の切符販売機のある広々としたコンコースに出られるのだ。
西山は、駅ビルのそのメイン通路を逆走して、彼女を追いかけるつもりだった。
だが、向かい側から、血相を変えて走ってくる正岡浩子の姿が目に飛び込んできて、通路手前で足を止めた。

二人にまったく視線を合わせぬまま、彼女はコンコースへ飛び出していく。

「追いかけるぞ」

小さく言い、西山は踵《きびす》を返した。

周布が後から慌ててついてくる。

「どうして、無言なんでしょうか」

「手にしていたメモに、喋《しゃべ》るなと書かれていたのかもしれん」

「犯人は、張り込みに気が付いているということですか」

「警察への通報を疑わない誘拐犯が、いると思うか」

正岡浩子は携帯電話を取り出し、新幹線の切符販売機の左側にあるJR在来線の自動改札口へ向かっていた。

西山は小走りに彼女を追いながら、インターカムから延びている接話マイクを口に近づけて言った。

「――こちら西山・周布班、マル対は改札口に入ろうとしています。犯人はマル対を東海道本線に乗せるつもりです」

《こちら指揮本部、了解した。ほかの班もそのまま改札に入って、マル対を追跡しろ。東海道本線のホームに待機中の捜査員は、周囲に十分に警戒しろ、乗降客の中に、犯人が紛れ込んでいる可能性があるぞ。どんな些細な動きも見落とすな――》

西山は周布とともに人々の列に並び、自動改札機のカード読み取り部にトイカを押し当て、改札口を素早く通り抜けた。

通路左端の上りエスカレーター前には、長蛇の人の列ができていた。

西山と周布は、躊躇《ちゆうちよ》なく幅広い階段へ足を向ける。

人々の間を縫うようにして、階段を一気に駆け上がった。

西山は息を弾ませたまま、素早くあたりを見回す。

数えきれないほどの人に幻惑され、構内放送が耳を聾し、視点が定まらない。

ふいに、紺色のポロシャツが目に留まった。

《浜松　豊橋《とよはし》方面》行きの三、四番線ホームへ向かっている。

「——こちら西山・周布班、マル対の目的は東海道本線下り方面です」

接話マイクに向かって言うと、西山たちも東海道本線の下りホームへ向かい、またしても階段を駆け上がった。

ホームは、大勢の人間で溢《あふ》れていた。

正岡浩子が、どこにいるのかまったく分からない。

「こちら西山・周布班、マル対が見当たりません。居場所を確認した班はいますか——」

ほかの乗客たちに悟られないように、西山は接話マイクに口を近づけて囁く。

隣で、周布がさりげなく周囲を見回している。

二人は人混みをかき分けて、当てもなく歩き回る。

そのとき、ホームにチャイムが流れ、スピーカーから到着車両に関するアナウンスが響いた。

乗降位置に自然に人の列ができ、ホーム中の人々が動き出す。

轟音《ごうおん》を立てて先頭車両がホームに滑り込み、オレンジ色と緑色のライン・カラーのある五両編成の列車が、次第にスピードを緩めてゆく。

静岡駅にはホーム・ドアは設置されておらず、ホームに到着した各車両のドアが一斉に開くのを、西山は歯を食いしばって見つめる。

インターカムから音声が響いたのは、そのときだった。
《――こちらは千葉《ちば》・田中《たなか》班、一両目の車両に、マル対が乗り込もうとしています。右手に紙袋を提げているのを確認しました――いまから、我々も乗り込みます――》
音声を耳にして、西山は周布とうなずき交わすと、人々から背中を押されるようにして、目の前の車内に入り込んだ。
車内は、予想以上に混んでいた。親子連ればかりが、やけに目に付く。周囲の乗客たちと体が密着して、身動きがままならない。西山は戸惑った。通学の学生たちがいない夏休みにもかかわらず、この混雑ぶりはいったいどうしたことだろう。
《こちら指揮本部、マル対が紙袋を提げているのを確認したか――》
《乗客が多過ぎて、視認できません――マル対までは十五メートルほどの距離があります》
《ほかの班で、一両目の車両へ移動して、紙袋の有無を確認できる者はいるか――》
《車両はひどく混んでおり、無理やり移動すれば目立ってしまい、犯人に勘付かれる恐れがあります――》
《次の駅に停車したら、さりげなく移動して、マル対に接近しろ――千葉・田中班、マル対は車両のどのドアの近くにいる――》
《下り線の先頭部分の右側ドア脇です――》
《ほかの班、聞いたか。マル対は一両目の先頭部分の右側ドア脇にいるぞ――》
真横に立っている周布に、西山は声を潜めて言った。
「次の安倍川駅で降りて、先頭車両へ向かうぞ」
小さくうなずく周布を見つめながら、西山は考えを巡らせた。犯人はどうやって身代金を奪うつもりだろう。車両内の人混みの中で接近して、奪うのか。いや、人目が多過ぎるし、たとえ身代金の入った紙袋を手に入れても、走行中の車両には逃げ場がない。ホームから、紙袋ごと投げさせるのか。あり得ない。一般の女性に遠投力を期待するのは馬鹿げているし、コントロールも個人差があり過ぎる。まして、紙袋が破れて、身代金が散乱してしまう恐れもある。どこかの駅の改札口で、待ち伏せするのか。それも、まず考えられない。静岡駅とその周辺はもとより、近隣の駅にも捜査員が配置されていることを、犯人が疑わないはずはない。まして、最近の駅は、至る所に防犯カメラが取り付けられている。

それだけ考えている間に、次の安倍川駅への到着が目前に迫っていた。

《指揮本部、この先の指示を願います――》

焦《じ》れたような無線音声が飛び込んできた。

《次の駅で、降りる客に紛れて、犯人は身代金を奪うかもしれん――追跡中の全捜査員、駅構内と周辺に散開中の捜査員は、駅の外に出た人間が少しでも不審な行動を見せたら追跡しろ》

指令の言葉が終わらぬうちに、車両が轟音を立てて安倍川駅に滑り込んでゆく。

近づく長いホーム上も、乗客たちでびっしりと埋め尽くされていた。

それを目にして、西山はハッと気付いた。安倍川駅の次の用宗《もちむね》駅は、七、八月だけオープンしている海水浴場に隣接している。この混雑ぶりは、たぶん海水浴客たちのせいなのだ。

ブレーキが掛かり、周囲の客と密着したままの体が惰性で大きく揺れた。

次の瞬間、車両のドアが勢いよく開いた。

西山は、周布とともにホームに押し出された。

人々の間を強引に通り抜けるようにして、二人は一両目の車両へ向かった。

《ただいま、マル対がホームに降りました。改札口への階段へ向かっています――》

千葉・田中班の音声が、インターカムから流れた。

《マル対は紙袋を手にしているか》

島崎が叫ぶように言った。

《乗客たち集団の陰になって、確認できません》

《千葉・田中班、待て。おまえたちは車内に残り、マル対のいたあたりを探るんだ。紙袋が残されていて、犯人が回収するかもしれん》

指揮本部の島崎の声が再び響いた。

「改札へ向かうつもりだぞ」

周布に向かって短く言い、西山は上り階段へ足を向けた。

先頭車両の横に階段があり、人混みに囲まれて、正岡浩子の後ろ姿が階段を上がってゆく。

西山と周布も、小走りに階段を上がった。

階段の上がり端《はな》の駅トイレが目に入り、斜め左手に改札口も見えた。

その改札口付近で、駆け込んで来るかなりの数の人々と、改札を出ようとする大勢の人々が慌ただしく交錯している。

西山は息を切らして改札口を抜けると、すぐに右手を見た。

エスカレーターと階段がある。

階段の上に立つと、階段の中ほどに正岡浩子の後ろ姿を発見した。

西山は、インターカムに向かって思わず告げた。

「マル対が安倍川駅から出ようとしています——」

# 4

日下と水谷が、正岡聡子誘拐事件のすべての捜査資料に目を通し終えたのは、午後二時半過ぎのことだった。

二人は、すぐに刑事課に話を通して、十年前の正岡聡子誘拐事件の捜査に携わった警官を探してもらった。その結果、現在、交通課の係長をしている西山峰雄警部補が見つかったのである。

「事態が大きく動いたのは、正岡浩子さんが安倍川駅から外へ出たときでした――」

西山の抑え気味の声が響いた。四十過ぎの色の浅黒い人物である。

「何が起きたんですか」

日下は言った。むろん、すべての捜査記録に目を通したので、その後の展開はおおまかに理解しているものの、すべての状況がくっきりと目に浮かぶほどまでには頭に入っていなかった。執務手帳とペンを手にした水谷も、隣で息を殺している。三人は、清水署一階の応接用のソファで対座していた。

「改札口で待ち伏せしていた私服捜査員が、異常事態に気が付いたんです。その時点で彼女はデパートの紙袋を手にしていませんでした」

「犯人に奪われたんですか」

「ええ、一報を耳にして、私たちもひどく慌てました。ともあれ、その捜査員は、正岡浩子さんを駅前のロータリーまで追いかけたものの、彼女への接触は控えざるを得ませんでした。明らかに、犯人からの次の指示を待っている素振りでしたから。――ただし、彼女がロータリーの歩道を歩きながら、額の汗を拭ったティッシュとともに丸めた紙を捨てるのを見て、捜査員はピンときて、その紙をさりげなく回収しました」

日下は、水谷と目を見交わす。この経緯も捜査記録に記されていた内容だった。だが、現実に起きた事件というものは、限りなく曖昧な要素が複雑に絡み合っており、しかも、土地勘のない場所で展開することがほとんどで、そこに様々な突発事態や偶然が重なりあっている。捜査記録を一読した程度で、全体像を明確に把握することは、ベテラン刑事でも不可能に近い。だからこそ、現場の空気を体験した人間から直に聞き取りをする必要があるのだ。

西山が続けた。

「後で判明したことですが、静岡駅から安倍川駅までの正岡浩子さんの動きは、その紙に記された犯人側の指示に従ったものでした。公衆電話が置かれていた台は鉄製で、台の裏側に指示を記したそのメモがマグネットで留められ、タイマーも仕掛けられていて、時間が来るとアラームが鳴る仕組みになっていたんです。その公衆電話で犯人と連絡を取り合うとばかり思い込んでいた捜査陣は、まんまと裏をかかれてしまったというわけです。公衆電話への対応をめぐって捜査会議で散々に揉めた挙句に、安全策を選択してしまったことが裏目に出て、目の前にあった手掛かりを、みすみす見逃す羽目になったんですよ」

「それが、捜査記録にあった、あのメモ書きの内容というわけですね」

日下の言葉に、西山が苦しげに顔を歪めて、無言でうなずく。

捜査記録の中に添付されていた犯人が残したメモ書きの写真と、その文章の書き起こしが、いまの西山の説明で、初めてすんなりと日下の理解に繋がった。そのメモには、パソコンの文字で次のように記されていた。

これから先、おまえは喋ってはならない。一言でも喋ったら、娘の命はないものと思え。まず、ただちに全速力で東海道本線の下りホームへ向かい、午前七時十分発の電車の先頭車両に先頭部分のドアから乗り込め。乗り遅れた場合、取引はそこで終了だ。車内で誰かに合図を送ったりしてはならない。次の安倍川駅で下車しろ。ただし、降りる間際に、先頭部分のドア横の床に、デパートの紙袋を残しておけ。下車したら、まっすぐに高架の階段へ向かい、そのまま改札口を抜けて、東口へ出ろ。東口にロータリーがあり、そこに静岡市案内図があるから、その前で次の指示を待て。その間も、誰とも接触してはならない。これらの指示に一つでも背けば、娘の命はないものと思え。

西山がおもむろに言葉を続けた。

「正岡浩子さんのメモを拾った捜査員は、してやられたと地団駄を踏んだそうです。一千万円が入った紙袋は、下り電車とともにとっくに出発してしまったと思ったからです。彼女を追跡するために動員された大勢の捜査員たちは、千葉と田中以外、一人残らずその電車から下車してしまっていました」

「その二人は、どうされたんですか」

「島崎課長の指示通り、車両内に残り、すぐに正岡浩子さんが乗っていたあたりを確認しました。しかし、先頭車両の先頭部分のドア横の床には、すでに紙袋はありませんでした」

「犯人が回収したんですね」

「間違いなく、そうだと思います。千葉は、すぐに指揮本部に連絡を入れました。しかし、その段階で、犯人が走行中の車両にまだ乗っているのか、それとも、安倍川駅で下車したのか、二人にも、指揮本部の島崎警部にも、判断が付きませんでした」

「それから、どうしました」

「安倍川駅に配置されていた捜査員たちと、次の用宗駅に張り込んでいる捜査員たちに、指揮本部から緊急命令が飛びました。予想外の事態に直面して、島崎警部が急遽二つの賭けに打って出たんです」

「どんな賭けですか」

「一つは、安倍川駅で下車した人々のうち、親子連れや老齢者、中高生以下は除外して、それ以外の可能な限り多くの人物に二人一組の追跡班を張り付け、不審な動きがあれば、ただちに指揮本部に連絡して、応援を投入するという対応です。しかし、犯人が車内に残っていた場合、用宗駅、焼津《やいづ》駅、西焼津《にしやいづ》駅、藤枝《ふじえだ》駅と東海道本線が走行を続ければ、乗降客が次々と入り混じり、完全にお手上げになることは目に見えていました。そこでもう一つ、犯人に怪しまれない口実を設けて、用宗駅で全乗客を強制的に降ろし、その顔写真を密かに撮影することにしたんですよ」

「全乗客ですか」

「ええ。一両目は当然ですが、走行中に、犯人が後方の車両へ移動することも考えられたので、すべての車両の乗客が例外なしでした。同時に、島崎警部はＪＲ東海に緊急事態を告げて、車両を停車しないギリギリの低速で走行させることと、次の用宗駅ではホームで乗車待ちをしている客たちを一人残らずホームから退避させて、駅員に扮《ふん》した捜査員たちが全車両のすべての乗降口前に張り付くまで、車両のドアを絶対に開けないように依頼したんです」

「それで、どうなりましたか」

「悠長に事情を説明している余裕はありませんでした。ＪＲ東海の運行管理センターの責任者を、島崎警部が恫喝《どうかつ》するようにして、その対応を承諾させたんだそうです」

「どうして、そこまでしたんですか――」

「安倍川駅から用宗駅までは一・五キロほどしかなく、通常の走行時間にして、わずか三分弱程度です。動員命令の下った捜査員たちが、そんな短時間に用宗駅で配置に就くことは、どう考えても不可能でした。さりとて、車内に犯人が乗り合わせていれば、途中で停車させた場合、《非常用ドアコック》のレバーを操作して、ドアを自力でこじ開けて逃走する恐れがあります」

「なるほど、それで、低速で走行させたわけですね」

「ええ。車掌に命じて、車内放送を入れさせました。——ただいま、先行する別車両に乗車中のお客様が体調を崩されて、次の用宗駅で救護活動を行っておりますので、本線は減速走行を行います。お急ぎのところ、ご迷惑をおかけいたしまして、お詫《わ》び申し上げます——と。その間に、用宗駅周辺に待機していた三十名の捜査員たちが、全速力で用宗駅へ向かいました——」

説明を聞きながら、そのときの状況を思い浮かべた日下は、さながら我が事のように、手に汗を握る緊迫感に襲われていた。彼自身、特殊班の島崎蓮二警部とは、平成三十年に発生した別の誘拐事件のおり、捜査をともにした経験があった。緻密《ちみつ》な目配りと、粘り強い捜査手法に定評がある人物だが、この突発事態にどれほど肝を冷やしたことだろう。そして、島崎警部からの矢継ぎ早の指示で、緊急移動を余儀なくされた大勢の捜査員たちは、真夏の厳しい陽射しのもと、大慌てで右往左往せざるを得なかったに違いない。

西山が続けた。

「——まさに、とんでもない事態でした。用宗駅のホームで乗車待ちしていた大勢の客たちは、駆けつけた警察官たちから、一旦、高架になっている通路を通って改札口から外へ出るように命じられましたし、応援の私服の捜査員たちが、下り電車の全乗降口前の配置に就くまでに、十分ほどもかかったそうです。当然、車両内の客たちは、事態が理解できるはずもないので、パニックになることも予想されました。そこで、また車掌による車内放送を入れさせたんです。——信号機の不具合が発生し、ただいま検査しておりますので、車内でしばらくお待ちください。車両の運行に遅れが生じてしまい、深くお詫び申し上げます――と。むろん、こうした対応により警察の介入が犯人に気付かれる可能性は少なくなかったでしょうが、ほかに方法は考えられませんでした」

「なるほど」

「すべての車両の乗降口前に、駅員に扮した私服捜査員が二人ずつ配置に就きました。そして、用意が整った時点で、再び車内放送を入れたんです。――この電車はここから回送電車となりますので、次に来る車両への乗り換えをお願いいたします。また、乗り換えのお客様と、お降りになるお客様が混み合いますと、事故に繋がる恐れがありますので、乗降口前に待機している係員の誘導に従って降車いただきますようお願い申し上げます――と。そして、ドアが開きました。しかし、日本人というものは、本当に真面目というか、秩序正しいというか、誰も我先にということなく、実に整然と列をなして、一人ずつ客が降りてきたとのことでした。

もちろん、捜査員たちが目を光らせたのは、デパートの紙袋を持った人物でした。紙袋を回収した後で、別の鞄に入れた可能性や、紙袋から現金だけを取り出して、服の下などに忍ばせていることも予想されましたから、手提げや鞄、デイパックなどを所持した乗客、それに、服やズボンが膨れている乗客も要注意でした。同時に、少し離れた場所から複数の私服捜査員によって、降りてきた乗客の動画撮影が行われました」

「それで、結果は？」

「安倍川駅で降りた乗客からは、持ち物を含めて不審者は一人も見当たりませんでした。用宗駅で降りたり、別の車両に乗り換えたりした乗客についても、怪しさを感じさせるような人物はついに発見できず、不審な持ち物や衣服の不自然な膨らみなども見当たらなかったとのことです。すぐに撮影した動画を詳しく分析しましたが、前科や前歴のある者、また、被害者やその家族と繋がりのある人間は、ただの一人も見出せませんでした」

止めていた息を吐き、日下はまたしても水谷と顔を見合わせる。

すると、水谷が言った。

「乗客の降りた後、車両内を捜索したんですか」

「ええ。すべての車両を隈なく調べましたが、身代金はもとより、紙袋すら発見できませんでした」

日下は声もない。

水谷も啞然《あぜん》とした顔つきになっていた。

## 5

「一千万円の入った紙袋は、どこへ消えたというんだ――」

静岡中央署の刑事課の部屋に、飯岡警部の驚きに満ちた声が響いた。

「犯人に奪われたとしか考えられません」

日下は言った。

横に立つ水谷も、大きくうなずく。

二人は、《正岡聡子ちゃん誘拐事件》の捜査記録と西山警部補から聞き取りした内容を、報告しているところだった。

「不審者を見出して追跡するという、島崎の網から、犯人が漏れてしまったということか――」

悔しさの滲《にじ》んだ口調で、飯岡がため息交じりに言った。

日下はかぶりを振った。

「それは違うと思います」

「どういうことだ」

顔を上げて、飯岡が怪訝《けげん》な表情を浮かべる。

「張り込み中の捜査員たちの感覚は、文字通り殺気立った猟犬のそれです。内心に恐れを抱く者の眇《すが》めた目つきや表情の強張り、不安や動揺から来る不自然な一挙手一投足、どんな些細な動きも、めったなことで見逃すはずはありません。そのことは、課長が誰よりもご存じでしょう。その意味で、島崎警部が指示されたのは、最善手だったと愚考いたします」

「それなら、犯人はどうやって身代金を奪取したというんだ。手品のように消したとでもいうつもりか」

「西山警部補の話では、身代金を奪取されてから二日後になって、一人の捜査員が、捜査陣が完全に見落としていた唯一の盲点に気が付いたんだそうです」

「唯一の盲点？」

「安倍川駅で正岡浩子さんが車両から降りた直後に、犯人はドア横に残されていた身代金の入った紙袋を素早く回収し、ほかの客たちに紛れてホームに降り立ちます。そして、高架になった渡り通路の中央にある改札口前で、乗降客たちの慌ただしい交錯にさりげなく入り込んで、そのまま反対側の上り線ホームまで行き、上り線の車両に乗り込んで、静岡駅の次の東静岡駅あたりで降りれば、どうでしょう。安倍川駅の上り線ホームへ向かう通路上部には防犯カメラが設置されていましたが、改札口に向かってくる人の顔は映るものの、上り線ホームへ向かう人は、後頭部しか映らない向きになっていました。東静岡駅の改札を通り抜けるときにもトイカに不具合は起きませんし、改札口の防犯カメラに映り込んでも、紙袋を隠してラッシュに紛れれば犯人と特定されることはないでしょう。――むろん、これはあくまで推測であって、裏付けはいまだにできていません。しかし、犯人が身代金を奪取する確実な方法は、これしか考えられなかったとのことです」

飯岡が絶句した。

刑事課にいたほかの捜査員たちもこちらを凝視して、黙り込んでいる。

そのとき、水谷がおもむろに口を開いた。

「正岡浩子さんは、八月十五日の日没近くまで安倍川駅の東口ロータリーで待機していたものの、ついに犯人からの指示はなく、午後六時過ぎになって、突然卒倒して意識を失ったそうです。ただちに、付近に張り込んでいた捜査員たちが指揮本部の了解を得て、救急車で病院へ搬送しました。それで、張り込みは事実上終了となったとのことです」

悄然《しょうぜん》とした口調に、刑事課の部屋に沈黙が落ちた。

その静寂を、日下は破った。

「事件発生から六日が経過した時点で、正岡夫婦は半狂乱だった、と西山警部補は話していました。《金を手に入れたら、娘は必ず生きて返す》と約束しておきながら、その後、犯人からの電話や手紙による連絡はなく、聡子ちゃん発見の一報もついに届きませんでした。腎臓病の薬が絶たれているであろう状況も踏まえると、その翌日に捜査本部が公開捜査に踏み切ったのも、やむを得ない決断だったと思います。しかしその後も、容疑者はただの一人も浮かび上がらず、身代金として用意された一万円札の紙幣については、事件から現在までに、たった一枚の使用すら確認されていません」

「つまり、絶望的だったということか」

日下と水谷は、無言でうなずいた。

そのとき、飯岡がハッとした顔つきになり、言った。

「もう一つの誘拐の動機についての捜査は、どうなったんだ。正岡聡子ちゃんがレシピエントだったという点だよ」

「ええ、その点についても捜査が行われました。営利誘拐は偽装で、臓器移植に関わる動機があるのではないかと。例えば、臓器移植を受けられる順番を変えるため、という可能性についてです。捜査本部は裁判所に令状を申請して、ドナーの臓器摘出を行った病院の記録の証拠保全を図ってもらい、その内容に目を通したとのことです」

「それで、どうなった」

「レシピエントは、移植直前まで、自分の臓器移植の順位を知らないんだそうです。しかも、生体間移植の場合は別にして、脳死状態や死亡したドナーからの移植の場合、ドナーがいつ現れるのか、レシピエント側が察知することは絶対に不可能です。また、レシピエントは、ほかのレシピエントの情報も知りません。つまり、机上の想定では動機となり得るとしても、現実には、そういった動機で、誘拐という凶悪犯罪を決行するとは、とうてい考えられません。誘拐された後で聡子ちゃんにドナーが現れたことは、不幸な偶然だと結論づけられました」

うーん、と飯岡が唸った。それでも、諦めきれないように続けた。

「実際に、彼女の臓器移植の優先順位を調べたのか」

「当然、調べました。正岡聡子ちゃんのレシピエントとしての優先順位を知っているのは、臓器の公式斡旋《あっせん》機関である扶桑臓器移植ネットワークの移植コーディネーターだけだそうです。捜査本部では、令状を取り、そこについても記録の保全を行いました。その結果、事件発生当時、正岡聡子ちゃんは、腎臓移植の優先順位が二位だったと判明したそうです。人には左右二つの腎臓がありますが、移植されるのは通常一つだけで、二つの腎臓を提供できるドナーが現れると、二名のレシピエントが臓器を得られることになります」

日下の言葉に、飯岡が身を乗り出した。

「やはり、それが動機だったんじゃないのか」

「捜査本部が調べてみると、正岡聡子ちゃんが誘拐される前日、ドナー候補者が現れ、移植に向けての正式手続きに入っていたとのことです。扶桑臓器移植ネットワークの記録によれば、八月十二日の午後六時過ぎに男性のドナー候補者が確認されました。生前に臓器提供の意思を正式に表明しており、不慮の事故に遭ったとのことです」

「おい、ちょっと待て、ドナー候補者が確認された時点で、正岡聡子ちゃんは二位だったんだろう。それなら、誘拐事件前日の、そのドナーが現れたときに、連絡を受けるんじゃないのか」

飯岡の言葉に日下は一つうなずき、言葉を続けた。

「ドナー候補者の男性は十二日の午前中に、県内の気田川で事故に遭い、意識不明の危篤状態が続いたそうです。懸命の医療的処置にもかかわらず、午後六時過ぎになって、脳死状態が確認されました。そして、ここからは西山警部補からの受け売りになりますが、その方がドナーとして公的に認定されるためには、臓器移植について家族全員から正式な同意を取り付ける必要があり、さらに移植可能な臓器の検討や、臓器とレシピエントとの適合性についての医学的な検査があるんだそうです」

「つまり、ドナー候補者の認定には時間がかかるということか」

「西山警部補はそう言っていました。そのため、ドナーとして正式に認定されたのが、八月十四日の午前十時少し前のことでした。そこで初めて、聡子ちゃんの主治医へ連絡が入ったそうです。ともあれ、移植の順位が二位だった正岡聡子ちゃんが姿を消したことから、移植順位が三位から二位へと繰り上がったレシピエントがいたわけで、捜査本部はこのレシピエントとその家族について、慎重に内偵を行いました。

新たに二位となったレシピエントはごく普通の会社員の子供で、高校一年生の男性でした。このレシピエントと家族には、事件当日とその前後に完璧なアリバイがあり、周囲に不審な協力者を見出すこともできませんでした。結果として、あの誘拐事件がレシピエントの順位がらみで起きたものではないとの結論に達せざるを得なかったというわけで、この点だけは、正岡夫妻にも知らせたそうです」

言いながら、日下は、清水署の西山警部補の顔を思い浮かべていた。凶悪事件の捜査を担当する刑事は、事件の解決に至ることができなかった場合、犯人への怒りや悔しさを嚙み締めるだけでなく、被害者と被害者家族への深い負い目まで背負い込むことになる。日下たちに説明を続けながら、西山がときおり固く目を瞑《つぶ》り、辛《つら》い痛みに堪えるような表情を浮かべていたのは、いまだにそんな罪悪感に責め苛《さいな》まれているからだろう。

通常、警察は被害者家族に、容疑者の有無を含めて、捜査の進捗状況を教えることはない。下手に知らせると、被害者家族が独断専行に走るなど、予想外の事態に発展しかねないからだ。しかし、正岡夫妻には、せめて、その結論だけでも伝えることで、ほんのわずかでも心の慰めを与えることができればと考えたに違いない。

「レシピエントの線も消えちまったたってことか――」

畜生っ、と飯岡が口走って小さく舌打ちを漏らすと、苛立たしそうに続けた。

「――昼前に、正岡夫妻がここを訪れて、あの遺体と対面したよ。いつものことながら、遺体と向き合う被害者家族ほど、見ていられんものはない。見覚えのあるスニーカーを目にして、正岡満さんは白骨をかき抱いて絶叫を張り上げたし、浩子さんはその場にうずくまり、声を上げて泣き続けていた」

言葉を詰まらせたように、飯岡はじっと考え込んだものの、やおら顔を上げると、鋭い目つきを日下たちに向けた。

「で、おまえたちは、今回の正岡聡子ちゃんの遺体の発見が、十年前の誘拐事件の解明にどんな進展を付け加えると考えているんだ」

「戻りの車の中で、水谷とも散々に話し合ったのですが、気になる点が二つあります」

「何だ、言ってみろ」

「一つは、被害者の身柄をあんな辺鄙《へんぴ》な場所まで運び、脅迫状を作成して投函し、静岡駅の公衆電話に仕掛けをするという芸当を、限られた時間内に単独でできるだろうかという点です」

「つまり、誘拐犯は複数だったと見るわけか」

「その可能性は十分にあると思います。二つ目は、あの廃村で子供の泣き声が聞こえるという噂を、ネット上に流したのは誰かという点です。単なるホラー趣味の人間が悪戯《いたずら》として吹聴した噂である可能性を、現段階で否定することはできません。しかし、出まかせに噂を流した廃村に、誘拐された子供の遺体がたまたま隠されていたなんて、そんな都合のいい偶然が果たしてあり得るでしょうか」

「偶然でないとしたら、どう考えるんだ」

「矛盾しているとしか、言いようがありません」

「矛盾している?」

「あの廃村に被害者の遺体が隠されている事実を知っているのは、どう考えても、誘拐犯だけです。しかし、誘拐した被害者の遺体の隠し場所を、犯人自身が吹聴することはあり得ません」

誘拐殺人の量刑は、相当の割合で極刑である。そして、平成二十二年四月二十七日に公布施行された改正刑事訴訟法により、人を死なせたことによる法定刑の最高が死刑に当たる罪については、公訴時効が廃止されている。つまり、誘拐した子供の遺体の隠し場所に人々の関心を集めるような噂を、犯人がばら撒《ま》く道理は絶対にないのだ。

飯岡が口を開いた。

「無関係の人間が、あの廃村でたまたま遺体を発見して、面白半分に噂を流したのかもしれんぞ」

「人間の白骨を発見しておきながら、警察に通報しない一般人がいるでしょうか」

「それはどうだろう。いまの若いやつらは、場合によっては、非常識なことでも平然とやりやがるからな」

「しかし、疑問はまだあります」

「まだあるのか」

「百歩譲って、噂を広めたのは、事件と無関係の第三者だとしましょう。しかし、そもそも犯人は、なぜ十年もの間、あの廃村に遺体を放置したのでしょうか。犯人はどんなことがあっても、被害者の遺体を完全に隠滅しようとするのではないでしょうか」

「誘拐した被害者の遺体を完全に隠滅しないことには、犯人は枕を高くして眠ることはできんからな。それで、おまえたちは、これからどうするつもりだ」

「科捜研に依頼した、被害者の遺体と衣服の残骸の分析結果を確認したいと思います」

「よし、その内容も含めて、今晩の捜査会議で報告してくれ。別の者に行わせた《地取り》についても何か成果があれば、上がってくるはずだ」

「了解しました」

日下と水谷は低頭した。


「いったい誰が、あの奇妙な噂をばら撒いたんでしょうね」

静岡中央署の玄関ホールに、水谷の声が反響した。

肩を並べている日下は、すかさず言った。

「課長は、若者の悪ふざけかもしれないなんて言ってたけど、俺は、そうじゃないと思うな」

二人が向かっているのは、目の前の御幸通りを挟んで、斜め右側にある県警本部内の科学捜査研究所である。

「日下さんは、誰が噂をネット上に拡散させたと考えているんですか」

「犯人でもなく、無関係の第三者でもない人間さ」

「どうして、そう思われるんですか」

「理由は二つある。一つは、遺体が発見されたときの状況だ。発見者の宮島はこう言ってたよな。《板戸が閉まった押し入れみたいなものがあったので、中に何かあるかもしれないと思って、板戸を無理やりこじ開けてみた》と。つまり、彼が押し入れの正面を覆っていた板戸をこじ開けるまで、犯人を別にして、ほかの人間は遺体の存在に気付かなかったはずじゃないか」

「確かに。でも、それなら、遺体の有無とは無関係の偶然説が、俄然有力になるんじゃないですか。ただでさえ不気味な廃村なんだから、子供の泣き声が聞こえるなんて、ホラーっぽい噂を流してやれっていうノリで、出まかせの噂をばら撒いた奴がいたのかもしれませんせん」

思いついたことを、すぐに口にせずにはいられない水谷の若さに、日下は笑みを浮かべる。

「ああ、現時点で、その推定を完全に否定することはできない。しかし、もう一つの点が、俺の主張にある程度の信憑性《しんぴょうせい》を与えてくれるように思う。それは、あの廃村で子供の泣き声が聞こえるという噂が広まったおかげで、結果として、二人の大学生によって白骨遺体が発見されてしまったという事実さ」

「どういう意味ですか」

水谷が歩きながら、首を傾げた。

日下は足を止めると、水谷に向き直った。

「噂を流した人間自身は、遺体を見つけられなかった。それで、誰かに遺体を発見してもらいたかったんじゃないか、とも考えられるってことさ」

「うーん。でも、それはいったい誰なんですか」

「そこまで見当が付くなら、刑事はいらんさ」

言うと、日下は再び歩き出した。水谷も、慌ててその後に従った。


「被害者の死因は、残念ながら、不明としか言いようがありません」

科捜研の菱沼《ひしぬま》係官が、渋い顔つきで言った。

日下と水谷は、科捜研の執務室の隣にある、ソファだけの殺風景な応接室で、白衣姿の菱沼係官と対座していた。

「まったく分からないんですか」

日下は言った。

「遺体の骨のどこにも損傷や強い衝撃が加えられた痕跡は認められませんし、内臓をはじめとして、毛髪までが風化している現状では、死因を特定する手段がありません」

「被害者は腎臓の疾患を抱えたレシピエントだったとのことです。その腎臓の疾患が死因に繋がった可能性は、いかがでしょう」

「可能性は否定できませんが、断定もできませんね」

日下は唸った。

すると、隣にいた水谷が口を開いた。

「衣服の残骸から、何か判明したことはありませんか」

「ああ、それなら、一つだけありましたよ」

その言葉に、日下と水谷は耳を欹《そばだ》てた。

# 6

「現場となった廃村――かつては天竺村と呼ばれていた地域ですが、現在、周囲二キロ圏内に、人が住んでいる民家は一軒も存在しません――」

刑事課の部屋に、野太い声が響いている。現場となった廃村とその周辺での聞き込みをした結果を、初老の山形武史《やまがたたけし》警部補が報告していた。小柄だが、柔道で鍛えたがっちりとした体つきで、黒々とした五分刈りの髪型をしている。

上座のデスクの飯岡課長をはじめとして、捜査員たちがそれぞれの席でメモを取っている。日下も、執務手帳に黒ボールペンで、《天竺村、二キロ圏内に民家なし》と書き込んだ。

捜査会議は、午後九時半から始まった。廊下側に並べられた二台のホワイトボードに、被害者と家族の人定、十年前の事件経過の概略が記されている。その横に被害者の遺体写真、関係者の顔写真、現場の廃屋と納戸の押し入れなどの十数枚の写真が、マグネットで留められていた。

メモに目を落としながら、山形は続けた。

「――そこで、同地域を管轄する役所に問い合わせてみたところ、天竺村についての若干の情報を得ることができました。同村は、かつて十五戸、四十人ほどが居住していたそうです。村民は林業及び農作で生計を立てておりましたが、買い物や通学、通院などの生活の不便に加えて、昭和三十年代に村を襲った台風により、複数の家屋が甚大な被害を受けたことから、村民の集団移住が促進されて、昭和四十年頃には無人になったとのことでした」

「人が住まなくなって、かれこれ六十年ほども経《た》つのか」

飯岡が、しみじみとした口調で口を挟んだ。

「そういうことになります。しかし、村に通ずる道はそのまま残され、山仕事や近隣で盛んとなった椎茸《しいたけ》栽培などで、たまに近隣地域の住人たちの出入りはあったとのことです。ところが、昭和四十五年に入り、個人旅行の増加やバイクのツーリングの流行の影響なのか、勝手に村へ入り込む一般人が見られるようになりました。たぶん、《ディスカバー・ジャパン》の余波でしょうな」

山形警部補の言葉に、同年輩の岸本肇《きしもとはじめ》警部補がかすかに歯を見せた。だが、隣の若い井上隼《いのうえはや》太《た》巡査が丸い童顔にキョトンとした表情を浮かべて、口を開いた。

「《ディスカバー・ジャパン》って、いったい何ですか」

「昭和四十五年から旧国鉄が始めたキャンペーンだよ。大阪万博の終了後の旅客確保の策として立てられて、それまでの団体中心の旅行形態が、個人旅行や女性の旅行に大きく変化する契機となったんだ」

岸本が補足を入れた。細長い顔で眉が垂れており、山羊《やぎ》を思わせる穏やかな顔立ちである。

山形が小さく頭を下げた。

「岸さん、説明をありがとう。ともかく、そのあたりから、あの廃村は荒れるに任されるようになり、現在に至っているとのことです。で、《地取り》を命じられたものの、聞き込みをするべき住民がいなかったので、三キロほど離れた農家を三軒訪ねてみました。ところが、そのうちの一軒で思いがけない収穫があったんです。その農家のご主人が、三年前に山仕事でたまたま天竺村を軽トラで通りかかったとき、廃屋のそばをうろついている不審な人影を見かけたんだそうです。しかも、一度ではなく、二、三度見かけたとも話していました」

室内に、低いざわめきが広がった。隣同士で囁き交わしている捜査員たちもいる。

日下は思わず言った。

「遺体の第一発見者の大学生たちが目にしたという、ネット上の廃村探訪記の内容は本当だったんですね」

「ああ、どうやらそのようだな。そのご主人――お名前は谷口周作《たにぐちしゆうさく》さんという方で、いまは七十五歳だそうだが、何年か前に、あの廃村で写真を撮っていた男たちから声を掛けられて、その話をしたとも言っていたからな」

「その人影は、どんな感じだったんだ。男か女か、それに年齢や服装は分からんのか」

飯岡が訊いた。

「私もその点が気になり、谷口さんに問い質《ただ》してみました。今回発見された遺体と関連する可能性もあると思いましたので。しかし、いつも遠くからチラリと見かけただけで、大人の男性だったような気がするけど、年齢や容姿は分からなかったと話していました」

「獣を人間と見間違えたってことは、考えられませんか」

水谷がすかさず口を挟んだ。

「その点も訊いてみたよ。しかし、谷口さんは、絶対に見間違いじゃないと断言していたな」

しばし、室内に沈黙が落ちた。

それを破るように、飯岡が言った。

「次に、ネット上の例の噂の確認について、報告――」

「はい。私はインターネット上で、《廃村》《天竺村》《子供の泣き声》などのワードで検索を掛けてみました――」

報告を始めたのは刑事課の紅一点、三十路前の細川和美《ほそかわかずみ》巡査だった。髪をポニー・テールに結び、縁なしの眼鏡を掛けている。彼女は昨年、捜査専科講習の選抜試験に合格し、この五月から見習いとして、刑事課の捜査実務に加わることが許可されたのだった。

「――その結果、この三つのワードと少しでも関わりがあると考えられる四十八件のブログを確認しました。さらに、そのうちの四件は《天竺村》《子供の泣き声》に関連する具体的記述がありました。いずれも二年前にアップされたもので、共通するのは、《この天竺村で、ときおり子供の泣き声が聞こえるという噂があります》というくだりです。投稿者名から辿《たど》り、連絡がついた三件のブログ管理者から聞き取りをしたところ、二年前の初頭、別のブログの《天竺村》の記事に、その噂についての記載があり、興味を引かれて現地を取材したと言っていました」

「まさか、その三名は、あの廃村で本当に子供の泣き声を聞いたんじゃないだろうな」

飯岡が渋い顔つきで訊いた。

ポニー・テールを揺らして、細川巡査がかぶりを振った。

「確認しましたが、三名とも子供の泣き声は聞いておりません」

日下は手を上げた。

「その噂が記されていたという最初のブログは、いまはどうなっている」

「その三名に訊いたところ、ほどなく削除されてしまったとのことです。念のため、今日一日、私もネット上を探してみましたけど、見つけることができませんでした」

「次に、日下と水谷の報告――」

飯岡が言った。

「はい、私から報告いたします――」

日下は口火を切った。

「――私と水谷は、清水警察署を訪れて、十年前に発生した正岡聡子ちゃん誘拐事件について、すべての捜査記録を確認するとともに、当時捜査に携わった西山警部補から、事件経過の詳しい内容を聞いてまいりました――」

日下は、誘拐事件の顛末《てんまつ》を、時系列に従って一つ一つ説明すると、言葉を続けた。

「――結局、身代金は奪われてしまい、犯人を突き止めることもできませんでした。しかも、それ以降、犯人からの接触はなく、被害者も発見できず、捜査は完全に行き詰まってしまったとのことです」

そして、身代金奪取の方法について、捜査員の一人が気付いた唯一の盲点の推測を、日下は付け加えた。

「正岡夫妻が目を付けられたという点から、容疑者は浮かび上がらなかったんですか」

井上から質問が飛んだ。

「指揮本部が解散し、特別捜査本部に引き継がれて公開捜査になった後も、被害者及び両親についての《鑑取り》は続行されたそうだ。しかし、ただ一人の容疑者も浮上しなかった。一年後にその特別捜査本部も解散して、所轄署の継続捜査とはなったものの、現在に至るまで捗々しい進展はない。身代金の一万円札が使用されたという状況も、一切確認されていない」

《鑑取り》とは、その人物に関連したあらゆる人間関係、悶着の有無、利害関係、過去の因縁などについての聞き込み捜査のことである。

捜査員たちの口から、ため息が漏れた。

すると、飯岡が口を開いた。

「日下、この案件をどう考える。紆余曲折《うよきよくせつ》はあったにせよ、事実上、県警の捜査が頓挫《とんざ》したヤマだ。しかも、物証は脅迫の手紙と一枚のメモ、それにタイマーだけだ。それすら大量生産品で、県内だけでも何千個も流通しており、容疑者の特定に結び付く痕跡は一切なく、入手ルートも不明だぞ」

「まだ報告できていなかったのですが、科捜研の分析によれば、正岡聡子ちゃんが身に着けていたTシャツの残骸に、別の繊維が残留していたとのことです」

「別の繊維？」

「い草の繊維です。半袖部分や胸部、背中にも付着していたことから、正岡聡子ちゃんは、い草のロープで縛られた状態で、廃屋の閉ざされた押し入れに放置されたと推定できると、科捜研では見ています――」

日下は捜査員たちを見回して、おもむろに言葉を続けた。

「――確かに、犯人を突き止める物証は、ほとんどないのが実情です。しかし、幼気《いたいけ》な少女を誘拐して、死に至らしめた犯人をこのまま野放しにすることは、絶対にできません。天竺村で子供の泣き声が聞こえるという噂は、むろん、何者かが吹聴した創作でしょう。しかし、亡くなった正岡聡子ちゃんの魂は、この十年間、あの廃村で無念を訴え続けていたと言えるのではないでしょうか」

室内に沈黙が落ちた。

その静寂を、飯岡の言葉が破った。

「よし、中央署刑事課として、本格的に再捜査に取り組むことにするぞ。ただし、本署はほかにも厄介な案件を多数抱えており、それらの捜査も手を抜くわけにはいかん。そこでまずは、日下と水谷の二人だけで、この件に取り組んでもらいたい。いいな」

「はい」

「了解しました」

日下と水谷の言葉が重なった。

# 第三章

## 1

翌朝、日下と水谷が乗ったホンダ・ヴェゼルは、国道一号線を東へ向けて走行していた。

二人は、清水市江尻町にある正岡家を訪れるところだった。十年前に起きた誘拐事件について、正岡夫妻から改めて聞き取りをするためである。朝一番に電話を入れて、正岡浩子から承諾を取り付けてあった。夫の満も同席するという。

《正岡聡子ちゃん誘拐殺人事件》の再捜査に当たり、日下が選んだ捜査手法は、《直当たり》だった。直接すべての現場を訪れる。証拠品一つ一つを、改めて調べなおす。関係者や目撃者に一人残らず会う。それが《直当たり》である。

十年もの間、特別捜査本部や清水署が悪戦苦闘した挙句、ついに刀折れ矢尽きた一件なのだ。一朝一夕に新たな証拠や有力な目撃証言を得られたり、思いがけず容疑者が浮かび上がるようなことはないだろう。愚直にすべてを調べ直すしか、事件解明の糸口を得る術《すべ》はあり得ない、と考えたのである。《直当たり》が、徒労の繰り返しに陥りかねない捜査手法だということも、十分に承知のうえだった。

それでも、絶対に犯人を追い詰める――

車窓から、夏の厳しい陽射しに焼かれた町並みを見やりながら、日下は自分自身に言い聞かせていた。

「この十年間のご心痛のほど、心よりお察し申し上げます」

背筋を伸ばしたまま、日下は深々と頭を下げた。

隣で、水谷も同じように頭《こうべ》を垂れている。

午前十時ジャストに正岡邸のインターフォンを押すと、夫妻が顔を揃えて玄関で出迎えてくれた。そして、別室に置かれた仏壇に持参した花と線香を手向《たむ》けて、正岡聡子の位牌《いはい》に手を合わせた後、十二畳の応接室に通されたところである。仏壇に飾られていた遺影の、あどけない少女の笑顔が、日下の脳裏に焼き付いていた。

「恐れ入ります」

正面に立つ正岡満が、掠《かす》れた声で言った。

「どうぞ、お座りください」

夫の横にたたずむ正岡浩子が、ぎこちなくソファを指し示した。

二人とも整った顔立ちだが、顔色が蒼白だった。十年前の捜査記録に添付された顔写真では黒々とした髪だった夫妻が、いまはすっかり白髪となり、痩《や》せた顔に深い皺が刻まれている。

「失礼いたします」

日下は、水谷とともにソファに腰を下ろした。

対座する形で、正岡夫妻も座った。

日下は一つ咳払《せきばら》いをすると、口火を切った。

「すでにお知らせ申し上げましたように、静岡市葵区入島にある廃村で、お嬢さんのご遺体が発見されました。十年前に誘拐の被害に遭われたうえに、今回の痛ましい結果となり、当時の捜査を担当した清水署員とともに、私ども静岡中央署の全署員も、衷心《ちゅうしん》よりお悔やみを申し上げます。

万難を排して犯人を探し出し、絶対に逮捕に漕ぎつける所存ですので、改めてご協力のほど、何卒お願い申し上げます」

一気に言い、再び頭を下げた。

水谷も頭を垂れる。

「ええ、どんな協力でもさせていただきます。犯人が捕まるまで、あの子は決して成仏できませんから――」

正岡満が涙声で言うと、言葉を詰まらせて、かすかに嗚咽《おえつ》を漏らした。そのたびに、細かい皺の寄った首を、喉仏が上下する。隣の正岡浩子もハンカチを目頭に当てて、声を押し殺して泣いている。

二人の壮絶な苦しみと悲しみは、いまだに少しも癒えていないのだ。その古傷に、新たに塩を塗り込めることになると分かっていたものの、日下は心を鬼にして続けた。

「もう一度、聡子ちゃんが姿を消した時点から警察に通報されるまでの経緯を、順を追ってできるだけ詳しく説明していただけませんでしょうか」

「は、はい――」

正岡浩子が真っ赤に潤んだ目からハンカチを離して、ぎこちなくうなずいた。

「――あの日のことは、忘れようとしても、決して忘れられません。平成二十五年八月十三日、私が外出先から家に戻ったのは、午前十一時前後のことでした――」

涙を抑えながら、彼女が事件経過について訥々《とつとつ》と説明を続けてゆく。

メモを取りながら、日下は話に聞き入った。

隣で、水谷も執務手帳にペンを走らせている。

正岡浩子の話は三十分ほども続いたが、清水署の捜査記録や、西山警部補が話してくれた内容以上の新事実は、何一つ含まれていなかった。

「次に、八月十五日の身代金の受け渡しの顚末のご説明をお願いします」

日下の促す言葉に、彼女は無言でうなずき、再び口を開いた。

だが、今度も目新しい事実は見当たらなかった。

日下は声もなく、メモに目を落とす。

そのとき、水谷が言った。

「お嬢さんが姿を消した日のご説明の中に、こういうくだりがありましたよね。あなたが家に戻られたとき、《自宅の玄関戸の錠が開けっ放しで、子供部屋に娘の財布が残されたままになっており、それに、玄関先に娘の携帯電話が落ちていました》と」

「ええ、確かに言いました」

正岡浩子の顔に、期待に満ちた表情が滲んでいた。

隣に座っている正岡満も、縋《すが》り付くような視線を水谷に向けている。

水谷がこちらに顔を向けて、興奮気味に言った。

「係長、何だか変だと思いませんか」

つかの間、日下は彼と見交わし、その言わんとするところを察した。一見、被害者が携帯電話を手にして玄関から出ようとしたところを、無理やり連れ去られたという状況が想定できるように感じられる。しかし、小学校六年生が外出時に、財布を持たないというのは不自然だ。一方で、荷物の配達員などを装った犯人がインターフォンを鳴らしてドアを開けさせようとしたのだとしても、小学六年生ともなれば、警戒心は相当に強くなっており、そう簡単に応じることはないだろう。それでいて、被害者の遺体は、スニーカーを履いていたのだ。どの想定から考えても、矛盾した状況と言わざるを得ない。

だが、日下はかすかに首を振り、それ以上の発言を無言で封じた。警察の読みを、被害者家族の前に曝《さら》け出すのは極めて危険なのだ。勝手な予断を抱きかねないし、被害者家族が独断で暴走した実例も少なくない。こちらの意図を察したらしく、水谷はすぐに真顔に戻り、口を噤《つぐ》んだ。

だが、その顔つきを目にしたときに、日下は一つのことを思い付いて、正岡夫妻に顔を向けて言った。

「ちなみに、お嬢さんがレシピエントだということを、ご家族以外で、知っている人はいたんでしょうか」

今度は、正岡夫妻が顔を見合わせる番だった。

「仕事場の元同僚は知っていました」

正岡満が言った。

「仕事場というと、静岡総合中央病院ですか」

「はい。その同僚に聡子を診てもらっていましたから」

「その方のお名前は？」

「植竹末男さんです」

日下はその名前を執務手帳にメモしたものの、ふいに別のことが気になって訊いた。

「いま、仕事場の元同僚とおっしゃいましたけど、現在のお仕事は？」

「仕事なら、とうに辞めましたよ」

「どうしてでしょうか」

「私も、それなりの歳ですし、働く気力がなくなってしまいましたので——」

言葉の終わりを、正岡満は曖昧に呑み込んでしまった。それから、恨めしげな目つきを日下と水谷に向けると、涙声で続けた。

「――刑事さん、この先、聡子のことで少しでも何か新しいことが分かりましたら、お願いですから、私どもにも教えていただけませんでしょうか。決して捜査のお邪魔になるようなことはしませんから。どうかこの通りです」

言いながら、青い静脈の浮いた痩せた両手を、拝むように合わせた。閉じられた両目から、大粒の涙が零《こぼ》れ落ちてゆく。隣の正岡浩子も目を瞑ると、痩せた頰に二筋の涙が流れた。

水谷が耐え切れなくなったように、押し殺した深いため息を吐《つ》いた。

日下も、返す言葉が見つからない。そして、清水署で目を通した捜査記録に記されていた、正岡満と浩子に関する人定を思い浮かべていた。

正岡満、静岡県浜松市出身、昭和四十一年十月八日生まれ。

正岡浩子、神奈川県小田原市出身、昭和四十四年十二月十九日生まれ。

つまり、夫は現在、五十六歳、妻は五十三歳ということになる。だが、目の前の二人は、実年齢より、ゆうに十歳以上も老けて見える。

再び心を鬼にして、日下は続けた。

「奥さんは、いかがですか。誰か心当たりはありませんか」

「大学時代の友人になら、娘のことを零したことはあります」

「その方たちについても、お名前とご住所を教えてください」

「ちょっとお待ちください」

正岡浩子が慌てて立ち上がり、応接室から出ていった。

「それから、刑事さん、まだほかにも知っている人間がいます」

部屋を出てゆく彼女を目で追っていた日下は、正岡満の言葉で、視線を戻した。

「誰ですか」

「臓器移植コーディネーターの佐田亜佐美さんです」

「佐田亜佐美さん――扶桑臓器移植ネットワークの職員の方ですね」

「ええ、そうです」

そこへ正岡浩子が戻ってきた。住所録のようなものを手にしている。

「友人の名前は、一人が松原絵美《まつばらえみ》さんで、もう一人が白鳥順子《しらとりじゅんこ》さんといいます。住所は――」

日下は水谷とともに、氏名と住所を執務手帳に書き込んだ。


日下と水谷が正岡邸を辞したのは、午後二時過ぎだった。

門から離れると、水谷がすぐさま頭を下げた。

「さっきは、すみませんでした」

日下も立ち止まり、穏やかな口調で言った。

「俺もそうだったが、若いときは誰でも、思ったことをすぐに口にしたくなる。――しかし、おまえさんの指摘は、必ずしも無駄じゃなかったぞ」

「本当ですか」

顔を上げた水谷が、意外という表情に変わる。

日下は、正岡聡子が略取されたときに見られた矛盾点について説明すると、言葉を続けた。

「これらの矛盾を解消できる解釈に思い至ったんだよ。つまり、聡子ちゃん自身がひどく慌てていたという状況さ。それほどまでに冷静さを失うような状況をつくり出すものは何か、と考えを進めると、即座に一つの答えが浮かんだ」

「それは、いったい何ですか」

「ドナーさ」

その言葉に、水谷は大きく口を開いたものの、すぐに大きくうなずいた。

「それで、係長は、家族以外で、聡子ちゃんがレシピエントだと知っていた人のことを訊いたんですね。その情報を餌にしてインターフォンで声を掛ければ、ドナーを心待ちにしている小学校六年生を騙《だま》して外へ連れ出すこともできるという読みだったわけですか」

「ああ、その通りさ」

かすかに笑みを浮かべ、水谷が言った。

「で、係長、私たちはこれからどうしますか」

「十年前の八月十五日に、正岡浩子さんが辿った行程を、俺たちも実際になぞってみようじゃないか」

言うと、日下は歩き出した。

「直当たりですね」

水谷が勇んだように言い、すぐに肩を並べた。

## 2

日下と水谷が用宗駅のホームに降り立ったとき、午後六時をとうに過ぎていた。

静岡中央署に公用車を戻した二人は、その足で静岡駅へ向かい、静岡駅南口横の狭い通路の先にある公衆電話と、その周囲を詳細に確認した。その後、東海道本線の下り線ホームに立った。それから、ホームに滑り込んできた東海道本線の一両目に乗り込み、安倍川駅で一旦降りると、ホームや改札口、それに外へ出る階段や、東口にある駅前のロータリーを確認した。その後、再び下り電車に乗り込み、この用宗駅まで来たのである。

日下は、ゆっくりと周囲を見回した。ホームが二つ並んだ、ごく平凡な駅だった。改札は南側の一か所だけで、北側に低い山が迫っており、その手前の一段高い位置に、東海道新幹線の線路が走っている。南側は住宅街である。蟬の鳴き声がまだ喧しいものの、西の空が朱に染まり、山や海が近いせいか少しだけ涼しくなっていた。

「どう感じましたか」

高架の通路の階段へ向かう人々の中で立ち尽くした日下に、水谷が小声で言った。

「率直な感想としては、ますますわけが分からなくなったというところだな」

「どういう意味ですか」

「犯人がメモの指示で正岡浩子さんを移動させた経路は、警察の監視や追尾の有無を確認するには、ほとんど役に立たなかったと思う。ホームも車両内も、相当に混雑していたんだからな。となれば、推定の域を出ないが、犯人が身代金を奪取した例の方法は、警察の有無にかかわらず実行するつもりでいた計画だったことになる。悔しいが、奸智《かんち》に長けた輩《やから》と言わざるを得ない。しかし、そんな悪知恵の働く人物が、肝心な遺体の隠滅だけ、どうして怠ったんだろう。しかも、遺体が発見された場所についても、引っかかる」

「あの廃村が何か？」

「被害者宅から天竺村までは、直線距離にして三十キロほどもある。なぜ、そんな遠方まで、わざわざ被害者を運ぶ必要があったんだ。清水の北方には、いくらでも人目のない山があるんだぞ」

「それなら、日下さんは、犯人があの廃村を選んだ理由を、どんなふうにお考えなんですか」

日下は、腕組みして考え込んだ。

北側の線路を、下り方面の新幹線が轟音を立てて走り抜けていく。

二人だけが残されたホームに、蛍光灯が白く灯り始めたとき、彼は腕組みを解いた。

「一つだけ思いついたぞ」

「何ですか」

「被害者の叫び声を、ほかの人間に聞かれたくなかったからじゃないかな」

「叫び声ですか？」

「科捜研の白骨遺体の分析結果を覚えているか」

「はい。遺体の骨には、損傷や強い衝撃が加えられた痕跡が認められなかったんですよね」

「その通りだ。しかも、衣服に残されていたい草の繊維から、被害者は荒縄で縛られて、あの祠《ほこら》のような空間に閉じ込められたとも推定できる。初めから殺すつもりなら、閉じ込めるなんて面倒なことをするだろうか。とすれば、廃村へ連れていった時点では、犯人は被害者を殺害する意図を持っていなかったのかもしれない」

「しかし、実際には、被害者は命を落としていますよ。その点は、どう解釈するんですか」

「まったく見当もつかん。――この事件は、やはりどこか変だ」

「これから、どうしますか」

言われて、日下は腕時計に目を向けた。午後六時二十七分。捜査会議は午後九時半からだから、捜査に使える時間はまだ残されている。

「正岡夫妻が、聡子ちゃんがレシピエントであるということを話した相手に当たってみよう。――それにもう一度、天竺村に足を運んでみたいし、谷口周作さんからも直に話を聞いてみたいな。しかし、あとの二つは、明日までお預けだ」

「何か、いい考えでもあるんですか」

「何もないよ。しかし、現場百回と言うじゃないか」

二人は渡り通路の階段へ足を向けた。

3

翌日、天竺村は、三日前に訪れたときと何一つとして変化がなかった。

蟬時雨《せみしぐれ》に包まれて、木々の葉の間から降り注ぐ陽射しの筋が、黒ずんだ廃屋を斑《まだら》に染めている。凪《な》いでおり、蝶《ちょう》や小鳥たちのほかに、動くものは何もない。

ホンダ・ヴェゼルの傍らにたたずみ、全身から噴き出す汗を感じながら、日下は真夏の陽光に顔をしかめたまま、廃村を見回していた。

事件捜査に当たる刑事は、同じ現場に繰り返し足を運ぶことが珍しくない。その場を眺めまわし、匂いを嗅ぎ、周囲の音に耳を傾け、歩き回ったり、立ち止まったりすることで、それまでに気付かなかった新たな発見や疑問点を摑み取ろうとするためである。しかし、捜査の進展に繫がるようなものを一つでも見出せるというラッキーは、めったにないのが実情なのだ。いまも日下は、そうした何かが、頭の中で垂らした釣り針に掛かるのを願いながら、廃村の中を慎重に目で追っていた。だが、十年前の誘拐事件という黒々とした水面に垂らされた釣り糸は、ピクリとも動こうとしない。

「もう一度、遺体が発見された廃屋に行ってみるか」

諦めて、隣に立つ水谷に声を掛けると、日下は歩き出した。

「そうですね」

水谷が肩を並べた。

歩きながら、日下は昨晩のことを思い返していた。用宗駅の状況を確認した後、二人はその足で静岡市内へとんぼ返りした。目的は、正岡聡子がレシピエントであることを知っていた二人の女性から聞き取りをするためだった。

正岡浩子の大学時代の友人、松原絵美は駿河区役所近くの南八幡町《みなみやはたちょう》にある瀟洒《しょうしゃ》な一戸建てに住んでいた。突然の訪問に、玄関に顔を出した彼女は驚きを隠さなかった。だが、正岡聡子の誘拐事件について再捜査を始めたところだと切り出すと、痛ましそうな表情を浮かべて、すぐに協力を申し出たのである。

日下や水谷の質問に対して、松原絵美はいささかも躊躇《ためら》いや誤魔化すような素振りを見せずに、率直な口ぶりで応えた。

《平成二十五年八月十三日と十四日、それに十五日は、どちらにいらしたか覚えていますか。――これは、お話をお訊きするすべての人に確認させていただいているんですが》

水谷がさりげなく切り出した質問の意図に思い当たったらしく、松原絵美もさすがに気を悪くした顔付きになったものの、すぐに言った。

《十年前にも、刑事さんが二人見えて、同じことを訊かれた覚えがあります。その時期は毎年、家族で蓼科《たでしな》にある父の別荘に行くことにしていますから、あの年も、そちらにいました》

《なるほど。正岡聡子ちゃんがレシピエントだということを、誰かに話したことはありませんか》

《いいえ。浩子さんのお気持ちを考えれば、軽々しく他人に話せることじゃありません》

《つかぬことをお訊きしますが、ご主人はどんなお仕事をされているんですか》

《うちの人は駿州銀行に勤めています。焼津支店の支店長です》

口ぶり、表情、駐車場に停められていた白いBMWなどから感じられる暮らしぶりから考えても、松原絵美には後ろ暗い陰は少しも感じられなかった。

その後、日下と水谷はもう一人の友人である白鳥順子を訪ねるために、西千代田町《にしちよだちょう》の低層マンシヨンへ赴いた。しかし、こちらも松原絵美の場合と同様だった。まったくの空振りだったのである。

日下と水谷が、大きな廃屋と朽ちかけた納屋の脇を回り込むと、現場となった廃屋が目に飛び込んできた。

三日前と同じように、二人は縁側から家の中へ足を踏み入れた。

白骨遺体の見つかった小部屋にも、何一つ変化はなかった。天井の裂け目から差し込む陽光の筋で、宙に浮遊する埃が煌めき、その奥に押し入れの暗い空間があった。

「何度見ても、気味が悪いですね」

水谷が不快そうに言った。

日下は無言のまま、祠のようなその下段から目を離さなかった。

閉ざされた押し入れの中で、縛られた正岡聡子は何を思っただろう。

どれほどの時が経過しても、誰も助けに来なかったのだ。

事件が発生した当時も、押し入れの中は、いまと同じように猛烈な暑さだったろう。

激しい渇きと体調の悪化の苦悶のうちに、暗闇の中でひっそりと命が消えたのだ。

これ以上の悲惨な死を、日下は想像できない。

誘拐犯も、そのことに思い至らなかったはずがない。

それなのに、どうして彼女を置き去りにした。

なぜ、ここへ戻ってこなかった。

そこまで考えたとき、何かが頭の隅を掠めるのを感じた。

だが、その姿をしかと捉える寸前に、掠めたものはどこかへ消え去っていた。

「谷口周作さんに会いに行くぞ」

言うと、日下は廃屋の出口へ向かった。

背後から、水谷が慎重な足取りでついてくる。

「確かに見たんだ。絶対に間違いないよ」

農家の広い縁側に大胡坐《おおあぐら》をかいたまま、谷口周作が嗄《しやが》れ声で言った。頭はすっかり禿《は》げ上がっているものの、太く短い眉がまだ黒々としていて、大きな目に力があり、強情そうな印象を与える。

「大人の男性のように見えたそうですけど、間違いありませんか」

陽の当たる縁側に斜めに腰を下ろした日下は、言った。

庭先に立っている水谷が、執務手帳にメモを取っている。

日下たちは聞き込みのために、あの廃村で事件性のある白骨死体が発見されたことを、目の前の老人に敢《あ》えて明かしたのである。

「ああ、確かに男だったし、大人だったな」

太い指に火のついた煙草《たばこ》を挟んだまま、谷口周作は二重顎でうなずく。

「軽トラで通りかかったとき見かけた、と伺いましたけど、その人物までどのくらい離れていたんですか」

「そうだな、いつも三、四十メートルほどだったかな」

つかの間、日下は水谷と顔を見合わせた。かなりの距離である。

二人の思いを察したのか、谷口周作が煙草を挟んだ手で、二人の背後を指し示した。

「こんな山暮らしをしていると、遠くばかり眺めているから、視力だけはいいんだよ」

言われて、日下と水谷は背後へ顔を向けた。二十坪ほどの夏野菜が実った畑の先に、折り重なる山並みが見えていた。上空に小さな黒い点が動いている。一羽の猛禽《もうきん》が悠々と飛んでいるのだ。

日下は顔を戻して、言った。

「二、三度見かけたとおっしゃったそうですが、三年前のいつ頃のことですか」

「さあて、いつ頃だったか――」

と言いかけて、谷口周作が目を大きく見開き、言葉を続けた。

「――そうだ、いまひょいと思い出したんだけど、お盆休みで息子夫婦が孫娘を連れて里帰りした頃だったな、俺がその妙な人影を最初に見かけたのは」

「具体的には、お盆の何日のことでしたか？」

「そこまでは覚えてないよ」

「その後、二度ほど見かけたわけですね」

「そうだよ。あれ、またあいつが来ている、って思ったからな」

「その人物以外で、見かけた人間はいますか」

「あの廃村に入り込む人間は、ときたまいるよ。バイクに乗った暴走族みたいな若い連中やら、カメラを手にした四、五人の中年男たちも見かけたし、たまにカップルみたいなのもいる。そうそう、一度だけ、女もいたっけ」

「女？　それはいつ頃のことですか」

うーん、と谷口周作が唸り、言葉を続けた。

「その妙な男を見かけたときよりも、ずっと前さ」

「どんな女性でしたか」

「覚えていないね。夏の晩に、たまたまあの廃村を軽トラで通りかかったとき、懐中電灯の光が見えるじゃないか。何だろうと思って近づいたら、髪を振り乱した女がいたんだよ。俺は山姥《やまんば》かと思って、恐ろしくなってすぐに逃げ出しちまったのさ」

谷口周作が、大きな歯を見せた。

「遺体が発見された廃屋のことですけど、鑑識課員が裏手に掘り抜き井戸の痕跡を発見しました。裏の崖が崩落して埋まっていたんですけど、その地崩れが起きたのはいつ頃のことか、ご存じありませんか」

「ああ、井戸のある廃屋のことか。うんと以前は何ともなかったけど、十年前にはもう埋まっていたっけ」

「ほかに、あの廃村に関して、覚えていることはありませんか」

「何度か見かけた車なら、あったけど」

「車？　どんな車ですか」

「年寄りが知るわけがないだろう。普通の白っぽいやつだよ。だけど、いつも同じ車種だったから、それで覚えているんだ」

「どこで、見かけられたんですか」

「県道二九号線から脇道を一キロほど入ったあたりに、いつも停まっていたのさ」

「見かけた時期は？　それに何回ぐらい見かけたんですか」

「その車を見かけたのは、一昨年《おととし》の春先からだったと思う。たぶん、四、五回くらいは停まっていたんじゃないかな。行ってみりゃ分かるけど、そのあたりにゃ見るべきものなんか何もない。渓流釣りをする場所でもないし、登山道もない。それなのに、工事車両でもない乗用車が何をしているんだろうって思ったんで、覚えているんだよ」

「最近、その車を見かけたことはありますか」

「いいや、ここのところは、とんと見かけないね」

日下が質問に詰まると、横から水谷が言った。

「乗っていた人を、見かけましたか」

「いいや、不思議なことに、いつも誰も乗っていなかったんだ」

「ちなみに、谷口さんは定期的にあの廃村に通じる道を通られるんですか」

「いいや、あそこを通るのは、ほんの時たまだね――」

そう言うと、短くなった煙草を灰皿で揉み消して、真剣な顔つきを日下たちに向けてきた。

「――それにしても、あの廃村でそんなひでえ出来事があったなんて、まったく世も末だな。刑事さんたち、一日も早く犯人を捕まえて下さいな。俺からもこの通りお願いするよ。犯人を捕まえてくれたら、うちの椎茸を焼いてたんと御馳走《ごちそう》するからさ」

谷口周作が、片手で拝む仕草をした。

「はい、全力を尽くします」

日下はうなずいた。

水谷も低頭した。


「ここまで足を運んだ甲斐《かい》が、少しだけありましたね」

高い杉木立に挟まれた山道を、ホンダ・ヴェゼルを停めてある県道へ向けて下りながら、水谷が息を弾ませて言った。陽射しは遮られているものの、じめっとした湿気が身を包んでいる。

「ああ、確かにそうだな」

ハンカチで襟足の汗を拭いつつ、日下は応えたものの、渋い表情は変えようもなかった。確かに、新しい事実がいくつか浮かび上がった。あの廃村で、谷口周作が不審な男性を最初に見かけたのは、三年前のお盆の頃だったという。それに、一昨年の春頃から、白っぽい乗用車を四、五回、県道二九号線から脇道を一キロほど入ったあたりで目撃している。しかし、それらの事実が、十年前の誘拐事件の構図のどこに当て嵌まるのか、いいや、事件と関わりがあるかどうかさえ、はっきりしない。

それでも、谷口周作とのやり取りを、頭の中で勝手に反芻《はんすう》していた。

《その後、二度ほど見かけたわけですね》

《そうだよ。あれ、またあいつが来ている、って思ったからな》

《ちなみに、谷口さんは定期的にあの廃村に通じる道を通られるんですか》

《いいや、あそこを通るのは、ほんの時たまだね――》

ふいに一つのことに思い当たり、日下は足を止めた。

気配を察したらしく、水谷も立ち止まる。

「どうかしましたか」

「谷口周作さんは、たまにしか天竺村への道を通らなかったんだよな」

「ええ、そう言っていましたね」

「だとしたら、三年前に二、三度見かけたという男性も、県道二九号線から脇道を入ったあたりに停まっていたという白い車も、もっと頻繁に来ていた可能性があるんじゃないか」

「なるほど、あり得ますね。――しかし、正岡聡子ちゃんの誘拐事件との関連は、依然として不明ですよ。どこかの物好きが、こっちの思いもよらない理由で、そのあたりにせっせと通っていたのかもしれませんから」

「いいや、そうとも言い切れんぞ。いま思い付いたんだが、谷口周作さんが妙な車を目撃するようになった頃とほぼ同時期に、インターネット上に例の廃村で子供の泣き声が聞こえるという噂が拡散しているじゃないか。これは単なる偶然の一致だろうか」

するとと、水谷がいきなり黙り込んだ。

思いついたことをすぐに口にしがちの彼の沈黙にただならぬものを感じて、日下は顔を向けた。

水谷が眉間に皺を寄せて、宙に視線を留めている。やがて、その皺が消えると、こちらに目を向けた。

「係長はこの前、私に確かこう言いましたよね。《噂を流した人間自身は、遺体を見つけられなかった。それで、誰かに遺体を発見してもらいたかったんじゃないか》って」

「ああ、言ったけど、それがどうかしたのか」

一転して、水谷がかすかに悪戯っぽい表情を浮かべる。

「今回だけは、私が係長に、こう言う番かもしれませんよ——分からないのかって」

「おい、頼むから、焦らさないでくれよ。いったい、何を思いついたんだ」

水谷が真顔に戻ると、口を開いた。

その言葉に、日下は息を呑んだ。

## 4

静岡総合中央病院は、静岡駅南口からまっすぐ延びている石田《いしだ》街道沿いに建っている。住所は静岡市駿河区稲川《いながわ》一丁目——である。

日下と水谷は、一階の受付カウンターへ歩み寄った。カウンター内に、茶髪を引き詰め髪にして、淡いピンク色のマスクを着けた女性が座っている。

「静岡中央署の者です。こちらの医師の植竹末男先生にお会いしたいんですが」

警察の身分証明書を提示して、日下は言った。

すると、受付の女性が目を大きくしたものの、すぐに言った。

「少々お待ちください。いま植竹先生に連絡いたしますので」

彼女はカウンターに置かれた内線電話の受話器を耳に当てると、手元を操作した。

「――受付カウンターです。ただいま静岡中央署の方が、植竹先生にご面会したいと、こちらにお越しになっていますけど――」

言うと、耳に受話器を当て、じっと俯いたままになった。それから、うなずくと、手元のメモ用紙にペンで何事か書き込み、また口を開いた。

「――はい、承知しました。そのように申し伝えます」

受話器をそっと戻すと、女性が日下に視線を向けた。

「五階のエレベーター・ホールのソファでお待ちいただきたいとのことです。植竹先生は診察を終え次第、そちらに向かいますので」

「分かりました。ありがとうございます」

礼を言うと、水谷に身振りで促して、エレベーター・ホールへ足を向けた。


「お待たせしました。私が植竹ですが」

ソファに腰掛けていた日下と水谷に、広い廊下を大股で近づいてきた男性が声を掛けてきた。目鼻立ちが薄く、アメリカのテレビドラマで見るような、半袖の白衣に白いズボンというスタイルだ。年齢は、五十歳くらいだろう。

日下は水谷と同時に立ち上がり、ともに身分と姓名を告げて、言葉を続けた。

「お忙しいところをお呼び立ていたしまして、申し訳ありません。実は、正岡満さんのお嬢さんのことで、一つ動きがありまして」

「えっ、聡子ちゃんのことですか」

植竹の顔つきが変わった。

日下はうなずくと、言った。

「つきましては、どこか個室でお話しさせていただけませんか」

「ええ、そういうことでしたら、どうぞこちらへ」

植竹医師は日下と水谷に廊下の方を示した。

廊下の奥の応接室に通されると、日下はすぐに口を開いた。

「十年前の誘拐事件のことは、ご存じですよね」

「もちろん知っていますよ。先輩医師のご家族が巻き込まれた一件ですから。それに、聡子ちゃんは私の患者でしたし」

「実は、そのお嬢さんのご遺体が発見されました」

植竹が息を呑んだ表情になった。

「どこでですか」

「県道二九号線沿いの、入島という地区の山間部にある廃村です。脇道へ入ったずっと先の地域ですが、そのあたりに行かれたことはありますか」

「いいえ」

「でしたら、天竺村という名前をご存じですか」

「聞いたこともありません」

「ちなみに、平成二十五年八月十三日と十四日、それに十五日は、どちらにいらしたか、覚えていらっしゃいますか」

日下の言葉が終わると、機先を制するように、水谷が口を開いた。

「どうか、お気を悪くなさらないでください。被害者及び被害者のご家族と少しでも関わりのあった方には、例外なくお訊きする質問ですので」

「十年前にも、警察から同じことを質問されましたよ。あのときの十三日と十四日は、ここで当直勤務についていましたし、十五日は自宅にいました。ただし、十五日のアリバイを証明してくれるのは、家内だけですけど」

「そうでしたか。――どうか、ご遺体発見の件はご内聞にお願いします」

日下はかすかに頭を下げて言い、続けた。

「正岡聡子ちゃんがレシピエントだということを、ほかの人に話したことはありますか」

「とんでもない。守秘義務は医師としての最低限のルールです」

かすかに憤然とした顔つきで言った。その口ぶりや顔つきに、動揺や嘘を吐いている気配は微《み》塵《じん》も感じられなかった。

「ちなみに、あなたの目から見て、正岡満さんは、どういう方ですか」

正岡満の当時の仕事が事件の引き金になった可能性をふと思い浮かべて、日下は訊いた。

「とても真面目な方です。医師になるために生まれてきた人だと言っても、けっして過言じゃない」

「患者やその家族と揉め事になったことは、ありませんでしたか」

「私が知る限り、一度もありません。むろん、あの事件で手ひどいショックを受けたようでしたけど、半年ほどして仕事に復帰してからは、前にも増して医療に打ち込んでいました。いや、それどころか、何もかも捨てて、それこそ命懸けという感じでしたね」

「それほどだったんですか」

「ええ、文字通り寝食を忘れたように、患者の診察や治療に没頭していました。それに、外科医として率先して、臓器移植の手術にも携わっていました。――ご存じかどうか分かりませんが、臓器移植に関わる医師は、さして多くないんですよ。どうしてそこまでするんですかと、訊いてみたこともありました。そうしたら、さらわれた娘の分まで、病気になった人たちを救いたいんだと正岡さんは熱っぽくおっしゃっていました。だから、あの方がこの病院を退職されたとき、残念でなりませんでした。定年でもないのに、どうして辞める気になったのか、いまでも不思議で仕方がありません」

植竹は悄然と言った。

5

「天竺村を妙な男がうろつき始めたのは、三年前のお盆の時期からだと――」

飯岡が素っ頓狂な声を張り上げた。

「谷口周作さんはそう話していました。息子夫婦が孫娘を連れて里帰りした頃だったと」

日下の言葉に、傍らで水谷もうなずく。二人は、静岡中央署の刑事課の部屋で捜査結果について報告をしているところだった。

「それから、妙な車を目撃したとも言っていました」

「妙な車？」

「ええ、県道二九号線から天竺村に続く脇道へ一キロほど入ったあたりに、停車していたとのことです」

「いつのことだ。それに、どんな車種で、人は乗っていたのか」

「一昨年の春先からだそうです。見かけたのは四、五回ほど。車種は不明ですが、白い普通乗用車だったとのことで、いつも誰も乗っていなかったそうです。現場百回というのは、やはり馬鹿になりません。これまでに引っかからなかった証言が拾えたんですから。しかも、それらのことから、水谷が面白い筋読みを思いついたんです――」

日下は言いながら、ちらりと横にいる水谷を見やった。

その水谷の口元が、かすかに綻ぶ。

「どんな筋読みだ」

飯岡が興味を引かれたという顔つきになった。

「三年前のお盆頃に、天竺村をうろつく男性を谷口周作さんが見かけ、その後二度ほど同じような人物を目にしています。そして、次の年の初頭から、例の気味の悪い噂がネット上に拡散し始めて、ほぼ同時に妙な乗用車が出没するようになった。これらの情報から、噂を流したのがその不審な男で、その目的は、廃村好きの連中に正岡聡子ちゃんの遺体を見つけさせるためだったのではないかと、そう読んだんですよ。つまり、その人物自身が、遺体が廃村のどこかに隠されていることを知っていて、自分で散々に探し回ったものの、ついに見つけられなかったという読みです。谷口周作さんが複数回見かけたという不審な乗用車は、その男性が乗ってきていたのではないかと」

飯岡が、驚いたように目を瞠《みは》った。

「なるほど、確かに考えられるな——水谷、いつの間に、そんなに腕を上げやがったんだよ」

言われた水谷が、照れ笑いを浮かべて頭を搔いた。

日下もうなずき、言葉を続けた。

「私も、一本取られたと思いました。しかも、水谷の筋読みは、私たちが迂闊《うかつ》にも見落としていたもっと大事な点について、教えてくれた気もしたんです」

「もっと大事な点？　何だ」

「天竺村をうろついていたという男性は、三年前に現れたんですよ。五年前でもなく、四年前でもなく、どうして三年前でなければならなかったのでしょうか」

「つまり、三年前に何か特別な出来事が起きた、とそう見るわけか」

「その通りです。そして、その三年前の出来事を突き止められれば、水谷が見出した筋読みの背景が、かなりはっきりと見えてくる可能性があります」

「おい、ちょっと待て。おまえたちが三年前にこだわったというのなら、そもそも、事件が起きた十年前についても、同じことが言えるんじゃないのか」

「どういう意味ですか」

「十年前、犯人は正岡聡子ちゃんを誘拐した。ところが、その遺体はこの十年間、手つかずで廃村の家に放置されていた。そして、日下、おまえはこの事件が複数の人間によって引き起こされたものだと読むんだろう」

日下は水谷と顔を見合わせた。そして、うなずきながら言った。

「なるほど。犯人の一人は正岡聡子ちゃんを誘拐して、天竺村の廃屋の押し入れの中に縛った状態で置き去りにした。ところが、結局、その遺体の最終的な隠滅だけは行わなかった。なぜなら、その人物の身に何か不測の事態が起きてしまい、ほかの共犯者は被害者の具体的な隠し場所を知らなかったから、と筋読みすれば、十年間、遺体が手つかずで残されていたことの理屈が通るというわけですね。——課長、そう考えると、昨晩の捜査会議で報告済みですが、私と水谷が正岡夫妻と面談したときに思い付いた筋読みが、にわかに重みを持ってくるように思われませんか」

「犯人はドナー出現を餌にして、聡子ちゃんを家からおびき出したのかもしれないという読みだったな」

「ええ、つまり、被害者がレシピエントだった点は誘拐の動機ではなく、誘拐の手段として使われたという想定が成り立つかもしれません。昨日遅くに、正岡浩子さんの知り合いで、聡子ちゃんがレシピエントだったことを知っていた二人の女性に面談したことは、昨晩報告した通りですし、今日も廃村からの帰路、正岡満氏の元同僚の植竹末男医師からも聞き取りをしました。それ自体にめぼしい収穫はありませんでしたが、もう一人、臓器移植コーディネーターの佐田亜佐美さんも知っていたはずですから、明日、当たってみます」

「となると、ここから先、おまえたち二人だけでは、とうてい手が回らないな――」

飯岡が口をへの字にして、刑事課の室内を見回した。

「――おい、山形、細川、ちょっと来てくれ」

二人が振り向き、すぐに椅子から立ち上がると、こちらへ近づいてきた。

「《正岡聡子ちゃん誘拐事件》の再捜査の方向が少しだけ固まってきた。そこで両名には、日下たちの捜査に合流してもらいたい。詳しい状況は、日下から説明を受けてくれ」

「何をすればいいんですか」

老眼鏡を外した山形が、鼻息荒い感じで言った。

隣に立った小柄な細川も、真剣な表情を浮かべている。

「日下と水谷は、十年前に正岡聡子ちゃんの誘拐事件が起きたとき、彼女がレシピエントだった事実を知っていた人物に当たらなければならん。一方、十年前に誘拐事件が起きたとき、複数の犯人の一人に何らかの不測の事態が起きた可能性がある。そこで、事件現場、被害者宅などを中心に、十年前の事件発生直後に起きた不測の事態に該当する可能性のあるものを軒並み洗い出して、本件と関わりがあるかどうかを検証してもらいたい」

山形と細川が顔を見合わせたものの、すぐに言った。

「了解しました」

「全力を尽くします」

日下と水谷に顔を向けて、二人はうなずいた。

# 第四章

## 1

翌日の午前九時過ぎ。

日下は水谷とともに、上りの新幹線の車中にいた。

臓器移植の公的斡旋機関である扶桑臓器移植ネットワークは、東京都港区に本部があり、日下がその本部に電話を入れて佐田亜佐美の所在を確認しようとしたところ、驚きの返事を耳にしたからだった。彼女は、三年前の七月末に浜松の実家に帰省中、死亡したというのである。

その返答に、刑事課の部屋で受話器を耳に当てたまま、日下はしばし言葉が見つからなかった。ただでさえ数少ない聞き込み対象者の一人が亡くなっていたという事実に、いきなり出鼻を挫《くじ》かれた思いだった。落胆の苦々しい気持ちを噛み締め、短い礼の言葉だけをどうにか絞り出して、受話器を戻しかけたとき、その手をふいに止めさせたものがあった。

佐田亜佐美が死亡したのは、三年前だと——

誘拐された正岡聡子の遺体が発見された廃村に、不審な男性が出没し始めたのも、やはり三年前だった。しかも、お盆の頃。時期的にも、かなり近いと言える。偶然の一致である可能性は否定できないが、彼女は扶桑臓器移植ネットワークのコーディネーターとして、あの誘拐事件の被害者である正岡聡子を担当していたのだ。

考え直した日下が、課長の飯岡を口説いて、扶桑臓器移植ネットワークでの直接の聞き込みの許可を取り付けたのは、そこに何らかの繋がりが存在するような気がしてならなかったからだった。

「いつもながら、東海道新幹線は混んでいますね」

車両の揺れに身を任せたまま、水谷がうんざりした顔つきで言った。

「ああ、世間が夏休みだからな。しかも、四日後からお盆の入りだぞ。どうしようもないさ」

五号車の側壁にもたれたまま、日下は答えた。二人は、単調な通過音が響く車両間の通路に立っている。捜査活動費は限られており、出張時の指定席など望むべくもない。

「昨晩、捜査会議の後で自宅へ戻ってから、係長が指摘された筋読みについて自分なりに改めて考えてみたんですけど、一つ大きな疑問を感じたんです」

通路にたたずんでいるほかの乗客たちを慮《おもんぱか》って、水谷が声を押し殺して言った。

「大きな疑問？　いったい何だ」

日下も、囁くように言い返す。

「レシピエントとその家族は、ほかのレシピエントの情報を手に入れられないんでしょう。誘拐犯だって、条件はまったく同じじゃないですか。正岡聡子ちゃんの存在や、自宅の住所を、どうやって知ることができたんですか」

「その点なら、俺だって嫌というほど考えたさ。西山警部補の説明にあったように、一般人がレシピエントの情報を得ることは不可能に近いらしい。だから、俺の筋読みが成り立つかどうかは、五分五分どころか、十に一つの可能性もないかもしれん。しかし、小学校六年生ともなれば、警戒心がかなり強くなっていても不思議はない。まして、女の子だぞ。見知らぬ人物が訪ねてきて、そう簡単に玄関の錠を開けたりすると思うか。となれば、ドナーを心待ちにしている心情を利用するくらいしか、おびき出す手段は見当たらないじゃないか。生き死にに関わる話に慌てて、落とした携帯電話をうっちゃったままにしたと考えれば、筋が通ると思わないか」

「なるほど。確かにそうですね。それなら、課長の筋読みは、どう思いますか」

「正岡聡子ちゃんを略取して、天竺村の廃屋まで連れていった犯人の身に、何かが起きたという想定は、たぶん的を射ていると思う。それ以外に、十年もの間、被害者の遺体が隠滅されずに残されるという状況が発生する筋道は思いつかない。――しかし、そう考えれば、例の気味の悪い噂の存在が、いっそう不可解に思えてならないし、三年前に天竺村に現れた男性のことも、ますます気になるんだ」

そう言うと、新幹線のドアに嵌め込まれたガラス窓を通して、日下は沿線の光景を見やった。真夏の陽射しを浴びた田畑や住宅が、飛ぶように過ぎ去ってゆく。畔道《あぜみち》を走る白い軽トラックに、目が留まる。青々と作物の実った畑の中に、麦藁《むぎわら》帽子を被った農夫の姿も見えた。平凡な生活が、静かに営まれている。

だが、一見、平穏そうなこの世のどこかで、いまも凶悪な犯罪が起きているかもしれない。にもかかわらず、誰からも気付かれることなく、埋もれてしまうこともある。誘拐された正岡聡子の遺体は、まさにその一つだった。

いいや、そうじゃない――

三年前のお盆の頃、犯人ではない何者かが、あの廃村に姿を現した。

翌年、その廃村で子供の泣き声が聞こえるという奇妙な噂が、ネット上に拡散した。

その噂を流した人物はたぶん、正岡聡子の遺体があの村に隠されていることだけを知っていたのだ。

しかし、どうやって知ったのだろう――

そのとき、水谷の携帯電話が鳴動して、日下は我に返った。

水谷はすぐにワイシャツの胸ポケットに入っている携帯電話を手にして、画面に目を向けたものの、呼び出しをあっさり切って、黙ってポケットに戻してしまった。

「電話に出なくてよかったのか」

「ええ、個人的な連絡でしたから」

水谷が、かすかに顔を赤らめて言った。

*

「十年前に犯人の身に起きたことって、いったい何でしょうね」

足を早めながら、細川がポニー・テールを揺らして言った。

「さあ、何だろうな」

額の汗を手の甲で拭い、山形は曖昧に答える。二人は、JR清水駅からまっすぐ西へ延びている東海道一号線の歩道を歩いていた。清水警察署へ赴いて、平成二十五年八月十三日から数日以内に、管内で起きた不測の事態について、洗い出しに取り掛かるつもりだった。午前中にもかかわらず、陽射しは厳しく、車道は渋滞している。そんな暑さにめげる様子も見せず、若い細川が言葉を続ける。

「病気、事故、凶悪事件による逮捕の末の懲役刑。あとは外国へ行って、それっきりっていう可能性とか。あっ、そうだ、誘拐なんてことを仕出かす輩だから、別の揉め事に巻き込まれて、殺されたってことも考えられますね。韓国ドラマによくあるみたいに、記憶喪失かもしれない」

「どんな可能性だってあり得るんだ。しかし、敢えて苦言を呈しておくが、捜査に予断は禁物だぞ。思い込みが強いと、探しているものにせっかく巡り会えても、その前を素通りすることになりかねんからな」

「はい、肝に銘じます」

一転して、細川が恐縮した顔つきになったとき、二人は江尻大和《えじりやまと》の交差点を横切り、県道六七号線に入った。

山形には、彼女の気持ちが手に取るように分かっていた。この五月に刑事課に見習いとして配属されたばかりだから、一刻も早く手柄を立てたいのだろう。しかし、これは長丁場になるな、と山形は胸の裡で覚悟を固めていた。昨晩、課長の飯岡は洗い出しの範囲として、事件現場と被害者宅周辺を挙げたが、それは山形たちが目を向けるべき対象の一例に過ぎないことも、十分に承知している。

十年前、天竺村に被害者を隠した犯人が、その後、《いつ》、《どこで》、《何を》したのかという設問の解答は、この三つの組み合わせによって、文字通り無限に存在する。それでも、怯んだり、面倒に思ったりする気持ちは、微塵もなかった。刑事稼業三十五年、これまで嫌というほど経験してきたのは、大袈裟《おおげさ》でも何でもなく、空振りと徒労の絶え間のない連続であった。しかし、そうした膨大な無駄骨によって築かれたたった一筋の道のみが、事件の真相に導いてくれることを、身を以《もっ》て学んできたからである。

そのとき、清水署の四角い建物が見えてきた。

山形と細川は、どちらからともなく足を早めた。

2

「正岡聡子ちゃんのことは、本当に可哀《かわい》そうで、いまでも残念でなりません」

速水聖子《はやみせいこ》が、銀縁眼鏡の奥の目を伏せがちにして言った。

「ええ、そうでしょうね」

日下は相槌《あいづち》を打つ。

隣のソファで、水谷も無言でうなずく。

日下が冒頭、静岡県の廃村で、正岡聡子の遺体が発見されたと告げたとき、コーディネーターのチーフである速水聖子は絶句したまま、口元を手で押さえて十秒ほども沈黙したのだった。

扶桑臓器移植ネットワークの本部オフィスは、高輪《たかなわ》ゲートウェイ駅から至近の位置にあった。三人は、東京都港区港南一丁目にあるビルの六階の応接室で対座している。

「二年ほど前からインターネット上に、その廃村で子供の泣き声が聞こえるという噂が拡散していて、それをたまたま目にした二人の大学生が一軒の廃屋に入り込んで、偶然、白骨化した遺体を発見したんです」

言いながら、日下は彼女の顔を見つめる。オフホワイトのブラウスに、濃紺のスーツ姿で、髪はショート、丸顔で歳は四十前後くらいだ。

日下は続けた。

「そこで、レシピエントだった正岡聡子ちゃんを担当されていた、佐田亜佐美さんのことを教えていただきたいんです」

「このお調べは、そのご遺体が発見されたことと、何か関係があるんですか」

「もちろん、関係があります。しかし、捜査に支障を来たす恐れがありますので、具体的なことは何も申し上げられません。――佐田亜佐美さんは、どんな方だったんでしょうか」

前置きを抜きにして、彼は口火を切った。

「とても真面目で、それに仕事熱心な人でした。もともとは看護師をしていたと聞いたことがあります。それが縁となり、二十代後半で、こちらの一員になったと聞いています」

「ちょっと話が逸《そ》れますが、臓器移植ネットワークとは、具体的に、どんな業務を行う組織なんですか」

「臓器移植が行われる病院での勤務をはじめとして、レシピエントの選定、ドナーへの訪問、社内でのドナー情報の二十四時間対応、それに普及啓発のイベント開催や、看護学校での講演なども担当します」

「かなりハードそうですね」

「その通りです。この仕事には特別な知識や経験も必要ですが、体力がなければ務まりません」

かすかに昂然《こうぜん》とした態度で、速水聖子は言った。

「失礼ですが、佐田さんがお亡くなりになったときの年齢は？」

「四十代前半くらいだったと思いますけど」

「お亡くなりになった原因は、いったい何ですか」

「令和二年七月三十一日に浜松で亡くなられて、ご家族のみの密葬でしたから、私どもは何も聞いていません。でも、体調を悪くされたからかもしれません」

「体調――」

「私が扶桑臓器移植ネットワークに入社したのは、二十代半ばでした。その頃、佐田さんはすでにベテランのコーディネーターで、率先して業務に携わっていました。それはともかく、佐田さんは七、八年前から、ときおり仕事を休まれるようになりました」

「何かのご病気だったんでしょうか」

「個人的な付き合いがありませんでしたから、はっきりとは分かりませんが、体調が芳しくなかったんじゃないでしょうか。ときおり、苦しそうな顔つきをされていましたから」

その言葉に、日下は考えを巡らせた。具体的なことは何も分からず、隔靴掻痒《かっかそうよう》の感は拭えない。

気持ちを切り替えて、彼は言った。

「十年前、佐田さんが正岡聡子ちゃんの担当だったことは間違いありませんか」

「ええ、間違いありません」

「こちらの組織の中で、当時、正岡聡子ちゃんがレシピエントということを知る人間は、佐田さん以外にいなかったんですよね」

「いいえ、担当チームのスタッフは当然、皆知っていましたけど」

速水聖子があっさりと否定の言葉を口にしたので、日下は驚きを隠せず、水谷と顔を見合わせてしまった。レシピエント一人に対して、担当するコーディネーターも、当然一人に限定されるものだと勝手に思い込んでいたのである。

「それは、どういうことですか」

「移植コーディネーターの業務はデリケートな仕事ですし、ドナーごとに予想外の事態が発生する可能性もあります。そのため、チームを作って動くんです。移植が行われる病院へ派遣されるチームが、ご家族や医療スタッフと緊密に連携します。一方、臓器移植ネットワーク内のチームは、複雑なルールに従ってレシピエントを選び出し、移植施設に連絡を入れ、最終的なレシピエントを決定する業務を担当します」

「正岡聡子ちゃんを担当したコーディネーターは、具体的には何人いらしたんですか」

「十名です」

「えっ、十名も——」

「ええ、ちなみに、その中に私も含まれていました」

日下は、再び水谷と顔を見合わせた。新幹線の中で、正岡聡子がレシピエントだと一般人が知ることは不可能に近いらしい、と己が口にしたことを思い出したのだ。しかし、実際には、コーディネーターという特別な立場だが、その情報が十名もの人間に共有されていたという。そう思ったとき、何か頭の中に引っかかるものを感じた。しかし、その具体的な疑問点が何なのかにまでは、思い至らなかった。

一つ息を吐くと、彼は言葉を変えた。

「質問を変えます。正岡聡子ちゃんがレシピエントとなった経緯を、ご説明いただけますか」

速水聖子はうなずくと、手元のグリーンのファイルを開いた。この応接室に姿を現したとき、携えてきたものである。

「主治医の植竹末男先生に、正岡聡子ちゃんが初めて腎臓移植を勧められたのは、平成二十四年の四月八日です。同時に、移植が行われる施設として静岡総合中央病院に予約が行われました。聡子ちゃんは未成年でしたので、母親の浩子さんがすべての手続きをなさって、その時点でインフォームドコンセント、つまり医療行為に関する具体的説明を聞かれて、説明内容に対する同意書への署名捺印《なついん》が行われました。この手続きによって登録が可能となり、次に行ったのが、移植に備えた採血でした――」

手元のファイルに目を落としながら、彼女が説明を続けてゆく。死体もしくは脳死者からの移植の場合、臓器提供者との適合性が重要であることから、HLAと呼ばれる組織適合性検査が必須だという。さらに、その血液が移植施設に保存されて、臓器提供者の血液のリンパ球と混ぜて、拒絶反応が起こらないことを確認する検査にも用いられると付け加えると、速水聖子は言葉を続けた。

「――こうした医療行為と並行して、静岡総合中央病院により、扶桑臓器移植ネットワークへの登録が行われました。ご本人の登録に関する内容の同意が記された《移植希望登録用紙》がこちらに送付されました。そして、臓器提供の候補者の選定に必要な医学的データが、私どものシステムに入力された時点が、正式な登録日となります。正岡聡子ちゃんの場合、それが平成二十四年四月十三日でした」

のっけからの専門的な内容に、かなりの戸惑いを感じて、日下は音をたてずに息を吐いた。それから、おもむろに言った。

「医療のことは、まったくの素人なので、これは頓珍漢《とんちんかん》な質問かもしれませんが、臓器移植というのは、かなり大変な手術なんでしょう。他人の臓器を体内に入れて活用するわけですから」

「ええ、疾患部分を切除する単なる外科手術よりも、はるかに高度な技術が必要ですし、時間もかかります。手術を受ける患者への肉体的、精神的な負担も極めて大きいものがあります」

「そんな臓器移植を、正岡聡子ちゃんはどうして敢えて選択したんですか。腎臓の悪化の場合、透析治療という効果的な治療法があると聞いたことがありますけど、それではまずかったんですか」

西山警部補から、臓器移植がらみの捜査の経緯を聞いていたときに、日下が真っ先に抱いたごく単純な疑問だった。自分に内臓の重篤な疾患があったとしても、有効な外的治療法が存在するのなら、想像するだけでも大変な臓器移植手術を受ける気にはならないと思ったからである。

速水聖子が心得顔になってうなずき、口を開いた。

「負担の少ない代替手段があれば、確かに、体にメスを入れる手術を選ぶ人は多くないでしょう。例えば、透析患者数は全国で三十五万人ほどですが、臓器移植を希望している患者は数パーセントに過ぎません。でも、透析治療にしても大変なものなんですよ。透析をずっと続けるのではなく、臓器移植を望む人もいます。ただ、臓器移植を希望したとしても、すぐに手術を受けられるわけではありません。臓器移植の場合、種類によっても事情は異なりますけど、献腎移植を受けられる平均待機日数は、十六歳以上だと約十五年という長期間です。ただ、十六歳未満の場合は、優先的に移植が受けられる制度となっていますから、約一年半になります」

日下は、返す言葉がなかった。年齢差による、臓器移植を受けられるまでの期間のあまりの違いに驚きを禁じ得なかったのだ。

速水聖子は言葉を続けた。

「聡子ちゃんの場合は、さらに有利な点がありました」

「それは、何ですか」

「臓器移植の候補者を選ぶ基準は、様々な項目のポイント加算で高得点の者が優先されます。その中に、いまお話しした年齢という項目も含まれていますけど、十六歳以上二十歳未満には十二点の加算なのに対し、十六歳未満だと、十四点の加算となります。ちなみに、聡子ちゃんが登録したのは十一歳のときでした」

なるほど、と日下はうなずいた。臓器移植を受けるための条件が有利な年齢だったのだ。手術を受けて臓器の機能が戻れば、生涯続けなければならない透析治療から解放される。彼は言った。

「それから、どうなったんですか」

速水聖子はファイルを閉じると、小さくかぶりを振った。

「聡子ちゃんの場合、なかなかドナーが現れませんでした。生体間移植を別にすれば、臓器提供の意思を残して亡くなられた方や、同様の脳死状態の方が現れない限り、臓器移植の工程は進められません。ちなみに、彼女のご両親は、軽度の腎臓疾患が見つかったため、生体間移植は難しいと判断されました」

「でも、私どもがかつての捜査記録で確認したところでは、正岡聡子ちゃんが誘拐された翌日に、適合するドナーが確認されたそうじゃありませんか」

「ええ、その通りです」

「その人がドナーとなった手続きと、その後の臓器移植までの流れを、詳しく教えていただきたいんですが」

「本当に、詳しくお知りになりたいんですか」

「当然です。捜査のために知らなければなりません」

「しかし、臓器移植の手続きと医療に関するプロセスは、一般の方々が想像するよりもはるかに複雑で細かく規定されていて、詳しく説明していたら時間がいくらあっても足りないくらいなんです。私としては、主要な流れだけで十分だと思うんですけど」

日下は、思わず黙り込んだ。確かに、レシピエントの登録についての説明を聞いただけでもかなり煩雑で、一度聞いただけでは理解できそうもなかった。

「分かりました。すみませんが、主要な流れだけをご説明下さい」

速水聖子はうなずき、視線をわずかにファイルに落としたまま口を開いた。

「脳死の診断が下ると、主治医や院内コーディネーターが、ご家族に臓器提供の機会があることと、臓器提供の承諾に関する手続きの説明を受けられることを、口頭または書面で告げて、説明を聞く意思があるかどうかを確認します。——回りくどい手順と思われるでしょうが、臓器移植は、ご遺族の心情への徹底した配慮が必要なんです。ともあれ、ご家族から承諾が得られると、病院から私どもへ第一報が入り、コーディネーターが派遣されます——」

速水聖子が淀みない口調で説明を続けてゆく。派遣されたコーディネーターは、レシピエントとドナーの適応全般について判断を下す。家族が脳死下臓器提供を希望する場合、脳死判定承諾書と臓器摘出承諾書の作成へと進み、脳死判定委員会に脳死判定を依頼し、ドナーを診た病院長が、脳死判定実施を最終決定することとなると説明すると、速水聖子が顔を上げた。

「——この時点で、コーディネーターはドナー管理のための検査の依頼、法的脳死判定依頼を行い、脳死判定委員会が第一回の脳死判定を実施し、メディカルコンサルタントを派遣して、どの臓器が移植可能かを評価します。コーディネーターは、摘出手術の体制の確認や、臓器摘出と搬送の打ち合わせを行い、脳死判定医が第二回の法的脳死判定を実施し、脳死判定記録書、脳死判定の的確実施の証明書が作成されると、この時点がドナーの正式な死亡時刻となります。

私どもがレシピエントの選定を行うのはこの間で、ドナーの血液型、感染症の有無、身長、体重、性別、組織適合性に基づき、移植が行われる病院へ連絡を取ります。これと前後して、ご遺族への最終の臓器提供の意思確認をして、摘出チームが摘出予定の各臓器の確認を行い、摘出手術が開始され、その後、臓器の搬送となります。最後にドナーの死後の処置を行ったうえで、お見送りをいたします」

速水聖子が説明を終えると、応接室内に沈黙が落ちた。

日下は、しばし言葉が見つからない。横を見ると、水谷も呆然《ぼうぜん》とした顔つきになっている。臓器移植という事態に、医学的、法的、倫理的、そして、人間の情感という性質の異なる深刻な問題が、複雑に絡み合っているという実情を知り、どう反応していいものか判断が付かなかったのである。

だが、ここで立ち止まっているわけにはいかない。日下は無理やり言葉を捻《ひね》り出した。

「さっき、正岡聡子ちゃんがレシピエントだったことを知っていたコーディネーターが十名いたとおっしゃいましたが、佐田さんを除く九名の方々のお名前と住所を教えていただけますか」

「どうしてですか」

一転して顔を上気させて、速水聖子が言った。

「誘拐された被害者と関わりのあった人間については、例外なく調べるのが捜査の鉄則です」

「ここのコーディネーターが、レシピエントの情報を外部へ漏らしたと疑っていらっしゃるんですか」

「捜査では、どのような可能性も見過ごすわけにはいきません」

「そんなことは、絶対にあり得ません」

「どうして、断言できるんですか」

《臓器の移植に関する法律》によって、職務上知り得た秘密を正当な理由なく漏らしてはならないという守秘義務が定められているからです。違反者は重い刑事罰を受けます」

「速水さん、法律で他言を禁じられた情報が漏洩した事例は、これまでにも枚挙にいとまがありませんよ。それに、レシピエントやドナーの記録は残されるものなんでしょう」

納得しがたいという顔つきは変えなかったものの、彼女は渋々という感じでうなずいた。

「ええ、《臓器の移植に関する法律》の第十条により、脳死判定、臓器摘出、移植手術に関与する医師に対して、記録を残すことを義務付けています。ドナーの住所、氏名、性別、生年月日など、その人を特定できる情報が記録されて、五年間保存されますし、一定の条件下での記録の閲覧についても規定されています」

「ご納得いただけましたら、九名の方々のお名前と住所を教えてください。それから、佐田亜佐美さんの履歴書を拝見できますか」

日下の重ねての言葉に、速水聖子は音を立てずに息を吐いた。

「分かりました」

ソファから立ち上がり、応接室の隅に置かれたワゴンの上の内線電話に近づき、受話器を耳に当て、内線ボタンを押した。

「――速水ですけど、応接室に職員ファイルを持って来てください」

受話器を置くと、速水聖子は再びソファに腰を下ろした。

「ほかに、お訊きになりたいことはございますか」

「正岡聡子ちゃんの場合、佐田亜佐美さんはコーディネーターとして、どちらの業務を担当されていたんですか」

「佐田さんはレシピエント選定のチーフでしたから、ドナーの候補者が搬送された病院と連絡を取り合っていました。そのため、八月十二日の晩からこの本部に詰めていました」

「徹夜されたということですか」

「ええ、私も手伝いましたけど、前日も夜勤だったので、佐田さんから帰っていいと言われて、夕刻に帰宅させてもらいました」

「そうですか。このネットワーク内で佐田さんと親しくされていた方はいませんでしたか」

「それは、男性という意味ですか」

「女性でもかまいません。佐田さんについて、プライベートをご存じの方からお話を伺いたいので」

「それなら、木原美智子《きはらみちこ》さんですね。佐田さんの先輩に当たる方ですが、すでに退職されています」

「どちらにお住まいかご存じでしょうか？」

「ちょっと待ってください」

言うと、再び立ち上がり、ワゴンの内線電話で問い合わせを始めた。やがて、日下たちを振り返ると言った。

「木原美智子さんのご住所は、品川区大崎《おおさき》二丁目――ですね」

日下がその住所を執務手帳にメモしていると、応接室のドアにノックの音が響いた。

「どうぞ」

速水聖子が声を掛けた。

「失礼いたします」

声がして、ドアが開いた。入って来たのは若い小柄な女性だった。ファイルを持っている。

「ありがとう」

速水聖子が差し出されたファイルを受け取った。女性は、日下たちに向かって丁寧にお辞儀すると、部屋を出ていった。

速水聖子は再びソファに腰を下ろし、おもむろにファイルを開いた。


扶桑臓器移植ネットワークのオフィスの入ったビルから外へ出ると、旧海岸通りの歩道で水谷がすぐに口を開いた。

「どう思いましたか」

「まだ何とも言えんな。しかし、臓器移植のプロセスは想像以上に複雑なものだな」

言いながら、日下は出てきたばかりのビルを斜に見上げた。

速水聖子の説明を受けていたときに感じた、ある種の引っかかりが何だったのか、それを思い出そうとしていたのである。だが、その正体は見えてこなかった。その代わりに、速水聖子が示した佐田亜佐美の履歴書の内容が、脳裏に甦《よみがえ》った。


佐田亜佐美。静岡県浜松市出身。昭和五十三年五月十九日生まれ。平成九年三月、並木《なみき》学園中等教育学校卒業。同年四月、静南《せいなん》大学看護学部看護学科入学。平成十三年三月、同大学を卒業。同年四月、浜松市立総合病院に看護師として勤務。平成十五年三月、同病院を退職。同年四月より扶桑臓器移植ネットワークの臓器移植コーディネーターとして勤務を開始。令和二年七月三十一日、扶桑臓器移植ネットワークを死亡退職。

自分と同じ浜松出身だったのか、と日下は思った。しかし、中高の学歴は、静岡市内にある有名な並木学園中等教育学校だった。そう考えたとき、十年前に誘拐された正岡聡子が、私立中学校を受験しようとしていたことも思い出した。もしかすると、佐田亜佐美と同じ学校を目指していたのかもしれない。

並木学園中等教育学校は、毎年、国立大学をはじめとして、偏差値上位にある私立大学にも百名以上の合格者を輩出している。いつぞや、並木将隆《まさたか》という理事長がインタビューを受けている映像を、日下はテレビで見たことがあった。静岡市内の公立中学の国語教師だった彼は、同僚二人とともに中高一貫の私立学校を立ち上げて、一代で国内有数の進学校に押し上げたという。女性アナウンサーからの質問に、実に雄弁に応えていた様子が脳裏に浮かぶ。恰幅がよく、黒々とした髪をオールバックに撫《な》でつけた、額の広い鋭い目つきの人物。己を頼む盤石の自信、いかなる困難にも怯むことのない熱量。そんな人柄を感じさせる話しぶりが記憶にあった。

「臓器移植コーディネーターって仕事は、とんでもない仕事量なんですね。私には務まりそうもありません」

水谷のぼやきで、日下は我に返った。

「しかし、だからこそ、一人のレシピエントが現れたとき、十名ものコーディネーターが関わる必要があるし、そこから情報が洩れる可能性もあると言えるんじゃないのか」

「これから、どうしますか」

「東京まで出張したついでだ、この足で木原美智子さんを訪ねてみよう」

言うと、日下は歩き出した。

水谷が後から続いた。

3

山形と細川の前にあるデスクに、黒い表紙の書類が山積みになっている。

警察署長に所轄の捜査員が提出する《犯罪捜査報告書》。事件現場に関する詳細な項目を記した《検証調書》。被疑者を同行させて、犯罪の状況を見分した《実況見分調書》。それに、逮捕した被疑者を留置する前に、被疑者の言い分を聞き、それを書面化した《弁解録取書》である。

もとより、警察署が保管する調書や記録は、こんなわずかな種類ではない。とはいえ、それらすべてに目を通すのは不可能だ。そこで、この四種類に限定して、十年前の八月十三日以降、十日以内に起きた案件についての調書が選ばれていた。それでも堆《うずたか》い調書類は、いまにも崩れて床に散らばりかねないほどだった。

細川の隣で、山形自身も五分刈りの胡麻塩頭《ごましおあたま》を手で摩《さす》りながら、一冊の調書に目を落としていた。書類を捲る音と、時折、彼自身のしわぶきが響くだけで、庶務課の資料室内は静まり返っている。朝一番で調書の確認を開始したものの、とうに午後三時半を過ぎていた。

「山形さん――」

ふいに、隣の細川が声を発した。

「どうした」

山形は顔を向けた。

「これ、どうですか」

言うと、細川が調書を差し出した。真剣な顔つきになっている。

山形は自分が手にしていた調書をデスクに伏せると、彼女から調書を受け取り、目を落とした。

それは《弁解録取書》だった。

住所　静岡県――
職業　タクシー運転手
氏名　岡崎敏美《おかざきとしみ》
　昭和五十三年二月三日生まれ（三十五歳）
　本職は、平成二十五年八月十四日午前一時に、清水警察署において、上記の者に対し、現行犯人逮捕手続書記載の犯罪事実の要旨及び弁護人を選任することができる旨を告げたうえ、弁解の機会を与えたところ、任意次のとおり供述した。

一、酒に酔った男性客を乗せて、清水駅から袖師町《そでしちょう》まで走行し、指示された地点でタクシーを停めたところ、その男性客が金を持っていないと言い出し、勝手に車から降りてしまい、その場から逃走しようとしました。止めようとしたら、殴り掛かってきたので、止《や》む無く手を出したら、相手の顔面に当たり、背後に昏倒《こんとう》して、そのまま動かなくなってしまいました。
二、弁護人は必要ありません。
岡崎敏美（指印）
前同日　静岡県警察　清水警察署　司法警察官　警部補　木村道夫《きむらみちお》

　山形は二度、記載内容に目を通した。タクシー運転手が酔った客と料金の支払いのことで揉め事になり、相手に手を出して死亡させてしまった偶発的な傷害致死事件である。しかし、いま問題なのは、そのタイミングと事件発生地点だった。平成二十五年八月十四日午前一時に、清水市内の袖師町で起きている。

　山形は、細川に顔を向けた。

「よし、この一件の被害者について詳しく調べてみようじゃないか」

「はい」

　彼女が大きくうなずいた。


「あのタクシー運転手の暴行事件のことですか――」

　生活安全課の席で、木村警部補が言った。

「ええ、十年前の八月十四日に発生して、あなたが担当された一件です」

　空いていた椅子に腰を下ろしている山形は、言った。

　傍らに、細川が立っている。

「確かに、あれは私が担当しました。当直の晩のことで、現場から、その《弁解録取書》にある加害者の岡崎敏美が携帯電話で通報してきたので、私ともう一人で現場へパトカーで急行しました。その時点で、被害者男性は完全に心肺停止状態でしたね。後頭部を道路の縁石にしたたかに打ちつけてしまったんですな」

「被害者は、どんな人物だったんですか」

「トラックの運転手でした。氏名は確か、杉山《すぎやま》だったか、杉原《すぎはら》だったか、ちょっとはっきりしませんけど、二十代後半の体の大きな男性でしたね。かなり泥酔していたんでしょう。でなきゃ、小柄で華奢《きゃしゃ》な岡崎敏美の方が、逆に被害者になっていたかもしれません」

「その詳しい内容を見せていただけますかね」

「ええ、いいですよ。案内しましょう」

木村が椅子から立ち上がった。

山形と細川は、その後に従った。

庶務課のスチール製の棚に、段ボール箱がぎっしりと並べられている。

木村は棚の間を歩き回り、一つの段ボール箱に目を留めた。

「これですよ」

そう言いながら、手ずから段ボール箱を抱えると、近くのデスクへ運び、箱を開いた。そして、黒い表紙で綴《と》じられた調書を取り出して、ページを忙しなく捲り、やがて開いた状態のまま、山形に差し出した。

山形はそれを受け取り、見開きのページに目を落とした。細川が、横から覗き込む。

「被害者氏名は杉原哲夫《てつお》、年齢は二十七歳か――」

記載内容を見つめたまま、彼はつぶやく。

細川が手を伸ばして、記録を指差した。

「山形さん、ここに勤め先も書かれていますよ。清水区二《に》の丸町《まるちよう》一――の《小早川《こばやかわ》運送》です」

「面倒ついでだ、行ってみるか」

山形の言葉に、彼女がうなずいた。

4

木原美智子の自宅は、品川区大崎二丁目の低層マンションの三〇五号室だった。

「在宅していますかね」

エレベーターの中で、水谷が心配そうに言った。

日下は腕時計を見やった。午後三時四十八分。

「この時期、夕食のための買い物は、日盛りを避けるものだ。在宅の可能性は高いだろう」

日下は、エレベーターのドア横の停止階の数字に目を向けた。チン、と音がして、エレベーターが三階に停止し、ドアが音もなく開いた。二人はエレベーターから出ると、マンション内の通路を三〇五号室へ向かった。

モスグリーン色の玄関ドアの前に立つと、日下はインターフォンのボタンを押した。

「――はい、どちら様でしょうか」

インターフォンのスピーカーから、女性のくぐもった声が返ってきた。

「警察の者です。木原美智子さんはご在宅でしょうか」

一瞬、インターフォンが沈黙した。が、すぐに声が響いた。

「少々お待ちください」

玄関ドアの錠を外す音がして、ドアがゆっくりと開いた。顔を出したのは、六十代半ばくらいの痩せた女性だった。

「私が、木原ですけど。どんなご用件でしょうか」

戸惑いを隠せぬ顔つきで言った。染めていると分かる茶髪を、短く刈り上げにしている。口紅と耳に光るゴールドのイヤリングが華やかだった。

「突然お邪魔しまして申し訳ありません。静岡中央署の日下と申します」

改めて、警察手帳の身分証明書を示す。

「同じく、水谷です」

傍らで水谷も同じことをする。

「私ども、ある事件の捜査のために、佐田亜佐美さんについて調べております。お勤めだった扶桑臓器移植ネットワークで問い合わせたところ、佐田さんは三年前にお亡くなりになったと伺いました。そこで、彼女と親しくされていた方をお訊きしたところ、あなたのことを教えていただいたので、失礼を承知で訪問させていただきました」

「そうだったんですか。ええ、亜佐美さんとは親しくさせていただいていましたよ」

かすかに安堵《あんど》した表情になり、木原美智子はうなずいた。

「静岡中央署の刑事さんたちが、どうして亜佐美さんのことを調べていらっしゃるんですか」

木原美智子は、日下と水谷を見つめて言った。六畳ほどの広さのリビングのソファで、二人は彼女と対座している。サッシ窓前の床に、満開の赤いハイビスカスの大きな鉢が置かれている。

日下はすかさず言った。

「捜査に支障を来たす恐れがありますので、その点については、何も申し上げられません」

その言葉に、リビングに気まずい沈黙が落ちた。その沈黙を破るために、彼は敢えて言葉を続けた。

「立ち入った質問で恐縮ですが、佐田さんがお亡くなりになった原因をご存じでしょうか」

木原美智子は、すぐにかぶりを振った。

「ご家族だけの密葬でしたので、詳しい事情は私にも分かりません。四十九日が過ぎた後、浜松のご実家をお訪ねして、お線香を上げさせてもらい、彼女のお兄さんともお話ししたんですけど、原因については何もおっしゃっていませんでしたから」

「扶桑臓器移植ネットワークの速水聖子さんからお聞きしましたが、佐田さんは七、八年前から、体調を悪くされていたそうですね。そのことと関係があるんでしょうか」

「ええ、確かに、その頃から本調子ではなかったようでしたね。もっとも、本人は一言も弱音を口にしたことはありませんでしたけど」

「それは、どうしてですか」

「お父さんと弟さんのためだったと思います」

「お父さんと弟さん？」

暗い顔つきになり、彼女がうなずく。

「亜佐美さんのお父さんは、六十代半ばで脳梗塞を起こして自宅で倒れられて、それ以来右半身麻痺《まひ》だったんです。そのうえ、弟さんには子供の頃から心臓に疾患があって、移植を希望しているレシピエントでした」

日下は返す言葉がなかった。

隣で、水谷も呆然としたように黙している。

木原美智子が言葉を続けた。

「子供の頃からの夢だった看護師を辞めて、彼女が臓器移植コーディネーターになったのも、弟さんのことがあったからだと話してくれたことがあります。父親の医療費だって、馬鹿にならなかったと思いますよ。国から要介護の認定を受けていても、痒いところに手が届くように面倒を見てもらうには、介護保険で給付されるお金以外にかなりの出費が必要ですからね」

「そんな事情があったんですか」

「ええ、しかも刑事さん、心臓移植の場合、身体障害等級はほとんどが一級で、手術自体には自己負担は発生しませんけど、手術後もかなり長期にわたって入院しますし、退院して完全な健康体になって働けるようになるまではさらに時間がかかります。亜佐美さんがその生活費を工面しなければならなかったんですよ」

「つまり、そうした費用を捻出するために、佐田さんは無理をなさっていたということですか」

「間違いなく、そうだったと思います。お兄さんも丈夫ではないらしく、父親と弟のことでは、妹にばかり苦労をかけてしまい、本当に申し訳ないことをしたと涙ながらに零していましたから」

日下は大きく息を吐いた。

すると、隣の水谷が言った。

「木原さんからご覧になって、佐田亜佐美さんという人は、どんな方でしたか」

つかの間、木原美智子は考え込んだものの、やがて顔を上げた。

「彼女が扶桑臓器移植ネットワークに勤め出したのは、確か二十五歳のときでした。私が指導する立場だったんですけど、とても真面目でしたし、何事にも積極的に取り組む人でした。それに——」

言うと、木原美智子は言葉に詰まったように黙り込んだ。

「それに、何ですか?」

「綺麗《きれい》な人でした」

「綺麗な人——」

彼女が悲しげな顔つきでうなずくと、「ちょっと、お待ちください」と言って、席を立ち、隣室に姿を消した。そしてすぐに戻ってくると、手にした写真をテーブルに置いた。

「これが亜佐美さんです」

言いながら、写真に写った二人の人間の片方を指差した。

日下と水谷は、同時に写真に見入る。にっこりと笑った木原美智子の隣で、若い女性が微笑んでいる。ストレートの長い黒髪、色白のやや丸顔、弓のような眉の下の二重の目が大きく、細い鼻筋と形のいい唇をしている。水色のブラウスにベージュのタイトなスカート姿だ。

木原美智子が続けた。

「男性コーディネーターの中にも、彼女に想《おも》いを寄せていた人が少なくなかったと思います。それなのに、個人的な関わりを努めて避けるようにしていました」

「個人的な関わりを努めて避ける——」

「ええ。それもお父さんや弟さんのことがあったからだと思います」

日下はもう一度、写真に目を向けた。父親と弟のために、自らの幸せを犠牲にしたという話を聞いたせいだろう、その顔立ちがどこか寂しげにも感じられる。

「木原さん、この写真を貸していただけませんでしょうか。責任をもってお返ししますので」

「ええ、かまいませんけど」

「ありがとうございます。——ちなみに、心臓に疾患を抱えていたという弟さんは、その後どうなったのでしょうか」

その言葉に、木原美智子がかすかに明るい表情を取り戻した。

「康彦《やすひこ》さんはドナーが見つかって、無事に移植手術が行われましたよ。いまもお元気だと思います」

「手術が行われたのは、いつのことですか」

「確か、平成二十五年だったと思います」

日下は無言のまま、水谷と目を見交わす。正岡聡子が誘拐されたのと同じ年である。

「その年の何月でしたか」

木原美智子がかすかに考え込む表情になったものの、やがて言った。

「十年も前のことなので、はっきりとは覚えていませんけど、確か春先頃だったような気がします」

## 5

「杉原哲夫のこと――」

駐車場の大型トラックの横で、田所松雄《たどころまつお》が素っ頓狂な声を張り上げた。薄くなった髪を頭に撫でつけており、下膨れの顔に大きな丸い目、カーキ色の作業服姿で、足元は黒い安全靴である。

「ええ、十年前の八月十四日に、揉め事を起こしてお亡くなりになったとき、こちらにお勤めだったんでしょう」

ハンカチで襟足を拭きながら、山形は言った。

手帳とペンを手にした細川が、田所をじっと見つめている。

二人が小早川運送の事務所を訪ねて事務員の若い女性に用件を告げたところ、表に課長の田所松雄がいるので、そっちで訊いてくれと言われたのである。

「確かにそうですけど、――それにしても、まったく懐かしい名前を聞いたもんだな」

「どんな方だったんですか、杉原さんは」

「今頃になって、いったい何です。あいつ、ほかにも警察のご厄介になるようなことを仕出かしていたんですか」

「田所さん、捜査のことについては、何もお話しできないんですよ。どうかご了承ください」

言うと、山形は返事を促すつもりで、相手の目を覗き込んだ。

すると、蛙《かえる》が蛇に睨まれたかのごとく、田所が身を竦《すく》めるようにして言った。

「亡くなった人間を悪くいうのは嫌なんですけど、チャランポランなやつでしたね」

山形は、チラリと細川を見やった。彼女もこちらに視線を向けている。臭いますね。そういう目顔だった。

素知らぬ顔つきで、彼は続けた。

「チャランポランとは、具体的にはどういうことでしょう」

「遅刻したり、連絡もなしに勝手に休んだりするんです。叱りつけると、二度としませんなんて、しおらしい態度を見せるんだけど、しばらくすると、またさぼり癖を出しやがりましてね。まあ、いまの若いのは、たいていそんな手合いだけど」

「なるほど。杉原さんの経済状態はどんな感じでしたか。ちなみに、こちらからのお給料は、いかほどだったんでしょう」

「うちの給料は、そこらの運送屋と変わりありません。でも、杉原は競艇に嵌まっていて、いつもピーピーしていましたっけ。——あいつ、やっぱり何かやばいことをやっちゃったんですね」

その言葉に、山形は細川と素早く目を見交わす。ギャンブルに嵌まり、懐が苦しくなっていたら、つい魔が差しても不思議はない。

山形は言った。

「杉原さんが親しく付き合っていた人を、ご存じありませんか。お亡くなりになったとき、二十七歳だったと伺っていますが、恋人とかいませんでしたか」

杉原が十年前の誘拐事件の犯人だったとして、共犯者がいたとしたら、親しい人間である可能性が大きい。たとえ、ダイレクトにその人物を突き止めることができなくても、付き合っていた女性なら、他の人間関係を知っていることもあり得る。

「さあ、知りません。いまどきの若いのは、プライベートについちゃ一切話さないから。友達くらいはいたでしょうけど、女にもてるという感じには見えませんでしたね」

「そうですか。最後にもう一つ。お亡くなりになった八月十四日の前日のことですけど、杉原さん、お休みを取っていたなんてことはありませんでしたか。こういう会社なら、営業日誌が残っているでしょう。ご面倒でしょうが、そちらをご確認いただきたいんですけど」

「ああ、それなら、営業日誌を確認するまでもありませんよ。あの日は、杉原もちゃんと仕事に就いていました。これは間違いありません」

「どんなお仕事ですか」

「トラックの運転に決まっているじゃないですか。豊橋まで園芸資材を運ぶいつもの仕事でした。朝の九時頃にここを出て、帰りは午後六時くらいだったんじゃないかな」

山形は止めていた息を吐く。空振りか。顔には出さなかったものの、内心の落胆は大きい。

「そうですか。お仕事中、お手数をおかけいたしました」

礼を言うと、細川を促して、彼は踵を返した。

と、かすかに気になることを思いついて足を止め、山形は振り返った。

セブンスターの箱を出して、一本咥《くわ》えようとしていた田所が、驚いたような表情を浮かべた。

「まだ何か？」

「十年前のことを、どうして、そこまではっきり覚えていらっしゃるんですか」

その言葉に、煙草を指に挟んだまま田所が顔をしかめた。

「ああ、それは、あの年の八月十四日と十五日の二日続けて、社員にとんでもない出来事が起きちまったから、嫌でも覚えちゃったんですよ」

「二日続けて？　いったいどういうことですか」

「無賃乗車騒ぎで杉原が死んじまったことと、その翌日にも別の事故がありましてね」

「どんな事故ですか」

「うちのトラックに、赤い軽自動車が正面衝突したんです」

山形は、細川と顔を見合わせた。

＊

日下と水谷がＪＲ静岡駅の駅ビルから外へ出たときには、とっくに日が暮れていた。

駅前の広々とした歩道にはかなりの人出があり、目の前の巨大なロータリーを、ヘッドライトや赤いテールランプを灯した路線バスや乗用車が、ひっきりなしに通りかかる。

「依然として、くそ暑いですね」

街灯の灯った御幸通りの歩道を歩きながら、水谷が愚痴った。

「ああ、俺が子供の頃は、昼間どんなに暑くても、日が暮れると、ぐんと涼しくなったもんだが。俺が寝冷えするのを心配して、寝るときに、お袋から無理やり腹巻きをさせられたからな」

「確か、係長は浜松出身でしたよね」

「ああ、尾張町《おわりちょう》だよ」

「浜松城の近くじゃないですか。城のそばには美術館もあるし、徳川家康の銅像も立っていますよね」

「よく知っているな。もしかして、城が好きなのか」

「私じゃなくて、付き合っている彼女が歴女《れきじょ》でして。大学の後輩で、野球部のマネージャーでした」

頭を掻きながら、水谷が照れたように言ったとき、日下の携帯電話が鳴動した。路上で立ち止まると、胸ポケットから携帯電話を取り出した。画面に《飯岡》の文字が映っていた。

「はい、日下です」

《飯岡だ。たったいま、山形たちから連絡が入った。耳寄りな情報だ》

「何ですか。私たちは静岡駅を出て、これから署に戻るところですけど」

《まあ聞け。平成二十五年八月十五日の午後三時頃、県道二九号線で、軽自動車とトラックが正面衝突するという交通事故があったそうだ》

日下は息を呑んだ。

その沈黙の意味を読み取ったように、飯岡が続けた。

《事故を起こしたのは、清水市内にある小早川運送のトラックと、市内在住の若い男が運転する赤い軽自動車だった。事故の詳しい状況は、これから確認することになろうが、運送会社の課長の記憶では、その軽自動車が制限速度を超えたスピードで走行していて、幅員が減少した急カーブに入って、反対方向から走行していたトラックと正面衝突になったとのことだ》

「交通事故が発生したのは、県道二九号線のどのあたりですか」

《葵区渡《わたり》という場所だったそうだ》

つかの間、日下は脳裏に地図を思い浮かべる。だが、その場所には覚えがなかった。そのとき、こちらを凝視している水谷と目が合った。彼は携帯電話の送話口を掌《てのひら》で覆うと、水谷に言った。

「水谷、県道二九号線の葵区渡という場所を知っているか」

「係長、それは《わたり》と読むのでなくて、《ど》だと思います」

「そうなのか。入島の天竺村へ続く脇道との位置関係は、どうなっている」

「葵区渡《ど》は、入島より少しだけ南側です。たぶん、二、三キロくらい離れていたと思います」

その言葉に、日下はうなずき返すと、すぐに携帯電話に向かって言った。

「事故に遭ったトラックは、どっち方面に向かって走っていたんですか」

《梅ヶ島温泉の方から、静岡市内に戻るところだったそうだ》

「それなら、事故を起こした軽自動車は、北へ向けて走行していたんですね」

《その通りだ》
「了解しました。――課長、署に戻って報告する予定でしたが、こちらからもお伝えすることがあります。佐田亜佐美さんは、真面目で仕事熱心な人物だったとのことです。臓器移植コーディネーターの速水聖子さんも、佐田亜佐美さんが親しくしていた先輩の木原美智子さんも、口を揃えてそう話していました。ただし、七、八年くらい前から、体調を崩していたとのことです」
《原因は何だ》
「脳梗塞で身体に麻痺の残った父親と、心臓に障害のある弟を抱えていたんだそうです。その弟もレシピエントで、彼女がコーディネーターになったのも、二人のためだったようです。――これは私の単なる印象ですが、誘拐のような犯罪に関わるような人物だったとは、とても思えません」
《そういうことか――》
「それから、正岡聡子ちゃんがレシピエントだったという事実を、ほかの臓器移植コーディネーターも知っていたそうです」
《何だと》
携帯電話から大きな声が響いた。
「臓器移植コーディネーターには、移植が行われる病院で、家族や医療スタッフと連携するチームと、レシピエントを選び出し、移植施設に連絡を入れる業務を担当するチームがあるんだそうです。正岡聡子ちゃんの場合、佐田亜佐美さんを含めて、十名の臓器移植コーディネーターが関わっていたとのことです。ちなみに、佐田亜佐美さんは、レシピエントを選定するチームのチーフで、八月十二日の晩から、徹夜で本部に詰めていたそうです」
《そんなに大勢の人間が知っていたのか。情報を共有する人間が多くなればなるほど、情報は漏れやすくなるぞ――ともかく、早く戻って来い》

感慨に堪えぬという口調で言うと、飯岡が言った。

「了解しました」

言うと、日下は電話を切り、大きく息を吐いた。

「課長からですか」

水谷が待ちかねたように言った。

「ああ、そうだ。――山さんたちが、当たり籤《くじ》を引いたかもしれん」

日下は顔を向けると、飯岡からの連絡内容を手早く説明した。

「事故を起こしたその軽自動車に、誘拐犯の一人が乗っていたっていうことですか」

「まだ可能性の一つだが、事故が起きたのは平成二十五年八月十五日の午後三時頃、事故車両は赤い軽自動車、場所が県道二九号線の渡だ。しかも、その車は北に向かっていた。ここまで条件が揃えば、かなり可能性は高いかもしれんぞ」

「日下さん、その筋はきっと行けますよ」

水谷が興奮気味にうなずいた。

# 第五章

## 1

二階のベランダで洗濯物を干していた正岡浩子は、夫の白いランニングを手にしたまま、ふと庭を見下ろした。

庭の花壇の前に、夫の満がたたずんでいる。目の前に植えられている薔薇《ばら》の花を、じっと見つめているのだ。

あのピンク色の薔薇は、聡子が生まれたときに、夫が手ずから植えたものだった。《これは聡子の薔薇なんだ》と嬉しそうに目を細めて、彼はいつも丹精して育てていた。それ以上に、ひとり娘のことを目に入れても痛くないほど溺愛していたことを、彼女は知っている。

五日前の八月五日、聡子の遺体が見つかった。そして三日前、静岡中央署の日下と水谷という刑事がこの家を訪れた。そのせいで、十年という年月をかけて、ようやく静まった夫の気持ちが、再び掻き乱されてしまったのかもしれない。

聡子がいなくなり、持病の腎臓疾患の程度から考えても、服用すべき薬がずっと断たれているであろう状況から鑑みても、もはや絶望的にしか考えられなくなったとき、浩子は人目も憚らずに泣き叫び、何日も眠れなかったものだった。

だが、夫はもっと深く悲しんでいるだろうと、彼女は感じていた。忌引きと勤め先の上司の特別な配慮で、半年近くも病院の仕事を休み、書斎に閉じこもったままになった。ろくに食事も取らず、そのうち浩子とも口を利かなくなった。げっそりと頬がこけて、目の下に黒い隈を拵《こしら》え、充血した眼には、一片の感情も窺《うかが》えなかった。

自殺するのではないか、と危ぶんだこともあった。書斎の机の引き出しの奥に、見たこともない茶色いガラス製の薬瓶を見つけたのである。浩子自身、精神的に不安定な状態は依然として続いていたものの、夫のそんな様子に接したことで、逆に、このままではいけないという気持ちが呼び覚まされたのだった。夫が衝動的な行動に走らないように、常に目を光らせなくてはならない。そう思ったのだ。夫婦とは、相手が深く傷ついたときほど、愛情を掻き立てられるものだということを、彼女は初めて知った。

そのうち、真夜中過ぎに、夫がトイレで明かりも灯さぬまま、たった一人で泣いていることにも気が付いた。まるで幼子のように洟《はな》を啜《すす》りながら、小さく嗚咽を漏らし続けていたのである。いつまでも、いつまでも。

犯人への憎しみや憤りよりも、いなくなった聡子への断ちがたい思いが、途切れることのない涙となって溢れているのだ、と彼女は思った。

次の日、浩子は思い切って、夫に声を掛けたのである。

《あなた、聡子の薔薇の手入れをしてあげてくださいな。いつも二月になると、剪定なさっていたでしょう》

自分の世界に閉じ籠ってしまってからというもの、夫が庭にも出ようとしなかったせいで、薔薇は放っておかれるままになっていた。

そのときは、夫は反応しなかった。

だが、翌日、いつの間にか庭へ出て、薔薇の手入れをしている夫の後ろ姿を見かけたのである。彼が普通の世界に戻ってきたのは、それがきっかけだった。

少しずつ浩子とも口を利くようになり、食事も普通に取るようになり、トイレで泣くこともなくなった。

それから半月ほど経った晩、浩子がテレビを点《つ》けていたとき、たまたま映った番組に、夫の目が釘付けになった。

それは、様々な難病に苦しむ子供たちを取り上げたドキュメンタリー番組だった。番組が終わると、テレビ画面に顔を向けたまま、彼がふいにつぶやいたのである。

《明日から、仕事へ行くよ――》

驚いて、彼女は言った。

《もう大丈夫なの》

《病人を治すのが、医者の役目じゃないか――》

夫の真っ赤に潤んだ目に涙が溢れているのを、浩子は声もなく見つめたのだった。

それからの夫は、人が変わったように医療の仕事に打ち込むようになった。以前はまったく関心を向けなかった臓器移植にまで、積極的に取り組むようになったことに、浩子は驚きとともに大きな喜びを覚えたのである。

困難を極めた移植手術をこなして、レシピエントの両親から涙ながらに感謝されたという話を、夫が顔を上気させて興奮気味に語ったときは、聡子が生きていた頃と同じような幸せが戻ってきたように感じたほどだった。

だから、それから数年して、夫が病院を辞めると言い出したとき、浩子はこれ以上ない驚きと落胆を覚えた。医療の仕事にせっかく生きがいを感じて、昔と同じ目の輝きを取り戻していたのに、どうして、それを投げ出してしまうのか、と。

だが、どれほど問い詰めても、夫は仕事を辞めた本当の理由を話そうとはしなかった。疲れたとか、気力がなくなったとか、真面目に働くのが馬鹿馬鹿しくなったとか、幾つもの言い訳を並べていたものの、どれも本心には思えなかったのである。

病院を退職してから、夫は再び寡黙になった。

そして、ときおり、ああして聡子の薔薇を見つめている。

無言のまま、花と言葉を交わしているように。

## 2

「あのときの交通事故で死亡したのは、二人だ。一人は小早川運送のトラック運転手で、氏名は南条恵太郎《なんじょうけいたろう》。磐田《いわた》市出身で、三十三歳だった。トラックの損傷具合や道路に残されていたタイヤのブレーキ痕、事故後に弾き飛ばされていた二台の車両の位置関係からして、現場検証で、こちらには落ち度はなかったものと判断された――」

静岡中央署の交通課で、課長の篠田隆《しのだたかし》警部が太い声で言った。胡麻塩の髪を七三分けに整え、襟足を刈り上げにして、髭の剃《そ》り跡の青い顔をしている。歳は五十過ぎくらいだろう。その篠田が続けた。

「――一方、赤い軽自動車を運転していたのは玉村宏《たまむらひろし》で、当時二十一歳。こちらは焼津市出身で、無職だった」

「大学生ではなかったんですか」

山形は口を挟んだ。

横に立っている細川も、無言でうなずく。

二人は、十年前の八月十五日の午後三時頃に県道二九号線の葵区渡付近で起きた交通事故について、朝一番で交通課の事故記録を調べてもらい、その内容に目を通したうえで、事故当時、現場検証に立ち会った篠田から説明を受けていた。

その篠田が渋い顔つきで、かぶりを振った。

「玉村宏は県立高校を二年で中退している。事故当時は定職にも就かず、ときおりコンビニなどでアルバイトをしていたらしい。道路にブレーキ痕がまったく残されていなかった点や、衝突した位置関係から考えて、こちらの車が幅員の狭い急カーブにまったく減速せずに入り込んで、南条のトラックに正面衝突したことは動かしようがなかった」

「現場は、よく事故が起きる場所だったんですか」

「県道二九号線は確かにカーブが多いし、所々で幅員が減少している。しかし、制限速度を守って、道が狭くなった箇所で減速しつつ、対向車に気を付けていれば、事故が起きるような場所じゃない」

「それなら、衝突事故の原因は何だったんでしょう」

「二人の検視解剖が行われたものの、どちらからもアルコールは検出されなかったから、酒気帯び運転の線はなかった。居眠り運転か、スピードの出し過ぎか、そのあたりだろうが、総合的な観点から鑑みて、後者という結論になった」

山形は、細川と目を見交わした。玉村宏は、どうしてそれほど急いでいたのだろう。気になるのは、事故を起こした彼の車が、赤い軽自動車という点だった。正岡聡子が誘拐された日、近所の老人が猛スピードで正岡邸周辺を走る赤い軽自動車を目撃している。

「過剰にスピードを出した原因については、調べを行わなかったんですか」

山形の言葉に、篠田が首を横に振った。

「二台の事故車両については、現場でも調べたし、署に移して徹底的に検めてもみたが、車内から犯罪や違法行為に結びつくような物品は発見されなかったし、ブレーキ装置にも故障はなかった。――それにしても、おたくたちが持ち込んできた、十年前の未解決誘拐事件とやらと、この一件が本当に結びつくのか」

「まだ分かりません。しかし、誘拐された被害者の遺体が発見された廃村は、その交通事故の現場からさして離れていません。それに、誘拐事件発生は平成二十五年八月十三日の午前中のことでしたが、被害者が姿を消した自宅近くで、猛スピードで走行する赤い軽自動車が目撃されています。ちなみに、被害者はい草の荒縄で縛られて、廃屋の押し入れのような場所に閉じ込められていたようです。これは考えたくない想像ですが、さらった直後に命を奪わずとも、真夏の廃屋に二日間も閉じ込めておけば、死亡することは目に見えています」

「なるほど。廃屋で死亡しているであろう被害者の遺体の隠滅のために廃村に向かっていたから、まともな精神状態でいられなかったと読むわけか」

山形は小さくうなずき、続けた。

「玉村宏の遺体や、その軽自動車の車内に、何か気になるものは残されていませんでしたか」

篠田は、手元の事故記録に目を落として言った。

「免許証、財布、水のペットボトル、それに携帯電話が一台。そいつの通話記録も調べたが、こっちの興味を引くものは特になかったな」

「玉村宏は、家族と一緒に住んでいたんですか」

「いいや、アパートで一人暮らしだった。母親を早くに亡くして、父親とは折り合いが悪かったらしい。事故のときも、方々に問い合わせて、最終的に実家の父親と連絡が取れたんだが、俺が電話で警察だと名乗ると、父親は開口一番に、《宏がまた何かやらかしたんですか》とあからさまに不機嫌な口調だったよ」

やり切れないというように、篠田が首を振った。

「玉村宏の当時の住所を教えていただけますか」

「ああ、この記録にある」

言うと、篠田が事故記録を差し出した。

3

岸本肇警部補は、井上隼太巡査とともに高架になった遠州鉄道の遠州病院駅を出た。

「行くか」

厳しい陽射しに目を細めて言うと、岸本は歩き出した。

はい、と井上がうなずき、肩を並べた。

二人とも、背広の上着を腕に掛け、白い半袖ワイシャツ姿だった。飯岡課長に命じられて、彼らは今日から《正岡聡子ちゃん誘拐事件》の再捜査に合流することになったのである。岸本たちに与えられた役目は、佐田亜佐美の実家を訪問して、家族から聞き取りをすることだった。扶桑臓器移植ネットワークに保管されていた履歴書によれば、実家の所番地は浜松市中区《なかく》木戸町《きどちょう》三――である。

「それにしても、父親や弟のためとはいえ、体調を崩すほど働き詰めで、その挙句に亡くなってしまうなんて、佐田亜佐美さんは何だか可哀そうですね」

しみじみとした口調で、童顔の井上が言った。

「ああ、そうだな。人は生まれ落ちた境遇で、生き方が決まってしまうものかもしれんな」

額の汗をハンカチで丁寧に拭いながら、岸本は言葉を返した。

「真面目な人柄だったというじゃないですか。弟がレシピエントだったから、臓器移植コーディネーターの仕事に打ち込む気持ちは、人一倍だったんでしょうね」

馬込川《まごめがわ》に架かる共同橋を渡り、二人は木戸町に足を踏み入れた。

浜松駅周辺のビルや高層の建物の目に付く地域から、低い戸建てが建ち並ぶ界隈《かいわい》へと様変わりした。

佐田亜佐美の実家は、すぐに見つかった。表通りから、両側を古いブロック塀に囲まれた細い路地を入った突き当たりの平屋だった。いまどき珍しい木造で、屋根がトタン張りになっており、かなり年季の入った家屋である。木製の門柱に、《佐田》という表札が掛かっていた。

岸本は井上とともに門を通り、玄関の格子戸横の呼び鈴を押した。

格子戸に嵌まった磨《す》りガラス越しに、人影の動く様子が見え、低い声がした。

「どちら様でしょう――」

「静岡中央署の者です。佐田亜佐美さんのことでお聞きしたいことがありまして、お訪ねしました」

岸本は答えた。

錠を開ける音が続き、格子戸が音を立てて開くと、痩せた白髪の男性が顔を出した。

「亜佐美のことって、どんなことでしょう」

恐る恐るという感じで、男性が言った。年齢は六十代半ばくらいだろう。目の細い大人しそうな顔立ちだ。素足に、黒いサンダルをつっかけている。

「静岡中央署の岸本です」

岸本は、警察の身分証明書を示した。

「同じく、井上です」

井上が同じようにするのを待って、岸本は続けた。

「失礼ですが、あなたは？」

「亜佐美の兄の昭一《しょういち》です」

岸本は、かすかにうなずく。昨晩の捜査会議で、日下たちが報告していた内容を思い出したのである。彼らが面談した木原美智子によれば、三年前、浜松で佐田亜佐美の密葬が行われ、四十九日が過ぎた後、彼女の兄に会ったという。その人物は、体が丈夫でないらしいという報告もあった。目の前の男性は、確かに青白い顔をしている。

「実は私ども、ある事件の捜査のために、佐田亜佐美さんについて調べておりまして」

「それは、どんな事件ですか」

「捜査に支障を来たす恐れがあるので、何もお話しできません。ただし、重大な事件ということはご承知おきください」

「まあ、そういうことなら、仕方ありませんけど」

昭一が不承不承という顔つきになったところで、岸本はさりげなく切り出した。

「妹さんは以前、扶桑臓器移植ネットワークに勤めていらっしゃいましたよね」

「ええ」

「大変なお仕事だったそうですね」

「そのようでしたね。妹がよく零していました、徹夜の仕事がしじゅう入るし、ドナーの家族のケアにも神経を使うって」

「十年前——平成二十五年八月に妹さんは、正岡聡子ちゃんという小学六年生のレシピエントを担当なさっていたんですが、そのことをご存じですか」

「いいえ、まったく知りません」

「その頃、妹さんとお会いになったり、話されたりしたことを、何か覚えていらっしゃいませんか」

「そんな昔のこと、覚えているわけがないでしょう」

にべもない返事に、岸本も二の句が継げない。

すると、隣の井上が口を開いた。

「お父様が脳梗塞の後遺症でお体が不自由だと伺いましたが、それは本当ですか」

「ええ、その通りです。でも、父は、とうに息を引き取りました。妹が亡くなる少し前のことです」

「それは、ご不幸が続かれて、さぞお心を痛められたことでしょう。御愁傷様です」

「ええ、まあ」

「お父様がお亡くなりになられたのは、正確にはいつですか」

「そんなことを訊いて、いったいどうするんですか」

気色ばんだように、昭一が言い返した。

その憤懣《ふんまん》の籠った口調には、童顔の井上を軽んずる気配が滲んでいた。大人しそうな顔立ちとは裏腹に、いささか狷介《けんかい》な人物らしい。岸本は、わずかに語気を強めて言った。

「佐田さん、私たちが調べているのは、人の命が奪われた凶悪犯罪なんです」

途端に、昭一が怯えたように視線を逸らすと、つぶやくように言った。

「父が他界したのは、令和二年の七月十九日です」

岸本は、井上と顔を見合わせた。佐田亜佐美が扶桑臓器移植ネットワークを死亡退職したのは、その月末である。この二つは、何か関連があるのだろうか。

「立ち入ったことをお訊きしますが、妹さんがお亡くなりになった原因は、何だったんでしょう」

昭一がふいに黙り込む。そして、恨めしげな目つきになり、囁くように言った。

「自殺です」

つかの間、岸本は言葉がなかったが、思い切って言った。

「どうしてなんですか」

「なぜそんな気持ちになったのか、まったく分かりません。休暇を取ってこの家に戻っていたあれは、遺書すら残さずに、近所の古いマンションの非常階段から飛び降りたんです」

昭一の目がいつの間にか赤く潤み、かすかに声が震えていた。

岸本には、目の前の人物が最前とはまったく違って見えた。父親に死なれたうえに、妹が自殺したのだ。頑な気持ちになったとしても、無理はないかもしれない。相手の心を解《ほぐ》すつもりで、彼はさりげなく言った。

「弟さんが、心臓移植の手術を受けられて、元気になられたそうですね」

「ええ、そうです。——しかも、康彦はすっかり健康になったうえに、入院中にお世話になった可愛《かわい》い看護師さんと結婚までして、とても幸せにやっていますよ」

目を瞬かせて、思い直したように言った。狷介な気配が、いつの間にか消えていた。

「その手術は、いつ行われたんですか」

佐田亜佐美の弟である康彦の心臓移植手術が行われたのが平成二十五年の春先頃だったという情報は、昨晩の捜査会議において報告があった。だが、詳しい時期まではわかっていなかった。

「康彦が心臓移植手術を受けたのは、平成二十五年三月十日でした」

そのとき、昭一が顔つきを変えた。

「どうかされましたか」

「そういえば、亡くなる直前、妹の様子が変だったことを思い出したんですよ」

「どんなふうに、変だったんですか」

「あの日、ここに帰省していた亜佐美は、ちょっと出かけてくると言って家を出ました。そして、一時間ほどして、妹から電話が掛かってきたんです。ところが、その電話口で、あれがずっと泣き続けていましてね」

「泣き続けていた？　お父様が亡くなられたことを嘆いていらしたということですか」

上目遣いに、昭一がこちらを見た。

「最初、私もてっきりそうだと思いました。だから、親父も歳だったんだから、しょうがなかったんだよ、と何度も声を掛けたんです。ところが、妹は少しも泣き止みません。それで、ふいに胸騒ぎを覚えて、どうしたんだって呼びかけたんです。すると、妙なことを口走ったんですよ」

「妙なこと？」

昭一がうなずき、口を開いた。

「《どうして、あんな約束を信じてしまったんだろう》と、聞いたこともないような恨みがましい口調で言ったんですよ。――それだけ言うと、電話が切れました。妹が身を投げたのは、その直後だったんです」

岸本が横を見ると、こちらに顔を向けた井上は目を大きく見開いていた。

4

《医療記録類を証拠保全いたしましたので、実物は本日以降、お受け取りを願います。しかし、そちらの捜査のご都合もあることでしょうから、内容をかいつまんでお知らせいたします――》

受話器から、静岡地方裁判所の係官の声が流れた。

「恐れ入ります」

受話器を握り締めたまま、日下は緊張して言った。

デスクの前に立っている水谷が、真剣な顔つきで見つめている。

臓器移植に関しては、警察といえども法律の壁に阻まれて、ドナーやレシピエントについての情報を無条件に入手することは不可能である。そこで、静岡中央署は刑事課長名で朝一番に裁判所に対して、十年前の腎臓移植手術のドナーと、臓器移植を受けられる順位が繰り上がったレシピエントについて、臓器摘出を行った病院と扶桑臓器移植ネットワークに保管されていた医療記録に関して開示の令状を申請したのである。

このような場合、申請を受けた判事は、その内容が警察の捜査上適正であり、正当な理由があると判断すると、当該機関に知られない形で令状を出すことを決定する。そして、正式に令状が出ると、事前通告なく、裁判所の執行官が当該機関を訪れて、決定内容を送達する。その後、わずか三十分から一時間後に、裁判官が訪れて、カルテなどの医療記録等の保全を行うのである。

こうしたプロセスが定められているのは、守秘義務のある記録について改竄《かいざん》を行わせないためであり、執行官が医療機関に送達する書面には、《その他、本診療に関して作成された一切の文書（電磁的記録を含む。編集更新履歴を含む。）及び物》という一文が挿入されている。これによって、医療記録のコピーやデータなどについても、すべての提出が強制され、その場で保全された原本と差異がないかどうかの確認も行われるのである。

日下が耳に当てている受話器から、地方裁判所の係官の言葉が続く。

《扶桑臓器移植ネットワークに保管されていた記録では、平成二十五年八月十四日午前十時頃、富山弘樹《ひろき》さんがドナーに認定されておりました。富山さんについて申し上げますと――》

受話器から流れる言葉にうなずきながら、日下は手元のメモ用紙に、氏名、年齢、住所などの要点を書き込んでゆく。

富山弘樹　二十五歳　静岡県浜松市浜北区《はまきたく》――

《――この方は自らの意思で、生前にドナー登録されていました。しかし、扶桑臓器移植ネットワークのデータには、ドナー候補者が搬送された病院から報告を受けた、各人の血液型、感染症の有無、身長、体重、性別、組織適合性などが登録されているのみで、ドナーとして認定されるに至った具体的経緯の記載はありません。ちなみに、そちらの申請に基づきまして、臓器摘出施設に関しても、当該ドナーに関する証拠保全が行われましたし、ドナー認定後の臓器移植が行われたレシピエントについての記録も、扶桑臓器移植ネットワークのデータを証拠保全しましたので、いずれも同様の処置をお願いします》

「承知しました。この方の臓器摘出施設と臓器移植施設を教えていただけますか。令状が送達されているのなら、こちらから赴いて現場の医療従事者から直にお話を伺いたいと思いますので」

《承知しました――》

受話器から流れる臓器摘出手術と移植手術が行われた病院の名称と住所を、日下はメモ用紙に書き加えた。

「ありがとうございました」

礼を述べて、日下は受話器を戻し、デスクの前に立っている水谷に顔を向けた。

「これから、ドナーの臓器摘出施設と、レシピエントへの臓器移植施設に当たるぞ」

「いよいよですね」

水谷が、勇むような顔つきに変わった。

日下も、椅子から勢いよく立ち上がった。

5

山形と細川は、静岡市駿河区西中原《にしなかはら》二にある古い二階建てのアパート、《いずみ荘》の一〇四号室の前に立った。

すぐ西側に、安倍川の河川敷が広がっている。十年前、県道二九号線で交通事故を起こした当時、玉村宏が住んでいた部屋である。だが、ドア横の壁のプラスチック製の表札は空白だった。

「入居者は、いないようだな」

山形が言うと、細川がうなずく。

「両隣の住人に当たるのは、どうでしょう」

「当然だ」

二人は右隣の部屋へ足を向けた。

十分後、一階のどの部屋も留守で、二階の二部屋だけが在宅と判明した。初老の男性と、かなり高齢の女性である。しかし、二人とも、十年前には《いずみ荘》に住んでいなかったと証言した。その後、山形たちは、近くの数軒の一戸建てにも聞き込みを掛けてみたものの、こちらも空振りに終わった。十年前のことであり、一人暮らしの若者が近所付き合いなどするはずもなく、人々の記憶に残っていないのも無理はなかった。

「どうしますか」

細川の言葉に、アパートを斜に見上げたまま、山形が口を開いた。

「このアパートを管理している不動産屋へ当たるしかあるまい」


在宅していた高齢の女性から管理会社を教えてもらい、二人が静岡駅南口から十五分ほど歩いた《石塚《いしづか》不動産》の前に立ったのは、正午近かった。扉横のガラス張りのスペースに、アパートやマンションの販売図面が何枚も貼り出されている。

「ごめんください」

スライド式のガラス扉を開けながら、山形は声を掛けた。

後から、細川も続く。

クーラーが利いている事務所には、横長の白いカウンターがあり、卓上カレンダーと印鑑用の朱肉が置かれていた。カウンター奥にはデスクが二つずつ向き合うように置かれ、男性が二人と女性が二人、席についている。女性たちは電卓を叩いており、奥の初老の男性が受話器を耳に当て、通話の最中だった。

手前の若い男性社員が素早く立ち上がり、声を掛けてきた。

「いらっしゃいませ。お嬢さんのお部屋探しですか」

「いいや、私ら客じゃないんですよ。——静岡中央署の山形です」

額の汗をハンカチで拭いながら、ズボンの後ろポケットから出した警察の身分証明書を、相手に素早く提示する。

「同じく、細川です」

「ああ、すみません」

細川も同じことをした。

親子と勘違いしたことを恥じ入るように、若い男性社員が頭を掻いた。

「こちらが、西中原の《いずみ荘》を管理されていると伺ったんですけど」

山形は言った。

「ええ、その通りですけど。《いずみ荘》が何か——」

「実は、私ども、あのアパートの一〇四号室に以前住んでいた、玉村宏さんについて調べておりまして」

「以前というと、どのくらい前ですか」

「十年前です」

「ちょっと、お待ちください」

慌てたように言い、若い男性社員は奥へ戻ると、電話を終えた初老の男性に近づき、耳元で何事か話し始めた。途中で、その男が驚いたように目を大きくし、こちらに視線を向けてきた。それから立ち上がり、カウンターに近づいてくる。

「私がここの責任者で、安西《あんざい》と言いますけど、いったいどういうことでしょうか」

丸顔で小太りの男である。鼻の下にちょび髭を生やしており、歳は六十近いかもしれない。

「実は、十年前に県道二九号線で起きた交通事故のことを調べていて、あのアパートにお住まいだった玉村宏さんが事故死されたことを知ったんです。で、その玉村宏さんが、どんな方だったか教えていただければと思い、お伺いしました」

「十年前の交通事故？」

安西は首を傾げた。が、次の瞬間、両眉が持ち上がり、ああ、という感じでうなずいた。

「あの事故のことですか。ええ、覚えていますよ。警察からの連絡で、びっくりしたんですから」

「やはり、ご存じでしたか」

「そりゃ、私もここが長いですから。まっ、立ち話もなんですから、どうぞお掛け下さい」

急に愛想が良くなり、山形たちにカウンター前のパイプ椅子を勧めた。

「それじゃ、失礼して」

山形は腰を下ろす。

細川も一礼して、隣の椅子に座った。

「どんな方だったんですか、玉村宏さんは」

山形は単刀直入に切り出した。

「そうですね、典型的な、いまどきの若い人っていう感じでしたね」

「いまどきの若い人？　具体的には、どんな感じだったんです」

「まあ、向こうは客で、こちらはアパートを仲介する立場だから、ため口を利かれても文句は言えませんけど、初対面の若造が平然と、《だよな》なんて話しかけてきたんで、面食らったのを覚えています。いまはもう、そんなのは当たり前かもしれませんけど——でもね、そんなに悪い人じゃありませんでしたよ、ええ」

「飛び込みの客だったんですか」

「いいえ、紹介でした」

「紹介？」

「そうです。大家さんの息子さんの紹介でした。聞けば、友達だとか」

山形は、細川と顔を見合わせた。

「その大家さんの息子さんというのは、何という方ですか」

「牧原健二《まきはらけんじ》さんですよ。いまはお亡くなりになったお父さんに代わって、方々の家作《かさく》の管理をされています。もっとも、仕事はほんの片手間という感じで、土日の方がずっと忙しそうだけど」

「土日が忙しい？　どうしてですか」

「競馬ですよ」

なるほど、と山形はうなずく。中央競馬が開催されるのは、土日と決まっている。

「玉村宏さんの契約のときに、何か気になることはありませんでしたか」

「いいえ、特にありません。牧原さんからの紹介もあったし、敷金、礼金、それに手数料としてそれぞれ一か月分の賃料を払ってもらえれば、こっちには何の文句のつけようもありませんから」

「ご近所と揉め事になった、なんてことはありませんでしたか」

山形は言った。誘拐という犯罪に手を染めるような人物なら、常日頃から分別を欠いた振る舞いを見せていても不思議はない。

「さあ、苦情が持ち込まれたって記憶はありませんね」

その言葉に、山形は質問が尽きた気持ちになった。さりげなく、細川に顔を向けると、彼女はうなずき、口を開いた。

「家賃の支払いの方は、きちんとしていたんですか」

言われて、安西が考え込む顔付きになった。それから、「ちょっとお待ち下さい」と言うと、椅子から素早く立ち上がり、奥の壁際に置かれたスチール戸棚に近づいた。そして、スライド式の扉を開いた。中に分厚いバインダーがびっしりと並んでいる。そこから一冊抜き取ると、安西は思案顔でバインダーを開き、ページを手早く捲りながら戻ってきて、再び席に着いた。

「記録では、玉村さんは都合一年半ほど、あのアパートに住んでいて、最初はきちんと家賃を振り込んでくれていました。けど、終わりの二か月、家賃を滞納していますね」

「家賃を滞納している――」

「ええ。それでも、お亡くなりになる二か月前の分は、詫びの電話が掛かってきて、三日ほど遅れて振り込まれました。しかし、最後の月は、とうとう振り込まれませんでした――正確に言うと、うちはお客さんには駿州銀行に口座を作ってもらって、そこから引き落としという形になるんです。だけど、口座にそれなりの残高がなければ、引き落とせませんから。まあ、交通事故でお亡くなりになったんだから、悪意あってのことじゃなかったんでしょうけど」

交通事故で亡くなった頃、玉村宏は金に窮していたのかもしれない。山形は無言でうなずき、言った。

「ご遺族には、連絡を取られたんですか」

「そりゃ連絡しましたよ。アパートに残されたままの私物を引き取ってもらう必要がありましたから。賃貸契約の連帯保証人の欄に、父親の引受承諾書と住民票、それに印鑑証明が添付されていたので、電話番号は判明していました。――ところが、その時点で、とんでもないことが発覚しましてね」

思い出したというふうに、安西が身を乗り出すようにして付け加えた。

「とんでもないこと？　何ですか」

「父親は、まったく与《あずか》り知らなかったんです。息子が《いずみ荘》の部屋を借りたことについては」

バインダーに綴じられた契約書を見せないようにしたまま、安西が顔をしかめた。

「それは、どういうことですか」

「つまり、玉村さんは父親に内緒で、勝手に引受承諾書に実印を捺《お》して、住民票と印鑑証明を添えて、こちらに提出していたってことです。ほかのことに使うために、父親が用意しておいた住民票や印鑑証明を、こっそりと持ち出したんじゃないですかね」

「しかし、アパートを借りるには、学生でもなければ、居住する本人の収入を示す源泉徴収票が必要なんじゃありませんか」

「ええ、そちらは確かに提出されていますし、記載されていた金額もまともなものでしたから、連帯保証人の収入証明書までは要求しなかったんです。ともかく、うちとしては、連帯保証人である父親に未払いの一か月分の家賃を請求せざるを得ませんでした。ところが、父親は、息子が勝手にやったことだし、未成年じゃないから、保護者としての義務はないの一点張りでね。まったく頑固な人でしたよ。結局、未払いの家賃については、敷金から差し引かせてもらって処理しました」

苦々しそうに、安西が首を振った。

「アパートの私物はどうなったんですか」

「紹介した手前もあってか、牧原さんが玉村さんのお父さんに連絡を取ってくれまして、引き取ってもらいました。《いずみ荘》の部屋で立ち会ってくれたのも、牧原さんでした」

そのとき、山形の目の端に、細川が開かれたままのバインダーのページにさりげなく目を向けている様子が映った。記載内容を、こっそり読み取ろうとしている。

「安西さん、玉村宏さんが借りていたアパートですけど、賃貸料はいかほどだったのでしょうか」

相手の注意を引くために、山形は愛想笑いを作って言った。

「家賃ですか――」

思惑通り、考え込んだ安西の手元が緩み、バインダーをカウンターに置いた。

「――当時、四万くらいだったかな。古い物件で、1Kの狭い部屋だったから」

安西が自嘲気味に言ったとき、カウンターの下で、細川の靴先が、山形の靴に触れた。

「そうですか、お仕事中、お手数をおかけしまして、申し訳ありませんでした」

言うと、山形は椅子から立ち上がった。

細川も無言のまま頭を下げた。

それから、二人は急いで《石塚不動産》の店舗から出た。

6

「ドナーの氏名は富山弘樹さんで、年齢は二十五歳でした――」

白一色の診察室内に、白衣姿の五味正彦《ごみまさひこ》医師の抑えた声が響いている。

日下は患者用の椅子に腰掛けて、説明に聞き入っていた。

隣に、水谷が立っている。

二人は静岡地方裁判所が証拠保全した情報をもとにして、浜松駅北口側の肴町《さかなまち》にある浜松友愛病院に、担当医の五味医師を訪ねたのである。

診察用のデスクに据えられた、パソコンの大型モニター画面に目を向けながら、五味が言葉を続けた。

「――記録によれば、富山さんがドナーとして正式に認定されたのは、平成二十五年八月十四日のことでした」

「ドナーとして正式に認定されるとは、どういうことを意味するんですか」

日下は口を挟んだ。今回の一件は、ドナーの存在を利用して正岡聡子をおびき出し、略取した可能性がある。些末な部分まで、厳密に確認しなければならない。

「病気などの内因性や怪我などの外因性の要因によって、ご臨終を迎えられるか脳死状態になったドナー登録者について、警察に通報があったり医療機関に搬送されたりしたうえで、家族全員の臓器移植への同意が得られるということです。そこに臓器摘出に向けての各種の検査が加わります」

「ちなみに、富山弘樹さんの場合、具体的にはどんな経緯だったんでしょう」

「富山弘樹さんについては、天竜《てんりゅう》警察署と市内の救急病院の双方から、こちらに連絡が入ったんです――彼は、十二日に気田川で行われていた《ラフティング》のインストラクターをなさっていましてね」

「《ラフティング》？」

聞き慣れぬ言葉に、日下は首を傾げた。

するとと、横から水谷が口を挟んだ。

「大型のゴムボートに乗って、急流を下る川遊びの一種ですよ」

五味がうなずき、さらに言った。

「八月十二日の午前十時頃から、お客さんを乗せて気田川の急流下りを開始したんだそうです。ところが、前日に降った雨で増水していて、途中からゴムボートのコントロールが利かない状況に陥りました。そして、川の曲がり端の大きな岩に激突して、祖父と一緒に乗船していた小学生が川に転落してしまったんです。流れがあまりにも速く、祖父もほかの客たちにも、なす術がありませんでした。そのとき、富山弘樹さんが救助のために川に飛び込んだそうです」

日下は、しばし言葉が見つからなかった。

水谷も痛ましそうに視線を落としている。

五味が、その沈黙を破った。

「幸い、富山弘樹さんの勇気ある行動によって、流されていた子供は救助されて、懸命に漕ぎ寄せたボートの客たちの手にゆだねられました。ところが、次の瞬間、富山さん自身が別の岩に頭から激突して、そのまま流されてしまったんです」

「そんな経緯だったんですか」

「ええ、客たちは自力でゴムボートを川岸に寄せて降りると、その場から携帯電話で警察と消防に緊急連絡を入れたとのことです。地元の交番の警察官たちが自転車で現場に駆けつけたのは、十五分ほど後だったと聞いています。パトカーや救急車が到着して、本格的な捜索が始まりました――でも、だめでした」

「ご遺体で発見されたんですか」

「いいえ、一キロほど下流で、意識不明の状態で発見されました。それが午前十一時半過ぎのことです。そして詳細な身元の確認と家族への連絡のために、所持品を検めていた警察官と救急隊員が、富山弘樹さんの運転免許証に、ドナーとなる意思表示があるのを発見したんです」

日下はうなずいた。現在、運転免許証の背面には、《備考》という欄が設定されており、その下に次のように印刷されている。


以下の部分を使用して臓器提供に関する意思を表示することができます（記入は自由です。）。

記入する場合は、1から3までのいずれかの番号を〇で囲んでください。
1．私は、脳死後及び心臓が停止した死後のいずれでも、移植のために臓器を提供します。
2．私は、心臓が停止した死後に限り、移植のために臓器を提供します。
3．私は、臓器を提供しません。
《1又は2を選んだ方で、提供したくない臓器があれば、×をつけてください》
【心臓・肺・肝臓・腎（じん）臓・膵（すい）臓・小腸・眼球】
〔特記欄：　　〕《自筆署名》
《署名年月日》　年　月　日

「富山さんの場合、運転免許証の裏面の記載の1が〇で囲まれていて、自筆署名と署名年月日も書き込まれていたので、ドナーになられる意思は明確でした。救急隊員がこちらに連絡を入れるのと並行して、警察から家族への連絡が行われました。しかし、意識不明とはいえ、脳死状態ではありませんから、地元の病院で懸命な処置が続けられました。でも、その甲斐もなく、午後六時過ぎに脳死状態になられたんです。臓器移植について、ご家族から正式なご同意が得られたのは、その後のことでした」

「それから、どうなったんですか」

「ただちに、扶桑臓器移植ネットワークに連絡を入れました。あとは所定の手続きに従って、ドナーとしての臓器提供の段階へと進んでいったという次第です――」

その言葉に、日下は大きくうなずいた。

水谷も唇を嚙み、黙している。

五味もため息を吐くと、独り言のように付け加えた。

「――世の中には、本当に気高い人がいるものだということを、つくづく思い知らされました。危険を顧みずに溺れかけた子供を助けて、お亡くなりになってからは、レシピエントに自らの臓器を提供する。本当に頭が下がります。平成二十五年八月十四日午前十時少し前は、私にとって終生忘れられない日時ですよ」

「それが、富山さんが正式にドナーとなられた時刻なんですね」

「ええ」

五味が小さくうなずくのを目にして、ちょうどその日の午前十時に、正岡邸に植竹末男医師から電話が入ったことを、日下は思い出した。植竹はその少し前に、扶桑臓器移植ネットワークのコーディネーターである佐田亜佐美から電話で連絡を受けたと話している。タイミング的にピタリと符合しており、疑わしい点は何一つ見当たらない。

「お忙しいところ、色々とお話を聞かせていただき、ありがとうございました」

言うと、日下は椅子から立ち上がり、水谷を促して診察室の出口に足を向けた。

## 7

「いまさら、宏のことなんか、どうして調べているんですか。あれは、とっくに死んだんですよ」

玄関の上り框《がまち》に立った玉村三郎《さぶろう》が、不興げな甲高い声を張り上げた。

「捜査に関することは、お話しすることができないんですよ。しかし、私たちが重大な事件について調べていることだけはご承知おきください」

山形の言葉に、玉村三郎がムッとしたように黙り込んでしまった。

山形は、その顔を見つめる。生え際がかなり後退しており、額の下に、黒々とした細い眉があって、一重の三白眼がこちらを睨んでいる。歳は、七十に達しているかもしれない。

山形と細川は、静岡駅近くの《石塚不動産》を出た後、すぐに玉村三郎の自宅へ向かった。細川が、安西が出してきた契約書に添付されていた《引受承諾書》の住所を盗み見て、父親の氏名と、焼津市大栄町《だいえいちょう》二丁目に実家があることを確認し、押っ取り刀で駆けつけたところだった。

相手の言葉を無視して、山形は続けた。

「宏さんは、どんな方だったんですか」

かすかに鼻を鳴らすと、玉村三郎が面倒くさそうに口を開いた。

「だらしのないやつでしたよ」

その言葉に、山形はひどく不快なものを感じた。血を分けた実の息子に、それも若くして亡くなった者に投げつけていい言い方ではないだろう。とはいえ、捜査に私情を挟んでは、判断を誤まりかねないと思い直して、彼はさらに言った。

「お仕事は、どんなことをなさっていたんですか」

「バイトみたいなことで、その場しのぎの生活をしていましたよ」

「しかし、お住まいだったアパートを管理されていた不動産屋で伺いましたけど、それ以前は、そこそこの職に就いていたそうじゃないですか」

「ああ、あの会社のことですか。宏が任されていたのは、大した仕事じゃありませんよ。近くの漁港の出入り業者の手伝いですから。給料だって、まともな大人の男の稼ぎじゃなかったし」

山形はとことん辟易《へきえき》した気持ちとなり、細川を見やった。彼女も呆《あき》れたという顔つきになっている。

「宏さんは高校を中退されたと聞きましたけど、どんな理由で辞められたんですか」

「バイクですよ」

「バイク？」

「ええ。私のお袋があれに甘くて、こっちに断りもなしに、四百ccのバイクを買い与えてしまったんです。高校二年のときでした。母親を早くに亡くしたから、不憫《ふびん》に思うのは仕方ないけど、ほどってものがあるでしょう。それまで、宏は数学がよくできたし、まともな友達もいました。ところが、バイクを乗り回すようになった途端におかしな連中と付き合うようになり、髪を金髪になんか染めやがって。あいつの部屋で押し入れの天井裏から煙草を見つけたのも、その頃でしたっけ」

「押し入れの天井裏？　そんなところまで探られたんですか」

「息子がぐれるのを、黙って放っておけんでしょうが」

そう言うと、忌々しい記憶を思い出したのか、玉村三郎は舌打ちを漏らした。

音を立てずに息を吐くと、山形は言った。

「焼津港の市場ですか。宏さんがお勤めだったという会社は」

「《佐竹《さたけ》水産》です。古くからある一流会社ですから、誰でも知っていますよ」

刑事たちをようやく厄介払いできると思ったのか、玉村三郎はぶっきらぼうに言った。

# 8

「あのとき、こちらの病院で移植手術を受けたレシピエントは、川添孝明《かわぞえたかあき》くんでした——」

白一色の診察室内に、医師の声が響いた。

「その川添さんという方は当時、高校一年生でしたよね」

清水署の捜査記録で目にした内容を思い出して、日下は言った。患者用の椅子に、いつものように彼が腰を下ろしており、傍らで、水谷が立ってメモを取っている。

「ええ、確かに十六歳で、市内にある私立高校の一年生でした」

医師の若林敏夫《わかばやしとしお》が鷹揚《おうよう》にうなずく。

日下と水谷は、ＪＲ草薙《くさなぎ》駅近くにある駿河福祉病院の広い診察室で、臓器移植を担当した医師の若林と面談していた。白衣姿の彼は銀縁眼鏡を掛けており、小太りの体型で、歳は六十前後くらいだろう。

十年前、富山弘樹がドナーに認定された経緯には、何ら疑わしい点はなかった。しかも、認定されたのは正岡聡子が誘拐された翌日というタイミングであることから、事件の動機は移植順位を変えるため、という筋読み自体が成り立たなくなる。それでも、日下たちは念のため、移植順位の繰り上がったレシピエントについての再確認に着手したのだ。治療室の壁に掛けられた時計の針は、午後五時半過ぎを指している。

日下は言った。

「その川添さんは、本来、腎臓の提供を受けるレシピエントとしての順位が、三位だったとお聞きしているんですが、間違いありませんか」

「ええ、確かあのとき、扶桑臓器移植ネットワークからの連絡で、本来は二位だったレシピエントに不測の事態が発生したとかで、三位の川添くんに移植の権利が移ることになったと聞かされました。というのも、臓器移植の場合、各臓器に《虚血許容時間》というものがあるからなんです」

「虚血許容時間？」

「ええ、ドナーから摘出した臓器をレシピエントに移植して、血流再開までに許容される時間のことです。臓器の種類によって異なり、心臓で四時間、肺で八時間、肝臓や小腸で十二時間、膵臓や腎臓は二十四時間となっています。それに、移植手術そのものにも長時間を要します。腎臓の場合、平均で三、四時間はかかるでしょう。とはいえ、これらはあくまで一つの目安であって、ドナーにしても、レシピエントにしても、それぞれ個人差があることを十分に考慮に入れなければなりません。したがって、たとえドナーの腎臓を得られる立場になっても、何らかの事情で移植を受けられぬ事態となり、相当の時間が経過するようであれば、腎臓移植の権利は次に待機しているレシピエントへ移行せざるを得ないわけです。自らの意思でドナーとなられた方の貴重な臓器を、絶対に無駄にするわけにはいきませんから」

若林医師は重々しい口調で言うと、言葉を続けた。

「私の記憶では、臓器移植ネットワークのコーディネーターの方が、当初、移植順位二位のレシピエントに担当病院の医師から連絡してもらったものの、先方で不測の事態が起きたとのことでした。その連絡を受けて、順位二位のレシピエントから四時間以内に連絡がなければ、次の候補者に待機に入ってもらい、さらに三時間後までに連絡が付かなければ、そのレシピエントへの移植手術確定にする、という判断を下したと記憶しています。つまり、川添くんに正式に臓器移植の権利が移るという連絡があったのは、十四日の午後五時でした」

「ちなみに、レシピエントの優先順位は、どのようにして決まるものなのですか」

日下は訊いた。レシピエントの年齢に関する優先順位の基準については、扶桑臓器移植ネットワークのチーフ・コーディネーターである速水聖子から教えてもらったが、それ以外の条件についても把握しておく必要がある。

若林医師がうなずき、口を開いた。

「まず前提条件があり、そのうえで優先順位の五項目の点数の積算で決まります」

「前提条件と点数の積算？」

「ええ、腎臓の場合、前提条件は四つです。ＡＢＯ式血液型の一致、および適合。リンパ球交叉《こうさ》試験陰性。一年以内に移植希望者の登録情報の更新がされていること。そして、Ｃ型肝炎ウイルス抗体陽性です。これらの前提条件を踏まえ、五項目の点数を合計します。臓器の搬送時間が、同一都道府県内の者が十二点、同一ブロック内の者が六点、次に、ＨＬＡの適合度というものがあり、適合について細かい配点が加算されます。そのほかに、レシピエントの待機日数、無機能腎に関する待機日数の算定の特例、そしてレシピエントの年齢です。これらの点数の多い順で優先順位が決まるわけです」

日下は言葉に詰まり、水谷と顔を見合わせた。臓器移植のプロセスの複雑さにも舌を巻いたが、レシピエントの選択基準も、それに劣らず専門的で、すぐには理解できそうもない。それでも思いなおして、日下は言った。

「その点数以外に、レシピエントの順位が変更になることはあり得ないんですか」

「むろん、あります。《臓器の移植に関する法律》第六条の二の規定によって、ドナーから親族に対して臓器を提供する意思が提示されていた場合、親族が優先されます。また、ドナーが二十歳未満の場合、二十歳未満のレシピエントが優先です。そのほかに、ＡＢＯ式血液型の一致者が、適合者より優先されますし、点数や条件が同一のレシピエントが複数人存在していた場合、臓器搬送に要する時間や医学的条件が配慮されることになっています――」

そこまで説明した若林医師が、ふいに顔つきを変えると、言葉を飲み込んでしまった。

「どうかしましたか」

日下は言った。

「いえ、いま思い出したんですが、扶桑臓器移植ネットワークの方が、二位から三位のレシピエントへ移植の権利が移ったと連絡してきたとき、二位と三位の点数差はさしてありませんでしたから、と何気なく口にされたことを思い出したんです」

「二位と三位の点数差はさしてない？　それが、どうかしたんですか」

「臓器移植コーディネーターは私たちに対してさえ、レシピエントの個人情報を絶対に口にしないものなので、妙だなと感じたんです。まあ、コーディネーターも人間ですから、緊張や疲労で気が緩むことだってあるでしょう」

若林医師は、自らの指摘を取り消すように付け加えた。

それでも、漠然とした疑念を覚えた日下は、食い下がるように言った。

「しかし、川添さんが優先順位の三位だった点は、本当に間違いなかったんですよね」

「ええ、その点は断言できます」

その返答に、日下は音を立てずに息を吐く。移植の優先順位が三位だった川添孝明に腎臓移植の権利が移った成り行きにも、不審な点は少しも見当たらない。

同じように落胆しているのか、水谷も黙したままだった。

そろそろ潮時だなと思い、腰を上げる前のダメ押しの質問として、日下は言った。

「その後の川添さんについて、ご存じのことなどありますか」

「すっかり健康になられて、いいところに就職されましたし、美人の奥さんと結婚もされて、いまでは一児の父親です。移植手術に関わった者として、これ以上に嬉しいことはありませんよ」

誘拐された挙句に命を落とした正岡聡子とは、まったく雲泥の差ではないか。やりきれない気持ちのまま、日下は腰を上げながら何気なく言った。

「川添さんの就職先は、どちらですか」

「並木学園ですよ」

つかの間、瞬きもしないで、彼は若林の顔を見つめる。

「いま、何とおっしゃいました」

「ですから、川添くんが就職されたのは、母校であり、市内の有名中等教育学校である並木学園だと申し上げたんです」

その言葉に、日下は全身がカッと熱くなるのを感じた。

9

「ドナーである富山弘樹さんから臓器移植を受けたレシピエントは、川添孝明という若者でした――」

静岡中央署の刑事課の部屋に、日下の声が響いている。

飯岡をはじめとして、ほかの捜査員たちが息を呑んだように黙り込んで、彼を見つめている。

捜査会議は、午後九時半から始まった。その冒頭、日下は起立して、《捜査に重大な進展があったと考えられます》と発言して、説明に入ったところだった。

「――川添孝明は、急性腎不全でしたが、病状が悪化し、腎臓移植を希望したのは、平成二十四年五月十日のことでした。しかし、腎臓移植を受けられるのは、年間で希望者の一パーセント程度ですから、ドナーはなかなか現れませんでした。一時は、両親からの腎臓移植も検討されたそうですが、父親には腎臓疾患が認められ、投薬治療と透析治療で病状の悪化を抑えていたことから、移植は不可能と判断されました。また、母親は心臓が弱く、摘出手術に堪えられないと考えられ、断念せざるを得なかったそうです。ともあれ、川添孝明には、富山弘樹さんの腎臓が移植されて、手術経過も極めて良好だったうえに、予後も順調に回復が進み、約三か月後に退院したとのことです」

日下が言い終えると、上座の飯岡がすかさず口を開いた。

「概要は分かったが、その川添孝明と正岡聡子ちゃんの誘拐事件が、いったいどう繋がるんだ」

「迂遠な説明になりますが、お聞きください。まず、富山弘樹さんが、八月十四日午前十時前にドナーとして正式に認定され、レシピエントの優先順位の二位だった正岡聡子ちゃんの家に、午前十時に担当医の植竹末男医師から電話連絡が入りました。ところが、彼女は前日の午前中に誘拐されていました。彼女の父、正岡満さんは、特殊班の寺澤警部補の咄嗟の指示に従い、その事実を植竹医師に伝えました。当然、植竹医師は驚愕したものの、彼から扶桑臓器移植ネットワークへの折り返しの連絡では真相まで伝えるわけにはいかず、ただ不測の事態が起きたとだけ通告しました。その結果、扶桑臓器移植ネットワークのコーディネーターである佐田亜佐美さんの判断で、都合七時間の猶予を見たうえで、次の移植順位だった川添孝明に臓器移植の権利が移ったわけです。これらの経緯に、不審や疑念を差し挟む余地はいささかもありません。

つまり、本来、正岡聡子ちゃんが臓器移植を受けられる順番が二位だったものの、ドナーが正式に認定される以前に、彼女が何者かに誘拐されていたという明確な時系列が存在する以上、レシピエントの順位を変えるためという動機によって、何者かが彼女を誘拐したという構図は成り立たないことになるんです。ところが、それでもなお、この動機が事件の引き金になったと考えざるを得ない、別の事実が浮かび上がってきました」

「何だ、それは」

「川添孝明というレシピエントは、移植を受けて健康になり、東京大学法学部に進み、卒業後は郷里に戻って、並木学園に就職したとのことです。現在、同校の秘書室長の職にあります」

「並木学園だと――」

飯岡が、思わずという感じで声を張り上げた。

ほかの捜査員たちも、顔を見交わしている。日下と水谷が確認した、扶桑臓器移植ネットワークに保管されていた佐田亜佐美の履歴書の内容は、以前の捜査会議の席上で報告済みである。その中の《平成九年三月、並木学園中等教育学校卒業》というくだりを思い出さなかった捜査員は、一人もいないだろう。並木学園は、新静岡駅から徒歩で二十分ほどの場所に、広大なキャンパスがある。

「確かに、繋がりがあるようにも見えるが、偶然ということもあり得るし、それだけでは、レシピエントの順位を変えることが動機だったという裏付けにはならないぞ」

飯岡の指摘に、日下はうなずき、続けた。

「その通りです。しかし、私と水谷が面談した若林医師の話から判明したことですが、川添孝明は並木学園に強力なコネがあり、それで就職を果たしたというのです」

「強力なコネ？」

「若林医師にそれとなく問い質したところ、東大を卒業した川添孝明がかつての臓器移植手術のお礼がてら、就職の報告に病院を訪れた際に、同学園の理事長、並木将隆が自分の伯父に当たると口にしていたそうです。しかも、並木将隆夫妻には子供がなく、自分は唯一の甥《おい》なので目を掛けられていると。その後も、若林医師と個人的に付き合いがあるそうですが、現在は結婚して、幼い女の子の父親になっています。しかも、今では並木将隆の養子となって並木姓となり、同居しているとのことです」

「つまり、子供のいない並木将隆が自分の事業をその甥に継がせたくて、卒業生の佐田亜佐美さんからほかのレシピエントの情報を入手し、凶悪な事件を引き起こしたと言いたいのか」

「可能性はあると思います」

「しかし、扶桑臓器移植ネットワークの速水聖子さんも、ＯＧの木原美智子さんも、口を揃えて佐田亜佐美さんは真面目な人柄だと話していたそうじゃないか。おまえ自身、犯罪に加担するような人物とは思えない、という心証を得ていたんじゃなかったのか」

そのとき、岸本が手を挙げていることに、日下は気が付いた。

ほかの捜査員たちも注目している。

「岸本、何だ」

飯岡も目を向けて言うと、岸本が口を開いた。

「日下さんの報告を聞いているうちに、私たちが聞き取りした内容と重要な関わりがあることに思い当たりましたので――」

言うと、一瞬、隣の井上と顔を見合わせてから、続けた。

「――私と井上が、佐田亜佐美さんの兄、佐田昭一さんと面談した結果、注目すべき事実が判明しました。その一つは、彼女の弟、康彦さんの心臓移植手術が行われた日時で、それは平成二十五年三月十日のことでした」

一転して、刑事課の部屋が、水を打ったように静まり返った。

岸本が続けた。

「お分かりのように、正岡聡子ちゃんの誘拐事件が発生した年です。心臓移植の場合、生体間移植はあり得ませんから、ドナーの出現と移植手術については、まったく偶然の成り行きだったとしか考えられません。その康彦さんの手術は無事に成功して健康になり、入院中に世話になった看護師と結婚までして、幸せに暮らしているとのことです。それはともあれ、令和二年七月三十一日、浜松の実家に帰省していた佐田亜佐美さんは、自宅をふらりと出て、その一時間後、兄の昭一さんに電話を掛けてきたそうなのですが、そのとき、彼女は電話口でずっと泣き続けていたというのです。その状況に不審を募らせた昭一さんが問い質すと、《どうして、あんな約束を信じてしまったんだろう》と口走ったと言うんです。しかも、そのときの声が、聞いたこともないほど恨みがましいものだったとのことでした。これが第二の注目点です」

「何が言いたい」

飯岡が、引き込まれるように言った。

「自分の人生を捧げていた康彦さんの心臓移植は成功しました。そして、七月十九日に、脳梗塞で長らく体の不自由だった父親も亡くなり、佐田亜佐美さんにしてみれば、やっと肩の荷が下りたと安堵するのが当たり前ではないでしょうか。にもかかわらず、彼女は、何者かと約束を交わしたことを、そして、その約束が果たされなかったことをひどく悔やんでいたんです」

「佐田昭一さんは、その意味を訊かなかったのか」

「むろん、訊こうとしましたが、佐田亜佐美さんは電話を切ってしまったそうです。その直後だったとのことです、彼女が亡くなったのは」

「死因は？」

「投身自殺です」

岸本の言葉に、刑事課の部屋が再び静まり返った。

日下自身を含めて、誰もが言葉をなくしたのは、予想外の事実を突きつけられたからだけでなく、誘拐事件の幼い被害者のほかに、もう一つの痛ましい《死》の存在を知ったからだろう。

「裏は取ったのか」

沈黙を破るように、飯岡が言った。

「はい。佐田昭一さんの家を辞した後、すぐに浜松署に問い合わせてみました。卒配で同期だった男が警部補になっておりますので、内々に調べてもらいました。すると、確かに三年前の七月三十一日に、佐田亜佐美さんは市内のマンションの非常階段から身を投げていました。――この事態について考えを巡らせているうちに、私が思い出したのは、以前、日下さんが報告した、佐田亜佐美さんが、七、八年前から体調不良の兆候を見せていたという事実です」

その言葉を耳にして、日下は己の顔面が一気に紅潮するのを感じた。そして、東京の扶桑臓器移植ネットワークで面談した速水聖子の言葉が、ふいに耳元に甦ったのである。

《体調が芳しくなかったんじゃないでしょうか。ときおり、苦しそうな顔つきをされていましたから》

隣の水谷も、息を呑んだ気配があった。

「つまり、何らかのトラウマのようなものが原因で、彼女は体調を崩し、その挙句に自ら死を選んだと考えるんだな」

「断言はできませんが、可能性はあると思います」

「崩しがたい壁としての時系列がある一方で、レシピエントの順位を操作したことを疑わせるような複数の状況の存在か――」

うーん、と飯岡が渋い表情で唸ったものの、すぐに山形と細川に顔を向けて言葉を続けた。

「――この問題で足踏みしていても埒《らち》は明かない。山形、玉村宏についての報告をしてくれ」

「承知しました」

山形が、気を取り直したようにうなずいた。

「私と細川は、平成二十五年八月十五日に、県道二九号線で起きた交通事故に着目しました――」

交通課の課長、篠田から教えられた内容を手際よく説明すると、彼はさらに続けた。

「――さらに、私たちは、その交通事故で死んだ玉村宏が住んでいたアパート《いずみ荘》を訪れました――」

山形は、アパートと周辺での聞き込みからは何も収穫がなかったことを説明し、その後、《いずみ荘》を管理している《石塚不動産》へ向かって、当時を知る担当者から聞いた内容を話し始めた。玉村宏が、いまどきの軽い若者だったこと。最後の二か月の家賃の滞納。そして、交通事故死の後に判明した、父親に内緒で必要書類を揃えてアパートの賃貸契約を結んでいたと思われることを伝えると、言葉を続けた。

「――つまり、玉村宏は、死亡した八月十五日の段階で定職に就いておらず、家賃を滞納するほど金に窮していたと考えられます。ちなみに、彼が《いずみ荘》を選んだのは、友人の牧原健二の紹介だったとのことです。牧原は玉村宏とは違い、かなり裕福な生活を送っているようですが、不動産屋が言うことには、競馬に熱を上げているようです。玉村宏が亡くなった後、遺品の引き取りに父親がアパートを訪れたときも、その牧原が立ち会ったそうです。その後、不動産屋の書類から情報を得て、玉村宏の父親の玉村三郎に聞き込みに回りました。――細川、報告しろ」

山形に促されて、細川が椅子の上で緊張気味に居住まいを正すと、口を開いた。

「玉村宏の家庭環境はあまり芳しくなかったようです。母親を早くに亡くし、父親から厳しく育てられる一方で、祖母からかなり甘やかされて、バイクを買い与えられました。その結果、高校を中退して、暴走族となり、生き方が荒れていったとのことです。玉村三郎はそのことがひどく腹立たしかったようです。息子の部屋の押し入れの屋根裏まで探って煙草を見つけたというエピソードを、憤懣を露わに口にしていました」

「暮らしぶりといい、金に窮していた状況といい、玉村宏が誘拐事件の容疑者である可能性が、少しだけ濃くなったということだな」

飯岡が真剣な表情で言った。

細川が不安そうに山形に顔を向けると、彼はうなずいた。

「その通りです。とはいえ、当時フリーターだった玉村宏が、臓器移植に関する非公開の高度な情報を、どうやって入手したのかという点が、大きな障壁として立ちはだかります。そこで注目されるのが、日下さんが指摘した、この誘拐事件の共犯説だと思います」

言いながら、山形が日下へ目を向けた。

日下は、大きくうなずいた。彼は立場上、刑事課の捜査員たちをまとめる係長を拝命しているが、階級は山形や岸本たちと同じ警部補であり、刑事としてのキャリアの長い二人を、常に敬っている。

日下は立ち上がると、言った。

「課長、山さんたちのいまの聞き込みに関連して、私たちにも別の報告があります」

「何だ、言ってみろ」

「木原美智子さんによれば、佐田昭一さんはかつて、父親と弟のことで、妹一人に苦労を掛けてしまったと涙ながらに零されたそうです。そして、これも木原さんからの受け売りですが、心臓移植の場合、身体障害等級はほとんどが一級で手術そのものに自己負担は発生しないものの、手術後の長期にわたる入院や退院後に働けるようになるまでの間、父親の分も含めて、亜佐美さんが生活費も工面しなければならなかったそうです。つまり、正岡聡子ちゃんの誘拐事件が発生した十年前、金に窮していたのは玉村宏だけではなく、佐田亜佐美さんも同様だった可能性があります。むろん、彼女自身の仕事ぶりや人柄から考えて、犯罪に手を染めるような人物だったとは、とても思えません。しかし、父親や弟の存在を考えれば、話は違ってくるのではないでしょうか。目の前に大金を差し出されれば、魔が差したとしても無理はなかったかもしれません」

すると、飯岡が言った。

「仮に、その筋読みが正しかったとしても、時系列とともに、もう一つ大きな問題があるぞ」

「もう一つ大きな問題？　何ですか」

「佐田亜佐美さんは三年前に自殺している。誘拐事件との絡みで、彼女についての何らかの筋読みが浮上したとしても、いまとなっては本人からの証言を得ることは絶対にできないんだ」

日下は返す言葉がなく、無言のまま着座する。

室内に、沈黙が落ちた。

すると、岸本が再び手を挙げた。

「何だ」

飯岡が視線を向けると、岸本が口を開いた。

「課長、私と井上は、今日初めてこの捜査に合流しました。事件に目を近づけ過ぎていないせいだと思いますけど、一つ見えてきたことがあります。いまの議論からはかけ離れてしまいますが、発言してもよろしいでしょうか」

「かまわん、言ってみろ」

「玉村宏は高校を中退していますし、暮らしぶりも褒められたものではなく、交通事故を起こした当時、フリーターだったという話ですが、それほど愚かではなかったような気がします」

「どうして、そう思う」

「玉村宏は、勝手に引受承諾書に父親の実印を捺し、自宅から盗んだ住民票と印鑑証明を不動産屋に提出して、アパートの賃貸契約を結んでいたと考えられるんでしょう。それが事実なら、実家で実印をこっそりと使用し、父親が用意していた住民票や印鑑証明を、それと分からぬように盗み取っていることになります。妙な言い方かもしれませんが、実に手際がいい。私の経験からして、単に粗暴な人間なら、その手の段取りは、おおかたなっていないものです」

「だから？」

「玉村宏は、十年前の交通事故で死亡しました。しかし、もしも彼が誘拐犯の一味だったとしたら、言われるがままに動くだけだったでしょうか。日下さんは、これが営利誘拐ではないという可能性を指摘しました。そして、玉村宏は金に窮していた。となれば、別の誰かがかなりの報酬を餌にして、玉村宏を体《てい》のいい実行犯として計画に引き入れたのかもしれない。そうした状況下では、報酬をちらつかせた人物から裏切られたり、自分だけに罪を押し付けられたりする恐れがないとは言えません」

「つまり、何が言いたい」

「玉村宏が、自分が手を染めた誘拐の共犯者に対して、我が身を守る切り札のようなものを残している可能性はないでしょうか」

「それは、例えば何だと思う」

山羊のような穏やかな顔の岸本が、かぶりを振った。

「そこまでは、私にも想像が付きません」

二人のやり取りを耳にしているうちに、日下も一つのことに思い至り、手を挙げた。

「どうした、日下」

「岸さんのいまの指摘にもあったように、私たちが見落としているものが、まだいくらでも残されていると思います。例えば、正岡聡子ちゃんの誘拐事件について、清水署の捜査記録や西山警部補と正岡夫妻からの聞き取りだけで、すべてを確認した気持ちになっていました。しかし、身代金のやり取りについて、捜査員たちを指揮した島崎警部からは、具体的な話を伺っていません。レシピエントの情報を握っていた、残りの九名の臓器移植コーディネーターの内偵も未着手です し、並木将隆についても内偵の必要があると思います」

日下が言い終えると、今度は、山形が素早く手を挙げた。

「何だ」

「私たちも、玉村宏について、さらに調べてみようと思います。いま、玉村宏はフリーターだったと報告しましたが、それ以前は正業に就いていたとのことです。父親から、焼津港の《佐竹水産》の名前を聞き出して、訪ねてみましたが、当時、彼の直属上司だったという人物が定年で退職していて、仕事ぶりや生活態度についての話を聞くことができませんでした。明日、その人物を訪ねてみるつもりです」

「私たちも、玉村宏の友人という牧原健二に当たってみたいと思います――」

岸本が声を上げ、さらに続けた。

「――もしかしたら、玉村宏の残した遺品の中に、今回の事件と関連する物が存在していたことを、牧原が覚えているかもしれません」

その言葉が終わると、飯岡が椅子から勢いよく立ち上がった。

「まったく、おまえたちの言う通りだ。捜査に、やり尽くしたなんてことはあり得ないぞ。まして、これは幼い女の子が誘拐されて、命を奪われた凶悪事件だ。どんなことがあっても、俺たちは絶対に諦めるわけにはいかない。何度でも初心に立ち返り、事件を徹底的に洗い直すんだ」

# 第六章

## 1

並木学園中等教育学校の理事会は、理事長の並木将隆を筆頭に、総務や募金担当の専務理事、学務や財務、法務、広報企画を統括する複数の常務理事、そして高校や中学の校長をはじめとする十名の理事からなるメンバーで構成されている。月に二度、学園の中央棟にある大会議室で、学校運営に関する様々な問題点について終日かけて論議し、最終方針を決定する最も重要な場である。しかし、その実態は、文部科学省から学校法人としての認可を得るための組織に過ぎず、並木将隆の一存を追認して、実務能力のある人員がそれらを分担実行するだけの機関だった。

会議が終わったのは、午後七時過ぎのことだった。理事会が終わると、多くの場合、並木将隆を囲んでの懇親会が催されるのも恒例になっている。今夜も、静岡駅近くの洒落《しゃれ》たフランス料理のレストランに場所を移して、会食が始まったところだった。

「先月のオープン・キャンパスも、前年度比三十パーセント増ですから、順調な推移と言えますな」

並木将隆の右隣に座っている高校の校長が、太った顔を白ワインの酔いで赤らめて言った。

「いいや、三十パーセント増で満足したらいけません。少子化の傾向が強まっている現状では、遠からぬうちに、受験生の取り合いになることは目に見えていますから」

談笑している円卓の人々を見回して、並木将隆は鼓舞するために言った。

「それを見越して、理事長が英断を下されたわけですか」

左隣の中学の校長が、細い顔に追従笑いを浮かべて言った。

「確かに、全国の中高一貫校で先陣を切って、高校からの受験枠を無くしたのは、まさに並木理事長ならではの慧眼《けいがん》ですな」

銀縁眼鏡を掛けた丸顔の専務理事が、合いの手を入れた。

従来、私立の中高一貫校は、全国的に高校からの入学受験を認めていた。並木学園は高校入学時点での受験と編入をいち早く停止したことにより、全体の偏差値が飛躍的に上昇したのである。

並木将隆は鷹揚にうなずくと、赤ワインが満たされたグラスに手を伸ばした。

すると、向かい側に座っていた常務理事が口を開いた。

「高校のラグビー部も、全国大会で一位を獲得しましたし、サッカー部は準優勝、わが校は破竹の勢いです」

並木将隆は笑みを浮かべたものの、ワイングラスがふと宙で止まる。

手が震えて、ワインが零れそうになる。

ほんのときたま前触れもなく、意思とは無関係にこんな風になるのだ。

「理事長、どうかされましたか」

常務理事が、怪訝な表情を浮かべた。

「いいや、なんでもありません」

並木将隆は作り笑いを浮かべると、ワインを口に含んだ。

まったく味を感じない。

それでも、無理やりに赤ワインを飲み下した。

2

「ちょっと出かけてくるよ」

玄関の三和土《たたき》に立った正岡満が言った。麻のジャケットに、淡いグレーのチノパン、足元は黒いウォーキングシューズというなりである。

「どちらへですか。車ですか」

木の靴ベラを差し出しながら、正岡浩子はさりげなく訊いた。

「ちょっと、そのへんを散歩してくるだけだよ。家に籠っていると、どうしても体がなまるからね」

「でも、今日も陽射しが強いし、散歩でしたら、夕方になさったらいいのに。それなら、私もご一緒できますから」

「いいや、太陽光線は一概に悪者と決めつけられないんだよ。光を浴びることで、人間の体内には、セロトニンという脳内神経伝達物質が分泌されるんだ。セロトニンは、精神を安定させ、幸福を感じやすくさせる《幸せホルモン》と呼ばれるからね」

穏やかに言うと、正岡満は靴ベラを正岡浩子に手渡して、痩せた背を向けると、玄関のドアを開けて出て行ってしまった。

閉まった玄関ドアを、靴ベラを握り締めたまま、彼女はじっと見つめる。

医療を専門としてきた夫の言葉は、いつものように理路整然としていた。穏やかそうな目元。物静かな語り口。あの出来事が起こる前と何も変わらないように、夫からは温かく優しい人柄が滲み出ていた。

だが、最近ときおり、彼の眼差《まなざ》しの中に、おやっと思う、刺すような光が宿っているのを見かけることがあるのだ。

昨日の晩遅くに正岡浩子が風呂から出て来たとき、リビングのソファに腰掛けていた夫の横顔が目に留まった。

あのとき、その横顔は床に視線を据えていた。

その目に浮かんでいた、激しく燃えるような強い光は、絶対に見間違えではない。

正岡満という人間の中で、いったい何が起きているのだろう。

本当に散歩に出かけたのだろうか。

つかの間、正岡浩子は、夫のあとをつけてみようかと思いつく。

だが、すぐに気持ちは変わる。

もしも、とんでもない事実を知ってしまったら、そっちの方が恐ろしい。

後戻りできなくなったら、堪《たま》らない。

もうこれ以上、何も失いたくないのだ。

止めていた息を吐くと、彼女はリビングへ踵を返した。

3

「久しぶりだなあ」

島崎蓮二警部が大きな声を張り上げた。

「ご無沙汰しております」

日下は、警官式に十五度の礼をした。

「静岡中央署、巡査の水谷です。よろしくお願いします」

隣で、初対面の水谷も同じように頭を下げた。

「おお、島崎だ、こちらこそよろしく頼む。——まあ、二人とも、こっちへ来て座れよ」

島崎が部屋の隅に置かれたソファ・セットへ二人を手招きした。

この県警本部捜査一課の特殊犯捜査係の係長は、五分刈りの胡麻塩の髪、太い眉の厳つい顔立ち、それにゆうに八十キロを超えていると分かる大きな体をしている。

日下と水谷は、静岡市葵区追手町《おうてまち》にある県警本部一課の執務室を訪れたところだった。ほかのデスクでは、八人の課員がデスクワークをしている。そこは県庁の隣の建物で、裏手には濠《ほり》を挟んで駿府城《すんぷじよう》がある。むろん、島崎には事前に連絡を入れて、二人が出向いてゆく用件も伝えてあった。

島崎が率先して、どっかりとソファに腰を下ろした。

日下と水谷も、向かい側に座った。

「いつ以来だろうな」

笑みを浮かべて、島崎が口火を切った。

「平成三十年の五月でした、捜査をご一緒させていただいたのは」

日下はすかさず言った。

「ああ、村木千夏《むらきちなつ》ちゃんの誘拐事件のときか」

「ええ、あれも嫌な事件でしたね」

「確かにな——」

うなずいたものの、島崎がすぐに真顔に戻り、続けた。

「——今日は、十年前の誘拐事件のことを聞きたいってことだったな」

「はい、正岡聡子ちゃんの一件です。今朝の電話で概略をご説明申し上げましたように、八月五日に、葵区入島にある廃村の無人の家屋から、白骨化した被害者の遺体が発見されました。清水署に保管されていた捜査記録に目を通し、当時、捜査に当たった西山警部補と被害者の両親からも詳しく話を伺ったのですが、特殊班を統括された立場からの警部のお話を、是非ともお聞かせいただきたいと思いまして」

島崎が二重顎でうなずくと、太い人差し指で自分のこめかみを指した。

「捜査記録や、現場の捜査員の記憶以上のものが、ここに詰まっているかどうかは怪しいもんだが、何でも訊いてくれ」

「警部は、誘拐事件の一報を耳にされたとき、どう感じられましたか」

「そうだな、率直に言って、雑な犯人だと思ったよ」

「雑な犯人？　どういう意味ですか」

「正岡聡子ちゃんの母親が自宅を空けたのは、ほんの短い間だけだ。被害者を無理やり連れ去ったか、あるいは騙してかどわかしたかは、この際おくとして、その短時間を狙うためには、自宅のそばで見張っていなくてはならない。団地や大規模マンション周辺ならいざ知らず、一戸建ての多い界隈で、これは実に危険極まりない行為だ。見知らぬ人間は目立ちやすいし、近所の住人や、郵便配達員などに目撃されかねない」

日下は一つうなずき、さらに言った。

「身代金の受け渡しのときに、気になったり、何か感じたりしたことはありませんでしたか」

島崎が唸り、腕組みして考え込んだ。だが、すぐに太い腕を解くと、大きな口を開いた。

「公衆電話に隠されていたメモの指示の内容にも、かなり違和感を覚えた」

「どんな違和感ですか」

「被害者の女児を略取した状況がかなり場当たり的な印象なのに対して、こちらは一転して、周到な知能犯という印象を受けたことさ。犯人のメモには、母親に次の安倍川駅で下車しろと指示してあった。その指示に従って、母親が下車することで、当然、尾行中の捜査員たちも下車する羽目になっちまった。俺は直前になって嫌な予感を覚えて、二人の捜査員を車両内に留まらせたが、車内に残されたはずの身代金の紙袋はなくなっていた。たぶん、犯人は正岡浩子さんのすぐ目と鼻の先に乗っていて、彼女が紙袋を手放した次の瞬間に、そいつを拾い上げたんだろう。単純だが、実に巧妙な計画と言えるし、身代金を奪取した手際も、悔しいが、見事と言わざるを得ん。しかし、よくよく考えてみると、この計略についても、いささか変だと思ったんだ」

「どう変なんですか」

「あまりにも、移動距離が短いってことさ」

「移動距離が短い――」

島崎が大きくうなずく。

「この手の計画において、犯人は詰将棋のように、捜査陣の動きを何手も先まで正確に読む必要がある。しかも、人間の感情の動きについての計算も、抜きにしては成り立たない。身代金を運ぶ母親を何駅にもわたって移動させれば、それを追尾し、監視している捜査員たちの疑念は、嫌でも募らざるを得ない。犯人はいつ、どこで、どんな手段で接触してくるのか。それとも、まったく思いもつかない次の一手が待ち構えているのか。そんな疑心暗鬼に陥ることによって、追尾と監視の網に綻びが生じかねないんだ。犯人はそれを狙って、こちらを徹底的に焦らしてくるのが当然じゃないか。ところが、あの事件では、それがまったくなかった」

「なるほど。それで、警部は、移動距離が短かった理由を、どうお考えになったんですか」

「時間を与えないことを意図したものだったと思う」

「時間を与えないこと？」

「ああ。正岡浩子さんが東海道本線に乗り込んだ時点で、かなりの数の捜査員が同じ列車に乗り込んでいた。だが、移動距離が極端に短かったことで、俺を含めて、捜査員の誰もが、犯人の次の一手を正確に読み解いたり、抜かりなく状況判断したりする時間的余裕がなかった。いいや、犯人がわざと与えなかったんだ。しかも、一つ先の安倍川駅で正岡浩子さんが車両から降りれば、捜査陣の関心は、彼女の追跡と、次の用宗駅へ向かった車両に集まらざるを得なくなる。その隙をついて、犯人は身代金を奪い去ったんだ」

「あの一件は、いまでも営利誘拐だったと思われますか」

日下の言葉に、島崎が小さくうなずいた。

「逮捕される危険を承知のうえで、大胆にも身代金を奪取した状況から考えて、そうとしか考えられない。しかし、その後の捜査はこっちの手を離れてしまったが、被害者がレシピエントだったことが誘拐の動機と関連しているという読みもあったと聞いている。静岡中央署ではいま、誘拐の動機をどう考えているんだ」

「正岡聡子ちゃんがレシピエントだったという事情との関連が、再び有力視されています——」

その筋読みをかいつまんで説明し、日下はさらに続けた。

「——しかし、この筋読みには、依然として大きなハードルがあるんです。ドナーについての連絡が入る前に、被害者が誘拐されていたという厳然たる事実と、ドナーの出現を犯人がどのようにして知ったのかという点です。それに、本件がほかの誘拐事件と異なっている状況が、もう一つあります」

「それは何だ」

「十年ぶりに、被害者の遺体が発見された経緯です。二人の大学生がたまたま発見したわけですが、ツーリングの途中、彼らが天竺村に立ち寄ったのは、無人の廃村で子供の泣き声が聞こえるという、奇妙な噂に興味を覚えたからでした。その奇妙な噂は、二年前にインターネットにアップされたもので、たちまち少なからぬ廃村マニアのブログに拡散したとのことです。しかし、そんな気味の悪い噂が立っていた廃村で、誘拐された子供の白骨遺体が発見されるなどという偶然が起こり得るでしょうか」

「確かに、出来過ぎているな」

「そうなんです。何者かが、正岡聡子ちゃんの遺体があの村に隠されていることを知っていて、噂をばら撒いたとしか考えられません。しかし、遺体の隠し場所を知っているのは、どう考えても犯人だけのはずです。だとしたら、その噂をまき散らした人物は、どうやって遺体の隠し場所が天竺村だということを知ったのかという点には疑問が残ります」

島崎が唸り、考え込むと、日下は素早く低頭した。

「警部、とても参考になりました」

「ありがとうございました」

水谷も頭を下げた。

ソファから二人が立ち上がりかけたとき、島崎がふいに思いついたというように言った。

「そうそう、俺の話なんて、たいして役に立たなかったと思うが、あの事件のとき、真っ先に現場に赴いた特殊班の寺澤圭吾に会ってみたらどうだ」

日下はうなずいた。

「寺澤さんは、いまはどちらの署にいらっしゃるのですか」

「あいつはわけあって、二年前に警察を辞めちまった」

「警察を辞めた？　どうしてですか」

「父親が心筋梗塞で倒れて、家業を継がなきゃならなくなったんだ。いまは《一掬《いっきく》》という地酒の酒蔵を守っている。場所は菊川市本所《ほんじょ》だ。この後電話を入れておくから、訪ねていくといい」

「重ね重ねのご配慮をいただき、本当にありがとうございます」

二人は、もう一度頭を下げた。

## 4

「玉村宏のことですか」

岩本清吉《いわもとせいきち》が、かすかに顔をしかめた。

「ええ、彼が《佐竹水産》で働いていたとき、あなたが直属の上司だったと聞いたもので、彼について教えていただきたいと思いましてね」

山形は、狭い玄関の三和土に立って言った。

傍らに、執務手帳と鉛筆を手にして、細川もたたずんでいる。

二人は朝一番で、岩本清吉が住んでいる三島《みしま》の家を訪ねたところだった。三島駅から歩いて二十分ほどの静かな住宅街の中に、岩本が住んでいる古い平屋があった。その玄関の上り框に、岩本が立っている。四角い大きな顔で、頰から顎にかけて白い無精髭を生やしていた。歳は七十過ぎのように見える。

「今頃どうして、そんなことを調べているんですか」

「《佐竹水産》を辞めた後、玉村宏さんが交通事故でお亡くなりになったことは、ご存じですか」

山形の言葉に、岩本が驚きの表情を浮かべた。

「全然知りませんでした。あんなに若かったのに――そうですか、あの玉村が交通事故でね」

「ええ、十年前の八月十五日の午後三時頃、県道二九号線でトラックと正面衝突だったそうです。

で、私ども、その事故に関連して、いま調べを進めていまして」

「分かりました。私が知っていることでしたら、何でもお話ししますよ」

「ありがとうございます。――早速ですが、玉村宏さんは、どんな方だったんですか」

「うーん、ごく普通の若者でしたね。とりたてて真面目というのでもないし、かといって、いい加減というほどでもありませんでした。そうそう、車が好きでしたね」

「車？」

「ええ、勤め始めたときは、派手なバイクに乗っていたんですけど、車を欲しがっていて、少しして中古の軽を買っていましたっけ」

「もしかして、赤い車じゃなかったですか」

「そうです。私も一、二度乗せてもらったことがあるんですけど、運転がとにかく乱暴でね」

「運転が乱暴？　どういうことですか」

「制限速度は守らないし、前を走っている車が遅いと、やたらとクラクションを鳴らすんですよ。いまなら、煽《あお》り運転で確実に警察沙汰になっているでしょう」

その言葉に、山形は細川と顔を見合わせた。いかにも、暴走族あがりの自分勝手な運転だと思ったのである。

岩本が言葉を続けた。

「しかも、ハンドルに紫色のハンドルカバーを取り付けたり、カーステレオも凝ったものを後付けしたりしていました。それに、しょっちゅう携帯電話をいじっていましたっけ」

「携帯電話ですか」

「何に使うんだか、スマホを二台も持っていましたから」

山形はうなずき、質問を続けた。

「仕事はどんなことをなさっていたんですか」

「荷卸しとか、配送とか、色々ですよ。そこそこには働いていました。せっかく定職にありついたから、それを失《な》くしたくなかったんでしょう」

「どのくらい勤めていたんでしょう」

「半年か、もう少し長く勤めていたかなあ――」

するとと、細川が口を開いた。

「せっかく定職に就いたのに、玉村宏さんは、どうしてそんなに短期間で辞めてしまったんですか」

「それは、悪いのと付き合い始めて、遊びを覚えちゃったからですよ」

「悪いの？　どんな人ですか」

「《佐竹水産》に勤めていた先輩格の男で、確か、名前は矢部嘉昭《やべよしあき》だったかな。玉村に遊びを教え込んでおきながら、あいつはちゃっかりしていて、いまは清水港の水産会社に移って、うちと同じように水産物の運送の仕事をしていますよ」

「遊びというのは、何ですか」

「競輪です。ギャンブルに凝り出したら、仕事どころじゃなくなるし、金がいくらあっても足りないでしょう。それで、玉村は仕事に遅刻したり、ずる休みするようになったりしたんです。給料の前借りもしていましたっけ」

「給料の前借り？」

「ギャンブルで負けて、素寒貧《すかんぴん》だったんでしょう。ともかく、遅刻や無断欠勤についちゃ、私も上司として叱責しないわけにはいかないじゃないですか。で、怒鳴りつけたら、ぷいといなくなって、それっきり来なくなっちゃったんです」

細川が、呆れたという顔を山形に向けた。

「なるほど――」

うなずきながら、間を取るつもりで、山形は玄関内をさりげなく見回した。下駄箱の上に木彫りの熊が置かれている。その背後の壁に、カレンダーが掛けられていた。その下の部分に《佐竹水産》と印刷されている。元の勤め先から、送られてきたものだろう。山形は顎先を指の爪で掻きながら、言った。

「――つかぬことをお訊きしますけど、《佐竹水産》は古い会社だそうですね」

「ええ、創業五十年以上です。先代の社長が裸一貫から会社を設立して、いまは二代目です」

「焼津港で通りがかりの人に訊いたら、すぐに教えてくれたんですけど、そんな老舗《しにせ》の会社に、玉村宏さんみたいな――と言ったら失礼かもしれないけど、そういう人がよく就職できましたね。確か、高校も中退だったと聞きましたけど」

「ああ、そのことですか。確かにほかの場合なら、玉村は逆立ちしたって、うちの会社には入れなかったと思いますよ。でも、特別な口利きがあって、いまの社長が仕方なく引き受けたんです」

「特別な口利き？　誰か推薦してきた人がいたんですか」

「ええ。その通りです」

「それは誰ですか」

岩本が肩を竦めて、口を開いた。

「並木学園の理事長ですよ」

5

「玉村宏――」

牧原健二が怪訝な顔つきになった。

「ええ、お友達だったんでしょう。あなたの父親の家作だった《いずみ荘》を紹介なさったと聞きましたけど」

岸本は言った。

隣で、井上が二人のやり取りを執務手帳にメモしている。

岸本たちは、駿河区小黒《おぐろ》一丁目にある牧原健二の自宅の玄関で顔を合わせていた。静鉄清水線の春日町《かすがちょう》駅からほど近い場所である。自宅はかなり広い敷地に建てられた二階建てだった。玄関横のコンクリート敷きの広い駐車スペースに、真っ赤なシボレー・コルベットスティングレーが停められている。

「ああ、確かにそんなこともあったな。でも、宏はずっと前に交通事故で死んじまったんだぜ。いまさら、何でそんなことを調べてるんだよ」

昔の友人の死を歯牙にもかけない物言いに、岸本は内心、不快なものを感じた。牧原健二は大柄な男で、歳は三十過ぎぐらい、緑色の派手なアロハシャツに、白い半ズボンというなりだ。

「捜査に支障を来たす恐れがありますので、何も申し上げられません」

岸本の冷静な言葉に、牧原は納得しがたいという表情を変えなかった。

「そっちは手の内を明かさないのに、こっちの話だけ聞こうっていうわけかい。まったくやれやれだな」

相手の皮肉っぽい言葉を無視して、岸本は言った。

「どんな経緯で、《いずみ荘》を紹介されたんですか」

「親父と折り合いが悪くて、一人暮らししたいから、どこか知らないかと相談されたからさ」

「玉村宏さんとは、どういったお付き合いだったんですか」

「普通の付き合いだよ。《いずみ荘》の部屋で酒を飲んだこともあったな。――そうそう、あのとき、父親の愚痴を散々聞かされたよ。高校の時、隠しておいた煙草が見つかって、拳骨《げんこつ》で何発も殴られたって怒っていたっけ」

牧原はかすかに苦笑いを浮かべた。

「オートバイは、どうですか」

暴走族仲間だったのかもしれないと思い、岸本は言った。

「ああ、宏や仲間たちと散々乗り回したよ。でも、いまは、もっぱらこれでね」

牧原健二が肩を竦めて、コルベットスティングレーを顎でしゃくった。

そのとき、岸本は牧原の半ズボンの後ろポケットに、新聞が差し込まれているのを目にした。紙面に《馬柱》が並んでいるのがちらりと見えたので、競馬新聞と分かる。《馬柱》とは、縦枠の中に馬名、枠番、馬番、騎手名、血統、成績などが記された一覧表のことである。

「玉村さん、《佐竹水産》の仕事のことで、何か言っていませんでしたか」

「昔のことだからよく覚えてないけど、面白くないって、不平を零していたね」

「《佐竹水産》を辞めた後の玉村さんの暮らしぶりを、ご存じですか」

「コンビニでバイトをしていたんじゃなかったかな。けど、その頃から、あんまり付き合わなくなったから」

「どうしてですか」

「懐が苦しくなったせいか、しけた感じになって、面白くなくなったからだよ」

岸本は、井上と顔を見合わせた。《いずみ荘》を斡旋した不動産屋で、山形と細川が聞き取った内容の中に、正岡聡子が誘拐される直前の二か月、玉村宏が《いずみ荘》の家賃を滞納したという事実があったことを思い出したのである。

岸本は続けた。

「平成二十五年八月十五日の午後三時頃、玉村宏さんは県道二九号線で交通事故を起こして亡くなりましたけど、その頃のことで、何か覚えていることはありませんか」

「覚えていること？」

「ええ、例えば、玉村宏さんの様子に、いつもと違っていることがあったとか」

岸本が言うと、横から井上も口を挟んだ。

「その直前に、彼から何か聞いたとか」

「だから、さっきも言ったけど、そんな昔のこと――」

面倒臭そうに言いかけて、牧原がふいに黙り込んだ。

「どうかしたんですか」

岸本の言葉に、ハッとしたように牧原が視線を向けた。

「いや、何でもないよ」

その言葉に、岸本は、井上と素早く目を見交わした。捜査会議の席上、岸本自身が開陳した意見が、脳裏に甦っていた。

《玉村宏が、自分が手を染めた誘拐の共犯者に対して、我が身を守る切り札のようなものを残している可能性はないでしょうか》

そのとき、井上が身を乗り出して、口を開いた。

「玉村宏さんが亡くなられた後、父親が《いずみ荘》に残されていた私物の引き取りに来られたとき、立ち会われたそうですね。そのとき、何か気になるものを見かけませんでしたか」

「気になるもの？　例えば、どんなものだよ」

一転して、興味を感じたという口ぶりだった。

井上が言葉に詰まり、困惑気味の顔つきを岸本に向けてきた。

岸本は言った。

「例えば、手紙とか、写真とか」

つかの間、牧原は考え込んだものの、すぐにかぶりを振った。

「いいや、そんなものは見なかったね」

## 6

日下と水谷が、東海道本線の菊川駅の改札を抜けたのは、午前十一時過ぎだった。

駅前はロータリーになっているものの、人の姿も停車中の車もわずかで、閑散とした印象だった。

正岡聡子が誘拐された当時、特殊犯捜査係のキャップとして正岡邸に入り込んだ寺澤圭吾は、現在ここから一キロほどの位置にある《一掬》という地酒の蔵元を経営しているという。

二人がタクシー乗り場に近づいたとき、日下の携帯電話が鳴動した。着信画面に、《飯岡》の名前が映し出されている。彼は携帯電話を耳に当てた。

「はい、日下ですが」

《飯岡だ。少し前に山形たちから連絡が入って、大変なことが判明した》

「大変なこととは、いったい何ですか」

日下は訊き返した。

《並木将隆は現在、依然として並木学園の理事長におさまっている。ワンマンだが教育熱心で、一代で並木学園を現在の地位まで引き上げた、立志伝中の人物だそうだ。一方、甥で養子となった並木孝明は、秘書室長だから、伯父の鞄持ちってところだろう。ちなみに、九名のコーディネーターや正岡夫妻と、この二人の間には、いまのところ何の直接的な繋がりも見出せていない。

――が、ここから先が問題だ。山形たちがついに当たり籤を引き当てた。

「何ですか」

《玉村宏は、その並木将隆の口利きで《佐竹水産》に入社していたんだ》

日下は絶句したものの、すぐに言った。

「二人は、どういう関係だったんですか」

《玉村宏の母親は、並木将隆の従兄妹《いとこ》だった。母親は早くに亡くなったが、祖母が不肖の孫を案じて、親戚のツテを頼って並木将隆に泣きついて、《佐竹水産》に口を利いてもらったということだ。当時の玉村宏の上司だった男の話では、《佐竹水産》の二代目社長が並木学園の卒業生で、断りきれずに受け入れたそうだ》

「これで、並木将隆と玉村宏が十年前の誘拐に関わっていたという可能性が一気に濃厚になりましたね」

ところが、携帯電話から沈黙が流れた。

日下は不審に思い、言った。

「課長、どうかしたんですか」

《おまえの言う通り、玉村宏と並木将隆に明確な繋がりが存在したという発見は、今回の捜査にとって大きな進展であることは間違いない。しかし、俺たちは、喜んでばかりはいられないかもしれん》

「どうしてですか」

《正岡聡子ちゃんの誘拐事件について、警察がいまのところ摑んでいる物証は、犯人が送りつけてきた一枚の手紙と、公衆電話の裏側に貼り付けられていたメモとタイマーしか存在しない。それらからは、犯人を特定する材料は見つかっていない。もしも、実行犯が玉村宏だったとしたら、おまえが筋読みしている、レシピエントとドナーの情報を漏らした可能性のある佐田亜佐美さんに加えて、生き証人となるはずのもう一人の人物までが交通事故で死んでいる。つまり、残された共犯者がどれほど疑わしいとしても、いいや、状況証拠などの外堀が完全に埋まったとしても、落とすことはできないかもしれないんだぞ》

つかの間、日下は身動きできなかった。もの問いたげに、こちらを見つめている水谷の姿が、ふいに遠くに離れてゆくような錯覚に捉われる。

刑事を続けてきた中で、捜査の壁に突き当たったことは数知れない。しかし、容疑者らしき姿が仄《ほの》かに見えてきたこの段階で、その人物に手錠を掛けることが叶わない可能性に直面したのは、まったく初めてのことだった。まして、並木将隆が本当に犯人だったとしたら、素直に罪を認めて縛に就くなどというお人好《ひとよ》しな展開を望むことは、あまりにも浅はかというものだろう。たとえ、数々の状況証拠を鼻先に突きつけられても、自分が置かれた立場を瞬時に計算して、決定的な証拠が存在しないという点を逆に突いてくるかもしれない。

日下は歯を食い縛った。それでも、このまま手を拱《こまね》いてはいられない。携帯電話を握り直すと、彼は言った。

「並木将隆のアリバイは、どうでしたか」

《内偵を始めたばかりの段階だし、なにしろ十年前のことだから、一朝一夕には、アリバイを内々に確認することは難しい。ただし、一つだけ、思いついたことがある》

「何ですか」

《いつだったか、水谷が卓抜な筋読みを披露したことがあったよな》

「ええ、水谷になり代わって、私が課長に申し上げたはずです。三年前、谷口周作さんは天竺村をうろつく男を見かけ、次の年から、例の噂がネット上に拡散し始めました。そして、ほぼ同時期に、妙な乗用車が出没したことから、噂を流したのがその不審な男で、目的は廃村好きの連中に正岡聡子ちゃんの遺体を見つけさせるためだった。しかも、谷口さんが複数回見かけた不審車は、その男が乗ってきていたのではないか、と」
《俺が思いついたのは、三年前に天竺村をうろついていたという謎の男の動機だよ》
「どういうことですか」
《水谷は、廃村マニアの連中に、正岡聡子ちゃんの遺体を見つけさせるためだったと考えたが、もう一つ、それとは別の思惑もあったんじゃないだろうか。噂を流すことで、犯人をおびき寄せるつもりだったのかもしれんぞ》
日下は、息を止めた。あり得る。県道二九号線から天竺村へ続く脇道で、見かけない白い乗用車が停められているのを、谷口周作が四、五回も目撃している。だが、いずれの場合も、車内は無人だったという。そのうえ、その車はもっと頻繁に来ていた可能性すらあるのだ。
「その読みは的を射ていると思います」
ほんのかすかに、気持ちが軽くなるのを感じた。しかし、同時に、身代金の奪取において、あれほどの奸智を発揮した犯人が、その程度の罠《わな》にみすみす引っ掛かるはずもなかっただろう、とも思えた。仮に、インターネット上で、あの廃村で子供の泣き声が聞こえるという噂を目にしてそんな場所に近付いたとしたら、犯人であることを自ら裏付けてしまうことになりかねない。
《そうか。それから、これもたったいま岸本たちが連絡してきたことだが、死んだ玉村宏の友人だった牧原健二と面談したところ、怪しい気配を匂わせたそうだ》
「怪しい気配とは、どういうことですか」
《岸本が、県道二九号線で交通事故を起こした頃の玉村宏の動静について、覚えていることはないかと質問したところ、覚えていないと言いかけて、途中で不自然に言葉を濁したそうだ。もしかすると、牧原は、岸本や井上から聞き取りを受けているうちに、昔のことを何か思い出したのかもしれん》

「それは、岸さんが指摘した、玉村宏が共犯者から我が身を守るための切り札のようなものの存在ということですか」

《その可能性もある。もしも、牧原が何かを思い出していたとして、その切り札みたいなものを入手するところを押さえることができれば、事件の解明にとって大きな前進だぞ。で、俺はただちに岸本と井上を、牧原健二に張り付かせることにした――おまえたちは、いまどこだ》

「菊川市に来ています――」

日下は島崎蓮二警部との面談の内容をかいつまんで説明し、さらに続けた。

「――あの誘拐事件が発生したとき、特殊班のキャップとして真っ先に正岡家に入り込んだ寺澤さんなら、何か違ったことに気付いたり、感じたりしていたかもしれません」

《なるほど、考えられるな。それなら、そっちは頼んだぞ》

「了解しました」

言うと、日下は電話を切った。

「課長は、どんなお話だったんですか」

水谷が言った。

日下は、玉村宏が並木将隆の口利きで佐竹水産に入社したことや、飯岡の新たな思い付きを手短に説明すると、停車中のタクシーに近づいた。

「一進一退って感じですね」

水谷が苦々しそうに言い、後から続いた。

「あの事件のことは、いまでも忘れられないよ」

寺澤圭吾が言った。

日下は水谷とともに蔵元《一掬》を訪ねて、表に酒林《さかばやし》の下がっている事務所のソファで対座していた。寺澤は水谷と同じくらい大柄で、日焼けした太い腕をしており、白いTシャツにジーンズ姿で、《一掬》と白抜きに染められた紺色の前掛けを締めていた。歳は、五十前後くらいだろう。

寺澤が続けた。

「誘拐犯を見つけられなかったことも悔しかったが、何よりも被害者を無事に取り戻せなかったことが、いまだに無念でならないんだ」

「今朝、島崎警部にもお会いして、十年前の事件について、いろいろとお話を伺ったんですが、寺澤さんからも教えていただければと思い、お仕事中であることも顧みずに、押しかけてしまいました」

日下と水谷は、揃って低頭した。

「おいおい、そんな必要はないよ。俺も昔は警察官だったんだ。おたくたちの苦労は十分に分かっている。島崎警部からも電話を頂戴したから、おおよその経緯は理解しているつもりだ。それで、俺から何を聞きたい」

「単刀直入にお訊きします。事件の一報を聞き、正岡さんの自宅に赴いたとき、どんな印象を受けましたか」

「誘拐事件が起きたとき、俺たち特殊班は、真っ先に被害者の家族と接触することになる。そこで経験するのは、誘拐という犯罪の、これ以上ないほどの惨《むご》さってやつだ。愛する者を奪われた家族が、どれほどの悲しみと苦しみのどん底に突き落とされるか、その実態を嫌というほど目の当たりにする。あのときも、まったく同じだった」

話すうちに、感情が抑え難く激してきたのか、寺澤が拳でテーブルを叩いた。

「犯人については、どんな感想を持たれましたか」

「人を誘拐する輩は、例外なく鬼畜さ。しかし、頭の切れるやつが多いというのも、誘拐事件にまま見られる犯人像と言えるだろう。あの事件の犯人も、相当に悪知恵が働くという気がしたよ」

「どういう点から、そう思われたんですか」

「一つは、身代金の受け渡しの場面で、犯人がこちらの裏をかいたやり方さ」

「公衆電話に連絡が入ると見せかけて、台の下に貼り付けたタイマーの音で、メモに気付かせた手法ですね」

「それもあるが、いまだに推測の域を出ないものの、身代金をまんまと手に入れて逃走した手口にも、心底舌を巻いたよ。誘拐という犯罪において、何が難しいと言って、どうやって警察の目を欺いて身代金を奪取するか、の一点に尽きるからな。しかも、どれほど卓抜な手法を案出しても、それを二度は使えない。一度使われたトリックは、すぐに全国の警察に捜査情報として共有されて、新たな誘拐事件への対応策の一つに盛り込まれてしまうからな」

「ええ、確かにそうですね。あの一件は、いまでも営利誘拐だったと思いますか」

「それ以外に、別の動機があり得るのか。怨恨や揉め事については、正岡夫妻の周辺をどれほど洗っても、何も浮上しなかった。あれほどの危険を冒して身代金を奪取したのだから、変質者の犯行とは考えられん。被害者がレシピエントだったという点にかすかな可能性が残されていたが、それも結局だめだった」

日下は水谷と顔を見合わせた。ここへ電話を入れた島崎も、レシピエントとドナーの情報が再び動機として注目されていることまでは話さなかったのだろう。日下は言った。

「寺澤さん。実は、正岡聡子ちゃんがレシピエントだったという事実が、ここへ来て再び、犯行動機の有力候補に浮上してきたんです」

「どういうことだ」

「十年前、誘拐事件が起きた二日後の午後三時頃、ある若者の運転する赤い軽自動車が、トラックと正面衝突事故を起こしました。その事故現場が正岡聡子ちゃんの遺体が発見された廃村から、さして離れていない地点だったんです」

「なるほど。正岡聡子ちゃんが誘拐された頃、自宅近くで確かにそんな車が目撃されていたな」

寺澤の言葉に、日下はうなずくと、言葉を続けた。

「さらに、レシピエントとしての正岡聡子ちゃんを担当した臓器移植コーディネーターのひとりが、事件に関わっていた可能性があります」

「臓器移植コーディネーターが事件に関わっていた？」

再びうなずくと、日下は言った。

「とはいえ、臓器移植が事件の動機になったという読みには、大きな問題があります」

「何だ」

「正岡聡子ちゃんは、ドナーが現れる以前に誘拐されていたという、厳然たる時系列が存在することです」

寺澤が渋い顔つきになり、つぶやいた。

「レシピエントの順位を繰り上げるためという動機が、成り立たないわけか」

「ところが、その他の状況は依然として、その動機による犯行を示唆しているんです。しかし、肝心の臓器移植コーディネーターが亡くなっているので、裏が取れません。交通事故で死亡した人物についても、まったく同様です。——そこで、寺澤さんにお願いがあります」

「俺に？」

「捜査記録によれば、特殊班として正岡家に入り込んでいたとき、正岡聡子ちゃんの担当医の植竹末男さんから電話連絡が入ったそうですね。その時の状況で、何か気になる点がなかったか、お聞かせ願えませんか」

寺澤が大きく息を吸い込むと、眉間に皺を寄せて考え込んだ。

その目が、時折瞬く。

息詰まるような気持ちで、日下は待った。

水谷も息を殺している。

室内に、壁に掛けられた時計の音だけが響いている。

と、ふいに寺澤の眉間の皺が消え、こちらに顔を向けた。

「そういえば、ごく些細なことだが、一つだけ思い出したことがある」

「何ですか」

「八月十四日の午前十時に、正岡聡子ちゃんに適合するドナーが現れたと、植竹医師が電話で連絡してきた。その後ほどなくして、正岡浩子さんが郵便受けに投函されていた脅迫状を見つけ、俺たちはすぐに指揮本部の島崎警部に連絡した。ここまでの経緯は知っているよな」

「ええ。捜査記録で確認しました」

「しかし、その時点では、誘拐犯から、さらに脅迫電話が掛かってくる可能性までは排除することができなかった。で、俺たちは交代で休息を取りながら、そのまま十五日まで正岡邸で待機することになった。すると、十五日の午後一時頃に、植竹医師から二度目の電話があったんだ」

「植竹医師から二度目の電話——」

日下は水谷と顔を見合わせた。捜査記録で読んだ記憶はあったものの、たいして気にも留めていなかった事実だった。

「いったい何を連絡してきたんですか」

「不測の事態で正岡聡子ちゃんが臓器移植を受けられなかったことから、前日の午後五時に別のレシピエントに移植の権利が正式に移り、十五日の午前中に移植手術が完了したという報告だった。自分が担当するレシピエントの両親に伝えるには、辛すぎる電話だったろうが、立場上、通達する義務があったんだろう。俺はその通話もレシーバーで傍受したが、その時、植竹さんの口にした内容が、妙だなと感じたんだ」

「どんなふうに、妙だったんですか」

「正岡邸に連絡を入れる直前、彼自身が扶桑臓器移植ネットワークのコーディネーターから、移植順位が変更となったレシピエントの手術完了の通告を受けたんだそうだ。そのとき、正岡聡子ちゃんは本当にまだ自宅に戻っていないのか、と確認されたと言っていた。しかも、何度も」

「何度も？」

「いまにして思えば、変じゃないか。植竹医師は臓器移植コーディネーターに、聡子ちゃんが移植を受けられない理由として、不測の事態としか言っていないんだ。それなのに、この言い方は、取りようによっては、誘拐のことを知っていたみたいじゃないか」

確かに、と日下は思う。しかも、自宅に戻っていないのか、という念の押し方は、誘拐された正岡聡子が、その時点以前に解放されることを予期していた口ぶりとも解釈できる。

そのとき、稲妻のように一つの記憶が脳裏に甦った。投身自殺する直前、佐田亜佐美は兄の佐田昭一のもとに電話を掛けてきて泣き続け、《どうして、あんな約束を信じてしまったんだろう》と口走ったのだ。しかも、その声は、聞いたこともない恨みがましいものだった。もしかすると、臓器移植の情報を漏洩する際、金銭の他にも、彼女は犯人と何らかの約束を交わしていたのかもしれない。

「どうだ、捜査にプラスになりそうか」

寺澤が言った。

「ええ、一歩前進した気がします。ありがとうございました」

日下は深々と頭を下げた。

「お世話になりました」

水谷も丁寧にお辞儀した。

7

日下が水谷とともに《一掬》を辞して、菊川駅前へ戻ってきてから携帯電話を手にしたのは午後四時五十分のことだった。

寺澤圭吾からの聞き取りで、疑問を感じた点について、東京の扶桑臓器移植ネットワークのスタッフに確かめたいという気持ちが抑えられなかったのである。十年前の八月十五日の午後一時前に、正岡聡子の不在を植竹医師に問い質したという佐田亜佐美の言動は、どう考えても不自然なのだ。

しかし、どのようにして話を切り出せばいい――

考えあぐねて、日下はしばし宙に目を据える。水谷は駅の手洗いに行って、そばにいなかった。

思案が定まらない。

ええい、ままよ――

息を吐くと、彼は扶桑臓器移植ネットワークの電話番号をタップした。
呼び出し音が聞こえてくる。
それが途切れると、女性の落ち着いた声が響いた。
《はい、こちらは扶桑臓器移植ネットワークの東京本部です》
「お忙しいところ、お電話申し上げまして、大変に恐縮です。私、静岡中央警察署の日下と申します——」
《ああ、この前、こちらにいらした刑事さんですね》
つかの間、日下は戸惑い、返答に窮した。
《私、速水聖子です》
「ああ、これは失礼いたしました」
《今日は、どんなご用件でしょうか》
「つかぬことをお訊きします。佐田亜佐美さんがお亡くなりになる前のことですが、その令和二年に何か変わった出来事はありませんでしたか」
無意識に口を突いて出た質問が、どこから思いついたものであるかを、遅れて自覚した。未解決のままだった十年前の誘拐事件が、かすかに動き始めたのは、ある意味で、三年前の令和二年からなのだ。
《刑事さんは、臓器移植コーディネーターが、レシピエントやドナーの情報を外部に漏らしたと、やっぱり疑っていらっしゃるんですね》
一転した固い口調の速水聖子の言葉で、日下は我に返った。
「あなたが同僚を信じたいお気持ちは、十分に理解できます。しかし、もう一度、誘拐されて命を落とした正岡聡子ちゃんの無念を考えてみてください。それに、彼女のご両親は、いまでも深い悲しみと苦しみに苛まれ続けているんですよ」
日下は黙り、相手の言葉を待った。
しばらく受話器は沈黙したものの、やがて声が響いた。
《佐田さんでしたら、その年の六月頃に病院に入院されました》
「入院した？」
《ええ、あの人は選定チームのコーディネーターのチーフだったので、急な入院のためにてんてこ舞いしたことを覚えています。でも、どうして三年前に、そんなにこだわるのですか》
速水聖子の声に、依然として憤懣のような響きが籠っていた。
「三年前の夏のある出来事が、正岡聡子ちゃんの誘拐事件のカギを握っているかもしれないんです。――ちなみに、東京のどちらの病院だったんですか。佐田さんが入院されたのは」
《東京じゃありません。佐田さんは、たまたま出張中に具合が悪くなられたんです》
「東京じゃない？」
《ええ、あのときに入院されたのは、確か、静岡総合中央病院でした》
日下は、全身に鳥肌が立つのを感じた。

# 第七章

## 1

「井上は、まだ独身だったよな」

牧原健二の自宅玄関から視線を動かさぬまま、岸本は助手席で低く言った。

「ええ。早く結婚しろって、掛川《かけがわ》にある実家の両親がせっついてくるんですけど、こればっかりは相手がいなければ、どうしようもありませんから」

運転席にいる井上が、困ったように言った。

昨日以来、二人は覆面パトカーの中で、牧原健二の《行確《こうかく》》を行っていた。捜査上の注目人物に張り付き、その行動を密かに監視したり、尾行したりするのが《行確》である。深夜過ぎに一旦、別の二人の捜査員と交代したものの、今朝の午前八時にまた入れ替わったところだった。

「あかに、これぞってのは、いないのか」

《あか》とは、女性警察官の隠語である。二人は、牧原健二の自宅の斜向かいにあるアパートの塀際に停めた車の中にいた。

「私なんて、若い女性には受けませんよ」

「謙遜するなよ。おまえさんは、なかなかいい男だぞ」

言いながら、岸本は掌で顔を擦《こす》った。

刑事の張り込みというものは、想像以上に忍耐のいる仕事である。犯人の帰宅をひたすら待ち続けたり、犯人に張り付いて、動き出すまで何時間でもじっと我慢し続けたりすることは、何かを調べたり、人に会って聞き取りをすることよりも、はるかに気骨《きぼね》が折れる。そんなとき、捜査員が二人一組で動く意味が生きてくるのだ。励まし合い、意欲を鼓舞し合うことができる。そして、そんな苦労をともに乗り越えることで、捜査員同士には、年齢の差を超えて強い連帯感とお互いへの信頼が醸成されるのである。

「やつが出てきましたよ」

井上の言葉で、岸本は視線を向けた。

玄関のドアが開き、大柄な牧原健二が姿を現した。サングラスを掛けており、服装は、昨日面談したときと同じ緑色のアロハシャツに、白い半ズボンである。

朝日の当たっている駐車場に停められた真っ赤なコルベットスティングレーに近づき、ふいに足を止め、サングラスを取ると、コンクリート敷きの駐車スペースにたたずんだ。俯き加減となり、ときおり首を傾げて、何かを思案している顔つきになっている。

と、いきなり車のドアを開けて、素早く中に乗り込んだ。すぐに派手なエンジン音が轟き、真っ赤な車体が駐車場から滑り出した。

「どうやら、こちらの読みの通り、牧原は何かを思いついたようですね」

井上の言葉に、岸本はうなずき、言った。

「ただちに追跡だ。俺は署に連絡を入れる」

「はい」

言うと、井上は覆面パトカーを発進させた。

## 2

午前九時過ぎ、石田街道沿いにある静岡総合中央病院の前に立ち、日下は改めてその建物を見上げた。

傍らに立つ水谷が闘志を露わにするように、大きく息を吸うのが分かった。二人は、覆面パトカーのホンダ・ヴェゼルでここまで急行したのである。車は、建物の横に併設された立体駐車場に入れてある。

「行くか」

日下は言った。

「はい」

水谷が力強くうなずく。

二人は玄関に足を踏み入れた。静岡総合中央病院の一階フロアは、すでに人々で溢れていた。日下と水谷は、受付カウンターに歩み寄った。カウンター内に、この前訪れたときとは別の女性が座っていた。

日下は警察の身分証明書を差し出して、言った。

「静岡中央署の日下と言います。植竹先生に面会したいんですが」

「ちょっとお待ちください」

受付の女性が驚きの顔つきとなり、慌てて内線電話の受話器を手に取った。そして、内線のボタンを押し、受話器に向かって小声で話した。

「――受付です。ただいま静岡中央署の方が、植竹先生にご面会したいと、こちらにお越しになっていますけど――」

返答を待つ間、日下は水谷とともに、周囲を見回した。この病院へ足を向けるにあたり、ほかでもなく、植竹医師を訪ねようと決めていたのである。

そのとき、受付の女性が声を掛けてきた。

「――お待たせいたしました。植竹先生は、ただいま参りますので、あちらのソファでお待ち願えますでしょうか」

「そうですか。ありがとうございます」

礼を述べると、日下は五メートルほど離れた壁際に置かれた長椅子に腰を下ろした。

水谷も隣に座り、言った。

「今日は、待たなくても済みそうですね」

「ああ。前回、正岡聡子ちゃんの遺体が発見されたことを伝えたから、協力的になっているんだろう」

そのとき、エレベーター・ホールから足早に歩いてくる白衣姿の植竹に気が付いた。

日下と水谷は腰を上げた。

「お待たせしました。また何かありましたか」

かすかに息を切らして、近づいてきた植竹が口を開いた。

「植竹先生に是非ともお力をお貸し願いたいと思いまして、失礼を承知で参上いたしました」

「それは、いったいどんなことですか」

「できれば、周りに人のいない場所で、お話しさせていただきたいのですが」

「では、どうぞこちらへ――」

植竹が二人をエレベーター・ホールの方へ導いた。

「三年前の六月に入院された患者ですか――」

応接室内に、植竹の驚いたような声が響いた。

「ええ、佐田亜佐美さんという女性です」

相手の目を見つめて、日下は言った。

横のソファに座っている水谷も、微動だにしない。

病院の四階フロアの奥にある、十畳ほどの応接室で三人は対座していた。

「お願いです。その患者について、こちらで分かることを、すべてお教えいただきたいんです。医師に厳格な守秘義務があるということは、重々承知しております。しかし、そこを曲げて、植竹先生にどうしてもご協力をお願いしたいんです」

言うと、日下は深々と頭を下げた。

水谷も、同じように低頭する。

「正岡聡子ちゃんが誘拐された事件と関連すると考えていいんですね」

ふいに発せられた植竹の言葉に、日下たちは顔を上げた。植竹と目が合った。これ以上もないほど真剣な表情になっている。

「もちろん、その通りです。そうでなければ、先生に守秘義務違反を迫るような、非常識なお願いは絶対にいたしません」

日下は言った。この病院を訪ねるにあたり、面談の相手を植竹と決めたのは、彼が正岡満に対して深い同情を覚えていることと、臓器移植に関連して誘拐された正岡聡子の主治医であったことが理由だ。

「分かりました。こちらで、しばらくお待ちください」

決意の籠った口調で言うと、植竹がソファからすぐに立ち上がり、応接室から大股で出ていった。

3

「矢部嘉昭さん――」

山形が小走りになりながら、駐車場に停まっているトラックの横に立つ男に向かって、声を掛けた。

傍らを、細川も駆けている。

トラックの運転席側のドアに手を掛けたまま、三十前後くらいの男の顔に、怪訝そうな表情が浮かんだ。

「あんたら、誰だよ」

「静岡中央署の者です。山形と言います」

トラックの横で足を止めて、山形は息を切らして膝に手を当てたまま、もう一方の手に持った警察の身分証明書を提示した。

「細川です」

細川も息を弾ませて、身分証明書を見せた。

二人は昨日、三島の岩本清吉を訪ねた後、東海道本線を利用して清水へ赴き、港界隈の水産会社を訪ね歩いて、《矢部嘉昭》という社員がいないかどうか聞いて回ったのだった。

そして、一日じゅう歩き回った結果、清水港の《中丸《なかまる》水産》という会社に勤めていたことと、二か月前に、田子《たご》の浦《うら》港にある《金崎《かなさき》水産》へ移ったことを突き止めたのである。そこで、朝一番に、その所在を確認して、まさに水産物の配送に出掛けようとしていた本人を摑まえたところだった。

途端に、矢部が驚きの表情を浮かべた。

「警察が、俺に何の用だよ」

かすかに身構えるように、矢部が言った。パンチパーマのかかった茶髪。顎が細い三角おむすびのような顔、細い眉と狐《きつね》のような一重の目をしている。

「どうかご懸念なく。あなたのことではなくて、玉村宏さんについて、知っていることを教えていただきたいと思い、お訪ねしました」

「玉村宏――」

「以前、《佐竹水産》で働いていたとき、親しくされていたんでしょう」

少しだけ安堵したのか、矢部が顔つきを和らげてうなずく。

「ああ、確かに、あいつとは酒も飲んだけど、俺より先に、あの会社を辞めちまったよ。それからは、とんとご無沙汰だけど、あいつがどうかしたのか」

その言葉に、山形はちらりと細川を見やった。

「玉村さんは、十年前の夏、交通事故でお亡くなりになりました」

矢部が、ぽかんと口を開けた。

「どこで？」

「県道二九号線の葵区渡です」

「あいつ、また、あんなところへ行ったのかよ」

「あんなところ？」

「何とかっていう廃村だろ」

山形は、細川と顔を見合わせた。

「どうして、そのことをご存じなんですか」

「ゾクをやっていたとき、その廃村を知っていた仲間がいて、宏たちと一緒に行ったことがあるからさ」

「山形さん」

思わずという感じで、細川が声を発した。

山形はうなずいた。

「矢部さん、つかぬことをお訊きしますが、玉村さんから何か預かってはいませんか」

「宏から、俺が?」

「ええ」

「いいや、何も預かってないけど」

横から、細川が言った。

「それなら、何か聞いていませんか」

「何かって、何をだよ?」

「それは――」

細川が口ごもり、困り抜いたような顔つきを山形に向けた。

その刹那《せつな》、賭けに出ることを決意して、山形は言った。

「犯罪計画とか、やばい金儲《かねもう》けの話を持ちかけられたとか、その手の話ですよ」

捜査の手の内を晒すのは、きわめて危険な行為であり、場合によっては、捜査から外されることにも繋がりかねない。

矢部が、狐のような一重の目を、大きく見開いた。

「そんなこと、何も聞いてねえよ――」

叫ぶように言うと、ふいに何かを思いついたという表情に変わった。

「どうしたんですか」

「何を思われたんですか」

山形と細川の声が重なった。

「――もしかしたら、あいつなら何か知っているかもしれない」

「あいつ？」

「俺や宏と、いつもつるんでいた野郎だよ。宏が《佐竹水産》を辞めた後も、たまに一緒に酒を飲んでいるって言っていたからな。それに、あいつ、宏にかなりの額の金を貸していたはずだぜ」

「金を貸していた？」

「いつだったか、静岡市内でばったり顔を合わせたとき、そう言っていたんだ。金持ちのボンボンのくせに、超の付くどケチだから、よく金を貸したなって言ったら、親父と揉めている宏につ いほだされて、金を貸しちまったけど、期限になっても返済しやがらない。で、焼きを入れたら、そのうちに大金を手に入れて返すからと泣きつかれたなんて、寝ぼけたことを言っていたっけ」

「それは、誰ですか」

「牧原健二ってやつだよ」

矢部の口にした言葉に、山形と細川は、またしても互いの顔を見合わせた。

4

「お待たせいたしました」

応接室のドアを開けて入ってきた植竹が、顔を強張らせたまま、緊張気味に言った。

「いかがでしたか」

水谷とともに腰を浮かしかけた日下を、植竹が手で制すると、自分もソファに腰を下ろして口を開いた。

「確かに、三年前の六月十七日に、佐田亜佐美さんという方が緊急入院していました。市内のホテルに滞在中、体調を崩されて苦しみだし、ホテルからの通報で救急車が出動して、こちらに搬送されました。受け入れ時刻は、午前四時五分となっていました――」

日下たちの捜査に協力しようと腹を括《くく》ったのだろう。こちらから訊く前に、医師らしい几《き》帳《ちょう》面《めん》さで、手際よく詳細を説明し、さらに続けた。

「――当直医は、血液検査とCTスキャン、それに超音波検査など、必要な検査と観察を行うとともに、本人からの聞き取りによって、大腸憩室が細菌感染して、化膿している容体と判断しました。佐田さん自身が、以前に東京の病院で、大腸憩室炎の診断を下されたことがあると、当直医に話したからです。大腸憩室炎は軽症の場合、安静と抗菌剤の服用、絶食などで十分に回復が望めます。しかし、彼女の病状では、大腸憩室が破裂して、小腸や子宮、膀胱《ぼうこう》などのほかの臓器と繋がったり、腸内の細菌が膀胱に入り込むことで、尿路結石を起こしたりする可能性があり、さらには、憩室炎自体が重篤化する恐れもありました。そこで、当直医が、入院と手術を受けることを勧めたところ、本人も納得して、そのまま入院することとなり、三日後、炎症が若干収まった段階で、手術が行われたという次第です」

「なるほど。ちなみに、手術や治療に当たられた医師は、どなたですか」

日下の向けた質問に、植竹が黙り込んだものの、やがて口を開いた。

「電子カルテを見直しているうちに、思い出しましたよ、佐田亜佐美さんのお名前を――」

まったく別のことを口にして、植竹がさらに続けた。

「――十年前、臓器移植コーディネーターとして、聡子ちゃんを担当していた方だったんですね」

「ええ、その通りです」

「やっぱりそうでしたか。――ちなみに、その患者の手術を行ったのは正岡満さんでした」

空気が凍り付いたように、応接室に沈黙が落ちた。

すると、植竹が、いきなり身を乗り出して言った。

「これらの事実は、十年前の正岡聡子ちゃんの誘拐事件と、いったいどう関わってくるんですか」

守秘義務を破ってまで捜査に全面協力したからには、絶対に訊かずにはおかないという剣幕だった。

日下は言った。

「いまご説明いただいた点が、あの事件とどのように結びつくのか、私たちにもまだ見えていません。ただし、正岡聡子ちゃんが誘拐された動機には、彼女がレシピエントであったという点が、大きく関わっていた可能性があります。レシピエントとしての聡子ちゃんの状況を知っていた何者かが、事件に関わっているかもしれないんです」

言葉が途切れると、応接室はまたしても静寂に包まれた。

その沈黙を植竹が破ったのは、三分ほども過ぎた頃だった。

「いまの話と関連するかもしれないことを、私はたったいま思い出しましたよ」

日下は、水谷と一瞬だけ顔を見合わせて、すぐに言った。

「それは、いったいどんなことですか」

「病室から、正岡満さんが真っ蒼な顔で飛び出してきたのを、偶然目にしたんです」

深刻な顔つきで、植竹が日下を見つめた。

「どういうことですか」

「原因は分かりません。ただし、その個室に入院していたのは、手術を終えたばかりの佐田亜佐美さんでした」

驚きに、日下は思わず水谷に顔を向けた。だが、水谷は宙に視線を留め、息を呑んだように固まっている。

するど、植竹が構わずに続けた。

「それからしばらくして、正岡満さんはあれほど情熱を傾けていた医療の仕事を投げ出して、退職してしまったんですよ」

日下は、思わず身震いした。《三年前》が、また一つ増えた。そう思った途端に、それまでまったくバラバラだった事実の断片が、瞬く間に頭の中で一つの絵柄を形作っていた。

きっと、このとき正岡満は、娘の遺体が天竺村に隠されていることを知ったのだ。その直後の時期に天竺村に出没した男性は正岡満で、誘拐されて廃村のどこかに隠されたままの娘の遺体を捜していた――すべての筋道が通る。

しかし、遺体は見つからなかった。そこで、彼は一計を案じた。インターネット上に、廃村で子供の泣き声が聞こえるという奇妙な噂を拡散させたのだ。その目的は二つ。一つは、廃村好きの物見高い連中を呼び寄せて、娘の遺体を発見させること。もう一つは、噂を聞きつけた犯人をおびき出すこと。廃村の物陰に潜んで、憎むべき犯人の正体を暴き出し、仇《かたき》を討つために。

日下は大きく息を吐いた。やっと速水聖子に初めて話を聞いた後で感じた不可解な思いの正体がわかった。最初に正岡夫妻と面談した際、正岡聡子がレシピエントであることを知っている人物として、正岡満は佐田亜佐美の名前を挙げた。彼は当然、コーディネーターはチームで動くことを知っていたはずだ。なのに、佐田亜佐美の名前しか挙げなかったのは、彼女が事件に関わっていることを知っていたからだったのだ。

## 5

静岡中央署の刑事課の電話が鳴ったのは、午前十時まであと五分というときだった。

「はい、中央署刑事課――」

素早く受話器を握り、飯岡は耳に当てて言った。刑事課には、彼しか残っていない。

《課長、山形です》

受話器から、息せき切ったような声が響いた。

「どうした」

《清水港近くの水産会社で矢部嘉昭を見つけ出して、話を聞くことができました。しかも、大収穫です》

「大収穫？」

《矢部の証言によれば、玉村宏は天竺村の存在を知っていました。暴走族時代に、玉村宏や仲間と一緒に、矢部自身が何度か訪れたことがあると話していました》

「そうだったのか。――これで、天竺村、玉村宏、並木将隆と一本の線で繋がったわけだな」

《ええ、その通りです。しかも、交通事故を起こした当時、玉村宏は牧原健二からかなりの借金をしていて、取り立てに遭っていたそうです》

つかの間、飯岡は声がなかった。

《課長、聞いていますか》

受話器から流れた山形の声で、飯岡は我に返った。

「ああ、聞いている。どうやら、岸本の読みが当たっていたのかもしれん。ついさっき、岸本から連絡が入って、牧原健二が動き出したそうだ」

《父親との不和を口実に、吝嗇《りんしょく》な牧原健二からまんまと金を引き出したまではよかったものの、返済に窮していたとなれば、玉村は金を手に入れようと躍起になったはずです。しかも、すぐに返済できない状況下であれば、牧原の怒りを宥《なだ》める必要もあったと思われます》

「そこへ、並木将隆から誘拐計画を持ちかけられたと読むわけか」

《甥の臓器移植のために誘拐を実行する必要があった並木将隆が誘い入れたのか、切羽詰まった玉村宏が泣きついたのか、どちらかはまだ分かりませんが。いずれにせよ、両者の利害が一致したのではないでしょうか。そして、目端の利く玉村が並木将隆ほどのやり手と組むとしたら、岸さんが指摘したように、身の安全のための切り札のようなものを作っておくという機転が働いた可能性は、十分にあると思います。——私たちは、これからどうしたらいいですか》

言われて、飯岡は考えを巡らせ、すぐに言った。

「もう一度、父親の玉村三郎と面談して、息子の遺品の中に、その切り札になりそうなものが含まれていなかったか、確認してくれ」

《了解しました》

通話が切れた。

それでも、飯岡はしばし受話器を握り締めたままだった。

興奮が、冷めやらなかったのである。

踏ん切りをつけるつもりで、飯岡は一つ息を吐くと、受話器を戻した。

途端に電話が鳴り響き、心臓が飛び跳ねた。

山形が、言い忘れたことを連絡してきたのかもしれない。

受話器を摑むと、飯岡は再び耳に当てた。

「はい、中央署刑事課です」

受話器から、男性の明瞭な声が流れた。

《こちら通信指令センター、午前九時五十七分、中央署管内より入電、静岡市葵区常磐町《ときわちょう》二丁目――において、誘拐事犯発生との通報あり――》

「何だって」

飯岡は、思わず大声を張り上げた。

それでも、受話器からは冷静な声が続く。

《――ただし、その通報は途絶して、通報してきた男性の氏名と身元の確認は取れていません。念のため、各警戒員は現場に向かい、ただちに状況の確認をされたい――》

「了解」

言ったものの、飯岡はまたしても受話器を握り締めたままだった。

掌に汗が滲んでいる。

たったいま知らせてきた事件の被害者宅は、並木将隆の住まいだ。

つまり、途絶したという通報が悪戯電話でなければ、誘拐されたのは、並木将隆か、家族の誰かということになる。

# 第八章

## 1

葵区七間町《しちけんちょう》二丁目近くにある青葉通《あおばどおり》交番は、繁華な商業ビルや店舗に囲まれた道筋に面している。その青葉通りを北東に進めば、ほどなく静岡市役所に突き当たる。

武藤忠彦《むとうただひこ》巡査長は、静岡中央郵便局への道を尋ねるために交番に立ち寄った初老の女性への説明を終えて、その後ろ姿を見送っていた。そのとき、腰の帯革《たいかく》に装着されている所轄無線機が音声を発した。

《こちら通信指令センター、午前九時五十七分、中央署管内より入電、静岡市葵区常磐町二丁目――において、誘拐事犯発生との通報あり。ただし、その通報は途絶して、通報してきた男性の氏名と身元の確認は取れていません。念のため、各警戒員は現場に向かい、ただちに状況の確認をされたい――》

武藤は、奥に座っていた橋田光男《はしだみつお》巡査を振り返った。

「おい、すぐそこだぞ」

橋田が素早く立ち上がり、ヘルメットを被りながら言った。

「どうせ、悪戯電話でしょうよ。まったく、このくそ暑いときに、遊び半分に通報なんかしやがって」

「ああ、よくあるやつだろう。しかし、それでも確認しなけりゃならんのが、俺たちの仕事ってもんさ」

言うと、武藤は壁に掛かっている時計を見やった。午前九時五十八分。

「行くぞ」

武藤と橋田は、交番を出ると、横の駐車スペースに置かれていた自転車に乗り、南西方向に向けて走り出した。


武藤と橋田は自転車から降りると、ともに額に噴き出した汗を拭いながら、目の前の屋敷を見上げた。三階建てで、通りに面した車庫の幅は、大型車がゆうに三台も格納可能なほど大きい。

「さあ、さっさと確認を済ませてしまおうや」

武藤の言葉に、橋田は小さくうなずくと、大きな棟門に取り付けられているインターフォンのボタンを押した。

かなりの間があって、インターフォンのスピーカーから、女性の固い口調の声が響いた。

《どちら様でしょうか》

「すぐそこにある青葉通交番の者ですが、こちらのお宅で何か変わったことは起きていませんでしょうか」

つかの間、インターフォンが沈黙する。しかし、スピーカーからかすかな音が響いていて、通話を切っていないことが分かる。インターフォンには監視カメラも内蔵されており、こちらが制服警察官であることは、モニター画面で確認できるはずだ。

その長い間に、ふいに不審が募り、武藤はインターフォンに顔を近づけて言った。

「通報を受けて駆けつけてきたんですが。並木さん――」

依然として続く沈黙に、武藤は眉間に皺を寄せ、橋田と顔を見合わせた。

突然、大きな玄関ドアが開くと、髪の長い若い女性が裸足《はだし》で飛び出してきて、絶叫した。

「娘を、晴美《はるみ》のことを、どうか助けてください――」

## 2

静岡総合中央病院の玄関から外に出た日下は、思わず足を止めた。

たったいま、植竹医師から聞いた話によって、十年前の誘拐事件とその後の陰惨な真相が、仄かに見えてきたような気がしていたのである。

水谷も同じ気持ちなのか、深刻な顔つきのまま、声もなくたたずんでいる。

そのとき、日下の携帯電話が鳴動した。ズボンの後ろポケットから携帯電話を取り出し、着信画面に目を向けた。《飯岡》の文字が浮かび上がっている。

「はい、日下です」

《大変なことが起きたぞ》

携帯電話から、いきなり飯岡の大声が響いた。

水谷もこちらに目を向けた。

「何が起きたんですか」

《並木将隆の孫娘が、誘拐された》

日下は絶句した。

すると、飯岡の言葉が続いた。

《ついさっき、県警本部の通信指令センターからの通達があった》

「誘拐の状況は？　通報者は誰ですか」

《通報者は男性としか分かっていない。氏名も身元も不明で、匿名の悪戯電話という可能性も考えられた。しかし、近隣の交番の制服警官二名が、通報に含まれていた住所にあたる並木将隆の家を訪れて確認したところ、異常事態が発覚したとのことだ――》

携帯電話から飯岡の言葉が続く。並木邸を訪れた警察官の問いかけに、しばらく無反応だったものの、突然、自宅玄関から若い女性が裸足で飛び出してきたという。旧姓川添孝明の妻で、誘拐された並木晴美の母親の麗子《れいこ》だった。その証言によれば、今朝、晴美は家の横手の広い駐車場で三輪車に乗っていて、彼女がわずかに目を離した隙に、姿を消したという。その後すぐに電話が掛かってきて、自宅にいた並木将隆が受けたと説明すると、飯岡はさらに言った。

《――受話器を耳に当てた並木将隆が、驚愕の表情に変わるのを、麗子は目にしたそうだ。そして、短いやり取りの末に、電話を切った彼が彼女に告げたのは、晴美が誘拐されたことと、このことを絶対に警察に通報してはならないという厳命だったそうだ》

「母親は、唯々諾々とそれに従ったんですか。娘の命が懸かっているんですよ」

《いいや、激しい言い争いとなったが、並木将隆は命に代えても晴美を取り返してくるから待っていろと言い残して、行く先も告げずに自宅を飛び出していってしまったとのことだ。警察官たちが訪れたのは、その直後だったそうだ》

日下は、返す言葉が見つからない。水谷が眉間に皺を寄せて、こちらを凝視している。

飯岡の声が、日下の沈黙を破った。

《このタイミングで川添、いいや、並木孝明の娘が誘拐されたとなれば、俺たちがいま抱えている例の一件と関係性があるとしか思えない。特殊班の島崎に電話して、今後のことについて打ち合わせをしたところだ》

「どういうことをですか」

《島崎のところの特殊班三名が、いまさっき被害者宅に入り込んで初動に入った。今後、どんな展開を見せるのか、予想もつかない。しかし、この一件で、並木将隆は嫌でも捜査の渦中に巻き込まれることになった。となれば、不謹慎な言い方かもしれんが、こちらの捜査にとっては千載一遇のチャンスと言えるかもしれない》
「孫娘の誘拐事件の捜査にかこつけて、並木将隆本人まで探るということですか」
《そうだ》
なるほど、と日下は思った。十年前の正岡聡子ちゃんの誘拐事件について、並木将隆への疑いが浮上したとき、その犯行を裏付ける決定的なものが何一つないと真っ先に気が付いて地団駄を踏んだのは、飯岡なのだ。
「課長、こちらからも報告があります」
《何だ》
「私たちは、佐田亜佐美さんの三年前の入院について、詳細を確認するために、静岡総合中央病院に植竹医師を訪ねていました。たったいま面談を終えたところです」
《で、どうだったんだ》
「確かに、彼女は三年前の六月中旬に、市内のホテルに滞在中、体調を崩して、静岡総合中央病院に緊急入院していました――」
日下は植竹医師から聞いた経緯を説明し、さらに言った。
「――ただし、注目すべきは、佐田亜佐美さんの手術を担当したのが、正岡満さんだったという点です。《三年前》の出来事がまた増えました」
《だから、何だと言うんだ。確かに、《三年前》の出来事ばかりで、不可解な符合と思いたくなるが、それらを一つに結びつけるものは、何もないじゃないか》
「ええ、おっしゃる通りです。しかし、植竹医師が驚くべき出来事を思い出してくれたんです」

《驚くべき出来事？》
「三年前に、佐田亜佐美さんが入院していた病室から正岡満さんが飛び出してきたのを、植竹医師が目撃していたんですよ」
携帯電話から沈黙が流れた。話の筋道が読めずに、怪訝な表情を浮かべる飯岡の様子を想像して、日下は続けた。
「そのとき、正岡満さんは文字通り、真っ蒼な顔をしていたそうです」
《真っ蒼な顔をしていた——》
「そして、ほどなく、正岡満さんは病院を退職してしまいました——」
携帯電話を握り直して、日下は続けた。
「——課長、どう考えても、そのときの出来事が引き金となって、正岡満さんは病院を辞めたとしか考えられません」
《入院中の佐田亜佐美さんと正岡満さんの間に、いったい何があったというんだ》
「植竹医師にも、それは分からなかったそうです。ただ私は、正岡満さんはこのときに、聡子ちゃんの遺体が天竺村に隠されていることを知ったのだと思います」
《なぜ、そう考えた》
「そう仮定すると、バラバラだったすべてのピースが、あるべき場所にピタリと当て嵌まるからです」
日下は、自分が思い描いた正岡満の退職後の行動を説明すると、言葉を続けた。
「十年前に正岡聡子ちゃんは誘拐され、行方不明になってしまいました。誘拐の実行犯は玉村宏、計画したのは並木将隆です。そして、並木将隆に聡子ちゃんの情報を渡したのは、佐田亜佐美さんだった。そのおり、正岡聡子ちゃんの身の安全について、佐田亜佐美さんは何らかの約束を取り交わしたのではないでしょうか。植竹医師に移植順位が三位のレシピエントに移ったと連絡した時、佐田亜佐美さんが、正岡聡子ちゃんが戻っていないのかと問い質したのは、そのせいだったんですよ。だから、最終的に正岡聡子ちゃんが救われなかったという事実は、強烈なトラウマとなり、彼女を責め苛み続けたんです。しかも、植竹医師の話は、私たちがすでに耳にしながら、その意味を摑み損ねていたことにも気付かせてくれました」

《何を見落としていたというんだ》

「事件当時、佐田亜佐美さんはレシピエント選定チームのチーフでした。そのため、ドナーの候補者が搬送された病院と連絡を取り合って、八月十二日から扶桑臓器移植ネットワークの本部に詰めていました。速水聖子さんも手伝っていましたが、前日も夜勤だったので、佐田さんから帰っていいと言われて、夕刻に帰宅しています。その後、十四日の午前十時少し前に富山弘樹さんがドナーとして正式に認定されたわけですが、実際どの時点で、ドナー適合の結論が出たのかは、佐田亜佐美さんだけしか知らないんです。十四日午前十時よりも早くに、例えば、十三日の早朝、いいえ、十二日の深夜にも結論が出ていれば、ドナーやレシピエントについての情報を、その時点で並木将隆に連絡できるじゃないですか」

携帯電話が、絶句したように沈黙した。それは、飯岡の驚きを物語っていた。

日下は続けた。

「並木将隆が彼女に持ち掛けた計画は、聡子ちゃんを誘拐して、しばらく閉じ込めておくというものだったのだと思います。誘拐して殺害するという残酷な計画なら、彼女が躊躇い、警察に通報しかねません。しかし、閉じ込めて、臓器移植の順位変更が確定したタイミングで解放するのなら、良心の呵責《かしゃく》ははるかに軽い。しかも、佐田亜佐美さんと並木将隆の繫がりは、警察も察知できないという安心感もあったのかもしれません。おそらく、佐田亜佐美さんは家族を支えるための資金援助を条件に、並木将隆の計画に同意してしまったんです。しかしそれでも、やはり気が咎めたのでしょう。川添孝明の移植手術担当である若林医師に、レシピエントの順位が三位から二位へと変更になったということを連絡したとき、佐田亜佐美さんは《二位と三位の点数差はさしてありませんでしたから》と口にしたそうです。その言葉は、己の罪悪感への精一杯の言い訳だったのだと思います」

するると、飯岡の声が響いた。

《確かに、筋は通る。しかし、娘の遺体の隠し場所について何らかの情報を得たのなら、正岡満さんは、どうしてすぐに警察に通報しなかったんだ》

「手術を受けた病人から何らかの情報を摑んだという以外に、確たる証拠も証人もなかったからではないでしょうか。そんな状況で通報しても、警察は真剣に耳を傾けてくれないだろうという判断があったのかもしれません」

《そのとき、正岡満さんは、佐田亜佐美さんを厳しく問い質さなかったのだろうか》

「当然そうしたと思います。しかし、佐田亜佐美さんは玉村宏のことまでは聞いていなかったのかもしれませんし、並木将隆のことは、絶対に白状するわけにはいかなかったんですよ」

《どうしてだ》

「弟の康彦さんは、心臓移植の手術が成功して健康になり、幸せに暮らしているんですよ。真相が明るみに出れば、誘拐という凶悪な犯罪の上に成り立っている弟の人生が壊れることは目に見えています。我が身を捨てて、並木将隆の邪悪な申し出に同意し、やっと手に入れたたった一つの希望を、失いたくないと思ったとしても無理もなかったかもしれません。そして、聡子ちゃんに対する罪悪感と、正岡満さんからの執拗《しつよう》な追及で、心身ともに追い詰められた彼女は、浜松の実家に逃げ帰り、飛び降り自殺を図った。こうして、天竺村の遺体の隠し場所の情報や、誘拐事件の真相を知る術を失った正岡満さんは、八月のお盆の頃から、あの廃村で必死になって娘の遺体を捜し回ったんです。

　今回、課長が正岡満さんに聡子ちゃんの遺体が発見されたと電話で連絡した時点で、彼は佐田亜佐美さんから摑んだ何らかの情報が、やはり正しかったのだと確信したことでしょう。にもかかわらず、面談に訪れた私や水谷に、そのことを一言も口にしませんでした。正岡満さんは、佐田亜佐美さん以外に、誘拐の主犯がいるはずと確信して、憎むべきその人物を見極めることができるまで、じっと息を潜めて待つことを決意したんです」

《だが、正岡満さんは、並木将隆があの誘拐に関わった可能性をどうやって知ったと言うんだ》

「その点だけは、私にも分かりません」

《おまえの考えは分かった。水谷とともに、すぐに並木邸へ急行しろ。住所は、静岡市葵区常磐町二丁目――だ。並木将隆については、県内全域に指名手配した。それから、別件に向かわせた山形と細川を呼び戻して、正岡満さんの所在についても、すぐに確認させる。少しでも不審があれば、ただちに身柄を拘束するし、行方をくらましていれば、重要参考人として指名手配する》

「了解しました」

　そう言うと、日下は立体駐車場へ歩き出した。

「どうしたんですか」

　肩を並べた水谷が、身を震わせて言った。

「並木邸に急行するぞ」

「並木邸？」

「並木将隆の孫娘が誘拐されたんだ」

「えっ、本当ですか」

聞いたこともないほどの大声を出し、水谷の顔が歪んだ。

「子細は、途中で説明する」

日下は足を速めた。

3

島崎蓮二警部は、腕時計に目をやった。

午前十時二十三分。秒針の動きにつれて、嫌な予感が時々刻々と募っていく。彼は、静岡中央署の講堂に設営された、誘拐事件対応の指揮本部にいた。講堂の中央にスチールデスクを十数個集めて設えられた指揮台に、彼は着いている。目の前にはマイクスタンド、警電、モニター画面などが置かれている。

窓際に列をなした長机に、無数の通信機器や警電、夥しい数のモニター用のディスプレーやスピーカーも並んでいた。反対側の廊下側沿いには、ホワイトボードが設置され、事件経過の詳細な記録、関係者の氏名、年齢や住所などの人定が書き出されている。現場周辺の詳細な地図も貼り出されていて、関連箇所に赤いサインペンで印が書き込まれていた。下座のスペースにずらりと並べられた横長のスチールデスクとパイプ椅子には、かなりの数の捜査員たちが詰めており、入れ代わり立ち代わり、ホワイトボードへ近づいて、そこに記された内容を手元の手帳に書き写している。

五分ほど前に、並木邸に入り込んだ特殊班から、犯人からの脅迫電話が掛かる状況を想定した待機態勢が完了したとの報告があった。その後、じりじりした思いで待ち続けているものの、犯人からの連絡はない。県内全域に指名手配された並木将隆についても、所在は依然として不明のままだった。自宅から飛び出した彼は、自家用車でどこかへ向かっているものと推定されていた。車種はメルセデス・マイバッハSクラスで、色はパール・ホワイト、ナンバーは、(静岡330る——)である。

もしかしたら、誘拐犯は二度と電話を掛けてこないかもしれない。島崎が思い浮かべたのは、静岡中央署の飯岡と、それ以前に日下から耳にしていた情報が一つに縒《よ》り合わさった筋読みだった。

レシピエントとドナーについての厳重に秘匿されていた情報を並木将隆へ密かに流したのが、臓器移植コーディネーターの佐田亜佐美なのではないか。そして、三年前たまたま彼女の大腸憩室炎の手術の執刀と治療に当たった正岡満が、これらの事件の裏側に隠されてきた真相に気が付いたのではないかというものだ。

島崎は飯岡と連携して、それらの関係者の所在確認と《行確》の手配に入った。今回の誘拐を行ったのが仮に正岡満だとしたら、その目的が身代金であるわけがない。誘拐を主導した並木将隆への復讐《ふくしゅう》に決まっているのだ。

たった一度だけ掛かってきた脅迫電話を受けた並木将隆もそう考えたからこそ、麗子に厳重に口止めをして、行先も告げずに自宅を飛び出したのだろう。しかし、その判断が、悲劇の連鎖に繋がるということが想像できないのだろうか。並木将隆が立ち向かえば、正岡満が幼い並木晴美に手を掛ける可能性が高い。一つの幼い命が、またそこで失われる。そうなれば、正岡満自身も、生き続けようとは考えないかもしれない。いや、今回の誘拐に手を染めた瞬間から、あの男は自らの命を絶つ決意だと考えた方が、たぶん真実に近いだろう。

島崎は、来年の三月で定年を迎える。その土壇場に来て、またしても嫌な事件に遭遇してしまったと思わずにはいられなかった。

そのとき、無線のスピーカーから音声が響いた。
《こちら、山形・細川班。清水市内の正岡満さん宅を訪れて、その所在を確認しました》
島崎は指揮台の上に置かれたハンディー・マイクのスタンドを素早く引き寄せて言った。
「自宅にいたのか」
《いませんでした。妻の正岡浩子さんによれば、正岡満さんは今朝自宅を出たまま、家に戻っていないとのことです。自家用車も見当たりません。車種は白いトヨタ・クラウンで、ナンバー・プレートは――》
島崎は、山形が報告する車の情報をメモに書き写すと、マイクスタンドを握り締めて声を張り上げた。
「行先は分かっているのか」
《いいえ、浩子さんの気が付かないうちに、いつの間にか姿を消していたとのことです》
言葉を失ったまま、島崎は考えを巡らせる。今朝、並木晴美が自宅横の駐車場付近から姿を消した。そして、その少し後で電話が入り、それを受けた並木将隆が、晴美が誘拐されたことを並木麗子に言い残し、行先も告げずに車で走り去ったのだ。この状況に、正岡満の不可解な出奔を重ねると、おのずとそこに一つの構図が浮かび上がってくる。
正岡満は何らかの手段によって、十年前の誘拐事件の首謀者が並木将隆であると知ったのだ。そして、憎むべき仇を追い詰める挙に打って出たに違いない。
島崎はマイクに口を近づけて言った。
「よし、山形たちは、そのまま正岡邸に張り付け。正岡満さんから連絡があった場合に備えろ」
《了解しました》
スピーカーから山形の声が響くと、島崎はすかさず手元のスイッチを切り替えて、再びマイクに口を近づけた。

「こちら指揮本部の島崎だ。静岡中央署管内の全捜査員、全捜査車両、緊急手配を命ずる。マル対は正岡満。年齢は、五十六歳。車両で走行中の可能性がある。乗車車両は――」

4

「日下さん、いまのを聞きましたか」

ハンドルを握る水谷が、またしても大声を張り上げた。

「ああ、とんでもないことになった」

島崎からの指令が車載無線に飛び込んできたのは、まさに並木邸まであと二キロという位置だった。日下は言葉を続けた。

「こうなってみると、晴美ちゃんをさらったのが正岡満さんだということは、もはや疑問の余地はないぞ。しかし、あの人は、どうやって並木将隆の存在を知ったんだろう」

その言葉に、ハンドルを握る水谷は、無言のままだった。日下がちらりと目を向けると、どうしたわけか、その横顔が呆然としたような表情になっている。

だが、事態がついに急展開を始めたという興奮のせいで、日下の思考の視座は勝手に切り替わっていた。最高級のベンツのハンドルを握る並木将隆は、いまどんな気持ちだろう。とんでもないことを仕出かしてしまった、と後悔の念を覚えているのだろうか。それとも、自分のせいで、幼い孫娘が誘拐されて、殺されるかもしれないという不安に慄《おのの》いているのか。いや、正岡満が抱いている己に対する憎悪と殺意を感じて、恐怖に捉われているかもしれない。逆に激しい反発を覚えて、相手を逆恨みしている可能性もある。あるいは、我が身に迫る逮捕へのこれ以上ない恐れを抱いているだろうか。誘拐した人間を死に至らしめれば、その罪の量刑は、ほぼ間違いなく極刑なのだから。

日下は、フロントガラスを通して、道路を埋め尽くしている夥しい車両に目を向けた。真夏の厳しい陽射しを浴びて、どの車体もハレーションを起こしたように白っぽく輝いている。この車の群れのどこかに、獣のように目を血走らせた並木将隆もいるはず。

いったい、並木将隆はどこへ行ったのだ――

正岡満は、何をしようとしているのだ――

そこまで考えたとき、脳裏にふいに閃《ひらめ》くものがあった。

瞬時に確信を覚えて、彼は車載の通信機のマイクを握ると、手元の通話スイッチを押しながら言った。

「こちら日下・水谷班です。島崎警部、一つ緊急の進言があります」

スイッチを切ると、スピーカーから、ザーという雑音が流れ、それが止むと声が響いた。

《島崎だ。緊急の進言とは何だ》

「正岡満さんが並木将隆を呼び出した先は、天竺村ではないでしょうか。並木将隆をあの廃村に呼び出し、誘拐の罪を認めさせ、謝罪させたうえで、最後に仇を討つつもりだと思います。そう考える根拠は、晴美ちゃんが誘拐されたという匿名の通報の存在です。通報した人物は未だ不明のままですが、その人物は、正岡満さん自身ではないでしょうか。警察を自ら動かすことで、過去の事件の真相を明らかにさせようとしているのかもしれません。もちろん、この筋読みには、何一つ裏付けがありません。それでも、私たちが天竺村に急行することを許可願います」

つかの間、無線機が沈黙したものの、すぐに音声が響いた。

《日下、その読みに、俺も個人的には賛成だ。しかし、裏付けがまったくない現状で、何人もの

捜査員を天竺村に投入する賭けには出られん。おまえたちだけ急行して、状況確認しろ――》

「了解しました」

通話スイッチを切ると、日下は水谷に言った。

「予定変更だ。国道一号線を進み、静岡駅正面のデパートの角を右折してくれ。県道二七号線に入り、北上して県道二九号線に向かう」

水谷が無言のまま、大きくうなずいた。

5

あの場所には、絶対に近づかないようにしていた――

それなのに、いつどこで、道を間違えてしまったのだろう――

両側に続く緑の山並みを見やりながら、ベンツのハンドルを握る並木将隆は思う。

十年前、幾晩も眠れぬ夜を過ごし、熟慮を重ねた末に、最終的に採った判断は、やむを得ないものだった。いまでも、その考えを変える気は微塵もない。一代で築き上げた学校なのだ。あの学校を、絶対に他人の手に渡すものか。自分は子供を持てなかった。だから、甥の川添孝明を幼いころから、我が子同然に可愛がってきたのだ。そして、学校経営が上向いてくるにつれて、いつしか彼に事業を継がせたくなった。それができなければ、これまでの死に物狂いの努力は何のためだったというのだ。

平成二十四年五月十日、並木将隆は川添孝明がレシピエントの登録をした病院で、佐田亜佐美と出会ったときのことを、思い浮かべる。いまになってみれば、彼女が並木学園の卒業生だと分かったことが、すべての発端だったと思えた。並木という姓に、彼女が《もしかして、並木学園と何かご関係があるのですか》と水を向けてきたのだ。話が弾んで、佐田亜佐美が同情の言葉とともに、弟も実はレシピエントなのだと口にしたのだった。

ところが、それから半年が過ぎても、孝明に適合するドナーが現れず、病状は悪化する一方だった。業を煮やした将隆は、強引に聞き出しておいた佐田亜佐美の携帯電話に連絡を入れた。

《いつになったら、ドナーは現れるんですか》

《ドナー登録された方がいつお亡くなりになるか、誰にも予想できませんから、それは分かりません。それに、個人的に電話してこられても困ります》

《お願いですから、そんな薄情なことを言わないでください。あなただって、レシピエントの弟さんを持つ身でしょう。私の気持ちが、理解できるはずじゃないですか》

そう口にした時だった、将隆の胸に思ってもみなかった一つの考えが閃いたのは。

《佐田さん、一つ、あなたに提案があるのですが》

《提案?》

《ええ、私たちだけの、とても重大な提案です――》

将隆は、甥に適合するドナーの出現と、そのときに待機しているレシピエントについての情報を教えて欲しいと口にしたのだった。途端に、受話器は沈黙してしまった。しかし、沈黙は拒否とは違う。相手が、迷っている証《あかし》なのだ。

《レシピエントの弟さんを抱えての生活は、かなり大変なんじゃありませんか。しかも、私のところと同様に、いつドナーが現れるか分からないんでしょう。――どうでしょう、ここは相身互《あいみたが》い、協力し合おうじゃありませんか。そうすれば、大切な肉親の命を助けることができる。愛する者の命を救って、どこがいけないというんですか》

二時間以上もかかって口説いた末に、佐田亜佐美が小さく震える声で、《分かりました》と言うのを、将隆は耳にしたのだった。
そして、平成二十五年三月八日の昼過ぎに、佐田亜佐美から連絡があったのだ。
《並木さん、弟のドナー候補者が現れました。脳死状態で、いまご家族からの臓器移植の同意を取り付けたところです》
《それは本当によかった。移植手術は明日ですか》
《いいえ、これからドナー認定の手続きと各種の検査に入りますから、摘出と移植は、明後日《あさって》になると思います》
佐田亜佐美の躊躇いがちの言葉を耳にして、並木将隆は言った。
《約束通り、術後の生活費は十分に銀行の口座に振り込みますよ。その代わり、あなたも約束を守ってください》
教えられた銀行口座に約束の金額を振り込むと、すぐに佐田亜佐美から連絡が入り、弟の手術が成功したと泣きながらお礼を伝えてきたのだった。さらに、その後二度電話があり、弟が回復に向っていると、くどいほどの感謝の言葉を告げたのである。
だが、その後も、孝明に適合するドナーはなかなか現れなかった。我が子とまで思う若者が、目の前で病魔に蝕《むしば》まれて、日に日に窶《やつ》れ衰えてゆく様子を見せつけられるのは、己の肉体を責め苛まれる以上の拷問に等しかった。どうか、一日も早くドナーが現れてくれ。学校事業に狂奔していた時でさえ、けっして神仏に縋ることはなかったにもかかわらず、将隆は毎晩のように心底から祈ったのだ。それが叶《かな》うのなら、たとえこの身がどうなろうとかまわない、と。
腎臓移植のドナー候補者が現れたという連絡が佐田亜佐美から入ったのは、その年の八月十二日の午後十一時少し前だった。ところが、甥のレシピエントとしての臓器移植の優先順位は三位だという。だから、孝明が臓器移植を受けるためには、上位にいる人間を、どうにかしなければならなかった。
《どうなさるおつもりですか》
佐田亜佐美の押し殺したような声が、受話器から漏れた。
《佐田さん、あなたのお力で、レシピエントの優先順位を変えていただけませんか。移植コーディネーターのチーフなら、それくらいできるでしょう。お礼については、別途お支払いしますよ》
《無理です。そんなことは絶対にできません。移植コーディネーターはチームで動いています。不自然な順位の変更があれば、すぐにほかの人たちに勘づかれてしまいます》
将隆は瞬時に考えを巡らせた。
泣き落とし。
買収。
脅し。
あらゆる手段を思い描いたものの、どれも却下せざるを得なかった。相手も重い病に苦しみ、身に迫る死に怯え、家族はその命を救いたいと死に物狂いになっている。どんな手段を講じても、移植の順位の変更に応ずるはずがない。意を決し、彼は言った。
《優先順位一位か二位の方に、しばらくの間――そう、二晩だけ姿を隠してもらいます》
受話器の向こうで、息を吞む音がした。間をおかずに、彼は言葉を続けた。
《佐田さん、あなたには大金をお支払いしました。それに禁じられている情報を、私に教えてしまったんだ。後戻りはできませんよ》
《絶対に、どんなことがあっても二晩だけですよ、レシピエントを隠すのは。それに隠す場所を、私にも詳しく教えてください。これだけは、絶対に譲れない条件です》

念を押すように、佐田亜佐美が言った。

《分かりました。二晩だけ、それに隠した場所もちゃんとご連絡します。私だって鬼じゃない》

そして、優先順位一位と二位の人物についての詳しい情報を聞き、レシピエントへの連絡は十四日の朝まで待つように頼んで、電話を切った。一位の人物は、ある中堅企業のオーナーの御曹司だった。実情を確かめてみるまでもなく、その周囲には多くの人の目があることが予想された。そこで、彼は市井の暮らしを送っているという二位の正岡聡子という子供にターゲットを絞ったのだ。

しかし、どうやって略取して、どこに隠すか、将隆は考えあぐねた。誘拐と身代金を奪う芸当を、一人で行うことも不可能に思えた。それでも、胸の裡で叫んだのだった、これしきのことで白旗を掲げる柔《やわ》な人間ではないぞ、と。

そして、あのとき、とうとう解決策を思いついたのだ、と彼はハンドルを握りしめてうなずく。

晴美のことも、絶対に無事に取り戻してみせる。

この絶体絶命の窮状から抜け出す手立てが、必ず何かあるはず。

並木将隆は、ベンツのハンドルを握る手に再び力を籠めた。

## 6

覆面パトカーのフロントガラス越しに、三十メートルほど前方で、コルベットスティンググレーの赤い車体が速度を落とすのが見えた。

ナビの画面で、地図を見やっていた井上が言った。

「岸本さん、やつが停まった地点は、静岡市駿河区西中原ですよ」

「何が言いたい」

赤い車体から降り立つ牧原健二から目を離さぬまま、岸本は言った。

「あそこに建っているのは、《いずみ荘》です。十年前に玉村宏が住んでいたアパートですよ」

「やはり、牧原健二は何かを思い出したんだ。――車を停めてくれ」

覆面パトカーが路肩に停車した。

岸本は助手席側から素早く降り立った。運転席側のドアから、井上も外に出た。二人はすぐに《いずみ荘》へ足を向けた。

《いずみ荘》の一〇四号室の玄関前に、牧原健二が立っている。ズボンのポケットから鍵束を取り出して、玄関錠の鍵穴に差し込んで、ドアを開けると、部屋の中に姿を消した。父親から家作を受け継いだときに、予備として手元に残しておいた鍵だろう。

「あの一〇四号室には、現在、入居者はいないと山形さんたちの報告にありましたよね」

井上が、声を潜めて言った。

「玉村宏の私物なら、残らず父親が引き取ったはずだぞ」

岸本は言った。二人は、《いずみ荘》の横手に身を隠している。

「誘拐事件に関わる物なら、どこか見つかりにくいところに隠したんじゃないですか」

その言葉を耳にした刹那、岸本の頭の中に閃くものがあった。山形たちが面談した、玉村宏の父親の言葉である。同時に、牧原健二が動いた動機にも、思い当たるものがあった。春日町駅近くの自宅前で聞き取りをしたとき、牧原健二はズボンの後ろポケットに競馬新聞を差していた。

それに、山形たちが不動産屋から聞き込んだ内容にも、牧原が競馬に熱を上げているという報告があった。競馬で儲けたという話はめったに聞かないが、すった話はいくらでも耳にする。負けが込んで金に窮していたところへ、刑事が訪ねてきて、十年前の玉村宏のことを訊いた。そこで、何か金に繋がることを思い出した——十分にあり得る。
そのとき、牧原健二が姿を現した。その手に、黒っぽい物が握られていた。
「どうします」
井上が言った。
「職質《バン》を掛ける」
短かく言うと、岸本はアパートの陰から身を乗り出した。
井上が付き従う。
二人が牧原健二の背後に近づいたとき、彼が振り返った。
その顔に、驚愕の表情が浮かび、牧原健二がいきなり駆け出した。
井上がすぐに追いかけた。
岸本も、懸命に追い縋った。
十メートルほど先で、井上が牧原健二に追いつき、その腕を押さえ込んだ。
二人がもつれるようにして、路面に転がった。
岸本も二人に駆け寄ると、息を切らしたまま言った。
「牧原、どうして逃げたんだ」
牧原健二の手から、何かが路面に落ちた。
それは、黒いスマホだった。

## 7

廃屋手前の広場のような場所で、並木将隆はベンツを停車させた。

ハンドルに手を置いたまま、息を整える。

目だけで、周囲を見やった。

崩れたり、傾いたりした家屋や納屋の黒々とした残骸が、そこここに残存している。

だが、動くものは何もなかった。

上着のポケットから折り畳みナイフを取り出し、刃を伸ばした。若い頃に登山で使っていたものだ。ナイフを隠すようにして持つと、ドアを開けて外へ出た。

途端に、四方から蟬の鳴き声が押し寄せてきた。

全身が、蒸し暑い熱気に包まれる。
二、三歩、目の前の傾いた納屋に近づく。
異臭が、鼻を突く。

見たこともない光景だった。

それでいて、どこかで出会ったことのあるような、奇妙な感覚に襲われる。

同時に、過去の記憶が甦ってくる。

玉村宏――

泣きついてきた祖母の涙にほだされて、卒業生が経営する会社への就職を斡旋してやった若造。生きてゆくうえでの最低限の努力すら厭《いと》い、世の中を舐《な》めた性根の腐りきった負け犬。せっかく、まともな仕事口を手に入れたというのに、下らないギャンブルに身を持ち崩して、後ろ足で砂を掛けるようにして、仕事を投げ出したのだ。

そのくせ、とことん金に窮した挙句、佐田亜佐美の腎臓移植のドナー候補者が現われたという電話から三十分ほど経った頃に、媚《こび》を含んだ声で連絡してきたのだった。

《伯父さん、また仕事口を世話してもらえませんか》

思えば、受話器から響いたあの言葉こそ、悪魔の囁きだったのかもしれない。
つかの間、返答に迷っているうちに、あの誘拐計画が頭の中でスルスルと描かれて、発端から結末に至るまでの長い絵柄が、くっきりと脳裏に思い浮かんでしまったのだ。
その深夜、将隆は電話で玉村宏を呼び出すと、運転するベンツを静岡駅前のロータリーに乗り入れて停めた。歩道にいた玉村宏が声を掛けてきたのは、彼がサイドガラスを下ろしたときだった。
《伯父さん、わざわざ来てもらって、申し訳ありません》
《ともかく乗れ。走りながら話をしよう》
《はい》
将隆は夜の国道一号線を走行し始めてから、さりげなく玉村宏の横顔を見やった。こいつを利用するにしても、些細な証拠はおろか、関わりの痕跡すら残すわけにはいかない。だからこそ、走行中の車内での相談を選択したのだ。と、そこまで考えたとき、ふいに迂闊な見落としに気が付いた。
《宏、携帯電話を出せ》
《えっ、——ああ、分かりました》
言うと、玉村宏は面倒臭そうにスマホを出した。
片手でハンドルを操作しながら、携帯電話の録画や録音機能が作動していないことを確認すると、将隆は言った。
《よし、明日、一つ仕事をやる》
《どんな仕事ですか》
《金が欲しいんだろ》
《ええ、もちろんです》

《それなら、言う通りにしろ。そうすれば、おまえに大金をやる》
《大金ですか。それって、ヤバい仕事なんじゃないんですか》
一瞬、玉村宏がこっちを見て言った。
《世の中は、仕事の重みで、見返りの大きさが決まる。金が欲しいなら、そんなことにこだわるんじゃない——嫌なら、この話はなしでもいいんだぞ》
《分かりました。どんなことでもやります》
《それでいい。ただし、金を受け取ったら、二度と電話を掛けてくるな。顔を見せることも、まかりならん。こう見えても、その筋の人間にも知り合いがいるんだ。この意味が、分かるだろうな》
《ええ、もちろん分かっています。それで、伯父さん、いくら貰《もら》えるんですか》
《一千万円で、どうだ》
助手席に座っている玉村宏が、息を呑むのが分かった。予想を超えた金額に驚いただけでなく、仕事の内容が、想像以上にただならぬものだと察したのだろう。
《何をすればいいんですか》
《JR清水駅近くの江尻町にある正岡満という表札のある家に近づいて、そこの主婦が出かけるのを見張れ。そして、主婦が出かけたら、すぐに家の玄関戸を慌てたように叩くんだ——》
説明を続ける自分自身の声が、将隆は悪魔の囁きのような気がした。
《——女の子が出てきたら、ドナーが現れたので、すぐに来てくださいと言え。移植手術のための手配が差し迫っています。一刻の猶予もありません。遅れたら、大変なことになります——そう捲《まく》し立てて、有無を言わせず玄関から連れ出し、車に押し込めてすぐに出発するんだ》
話を聞く玉村宏は、目を大きく見開いたまま無言だった。
《女の子は不審を覚えて、すぐに騒ぎ出すだろう。そのために、女の子を縛り上げる縄と、猿《さる》轡《ぐつわ》に使う手拭いも用意して行け。そして、女の子をどこか人目につかない場所に、逃げ出せないようにして隠せ。おまえ、そういう手ごろな場所を知らないか》
一瞬、車内に沈黙が落ちたが、玉村宏がすぐに言った。
《県北の廃村で、昔は天竺村って呼ばれていた場所があります。何軒かまだ崩れていない廃屋が残っているから、子供を縛ってその中に閉じ込めますよ》
《どんな廃屋に閉じ込めるつもりだ》
《裏手に、掘り抜き井戸のある家があるんです。その村で一軒だけだから、すぐに分かります》
《分かった。それでいい》
《でも、いつまで閉じ込めておけばいいんですか。まさか、見殺しにするんじゃないですよね》
危ぶむような口ぶりで、玉村宏が言った。
《女の子を閉じ込めておくのは、二晩だ。その間、五時間おきに水を飲ましてやれ。明日八月十三日にさらうんだ。そして二日後の十五日の昼過ぎに、人のいない、車の通りかかりそうな場所で女の子を解放しろ。それから、俺の携帯に連絡しろ。金はどこかで直に渡す。その後、住まいを引き払って、静岡を離れろ。そして、二度と帰ってくるな》
言いながら、将隆は胸の裡で計算していた。二位のレシピエントには、二晩姿を消してもらい、その間に身代金を要求して、警察の裏をかいてそれを奪取し、営利誘拐だと見せかけなければならない。身代金奪取の計画はとうに練ってあった。
玉村宏が、大きく息を吐いた。
《分かりました。言われたとおりにやります》
《よし、静岡駅に引き返すぞ》
言うと、将隆は携帯電話を玉村宏に返したのだった。

あの刹那に、歯車は回り始めたと言える。レシピエントの母親に送りつける手紙と、行動の指示を与えるメモを作り、ホームセンターでタイマーを購入した。店舗内外の防犯カメラに映り込んでも、氏素性が分からないように、帽子を被り、マスクを着け、むさくるしい作業服まで着込んだことを覚えている。

それから、静岡駅まで車を回して、周囲に慎重に気を配りながら、駅ビル内の南口側にある公衆電話機が置かれた台の裏側に、マグネットでメモを貼り付け、タイマーを設置した。手紙の入った封筒を投函したのも、静岡駅近くだった。

孝明、待っていろ――

必ず、臓器を移植させてやるからな――

胸の裡で、何度も何度もつぶやきながら、懸命に作業を続けた。そうでもしなければ、気持ちが挫けそうな気がしたからだ。

本当にいいのか――

いまからでも、遅くないぞ――

もう一度、考え直すんだ――

どれほど振り払っても、別の声が執拗に纏わり付いてきた。だが、家に帰り着いたとき、彼は佐田亜佐美に電話を掛けて、レシピエントを天竺村に連れていき、裏手に掘り抜き井戸のある廃屋に閉じ込めることを知らせてしまった。

次の日の早朝、自宅の受話器を手にしたときの感触すら、いまも掌に残っている。

《宏、準備はできているか》

《ええ、車は用意してあります。何時でも出発できますよ》

《よし、これからすぐに仕事に取り掛かるんだ》

その日の午後二時過ぎに、玉村宏から電話が入り、正岡聡子を誘拐して天竺村の廃屋へ隠したという報告があった。

翌日の十四日、終日テレビを点けていたが、ついに誘拐事件発生の報道はなかった。

そして、八月十五日の朝、将隆は作業服に庇《ひさし》の付いた帽子を深く被り、静岡駅の雑踏に紛れ込むと、正岡浩子の後から東海道本線の車両に乗り込んだのだ。息が掛かるほど近くに立っていたにもかかわらず、彼女はこちらにまったく気が付かなかった。

やがて、安倍川駅に到着し、彼女がホームへ降りた直後、車内に残されていた身代金の入った紙袋を素早く回収すると、渡り通路の改札口周辺の混雑に紛れ込んで、そのまま反対側の上り線ホームへ行き、入ってきた車両に乗り込んだのだった。

家に戻ったときは、文字通りの虚脱状態だった。電話の呼び出し音で我に返ったのは、日が傾いた頃だったことを覚えている。その電話は玉村宏の祖母からで、彼が午後三時頃に交通事故で死んだという知らせだった。場所は、県道二九号線。あの廃村に向かっている途中で、事故を起こしたのだ。

あのときの感覚は、どう言い表せばいいのだろう。喉を締め付けられるような焦燥感。取り返しのつかないことに手を染めてしまったという絶望感。どうして、こんな愚かなことを仕出かしたのかという、息詰まるような後悔。

警察に連絡しよう。女の子の命は助かるかもしれない。いいや、いまから天竺村に赴いて閉じ込められている女の子を救い出して、解放してやればいい。そう思い付いた途端に、悪意に満ちた囁きが聞こえてきた。廃村にいるところを誰かに見られたら、すべてがお終《しま》いだぞ、と。

もはや、後戻りできない。そう決断を下すまでに、時間はかからなかった。佐田亜佐美にも、敢えて何も知らせなかった。いずれ、正岡聡子が誘拐されて行方不明のままということは知れ渡る。しかし、彼女も誘拐の共犯であり、自ら犯行を言い立てることはないと判断したからだった。

それからが地獄だった。一日として、被害者のことを思わない日はなかった。罪の露見を恐れて、何度も悪夢に魘《うな》された。それでも一日、また一日と、少しずつ心の安寧を取り戻した。

ところが、八年が経過して、もう大丈夫だと胸を撫でおろしたとき、インターネット上で、廃村となった天竺村で子供の泣き声が聞こえるというブログを偶然目にしてしまった。どこの誰が、あの一件を穿《ほじく》り返そうとしているのだろう。

今朝、自宅に掛かってきた脅迫電話の男の声が、はっきりと耳に残っていた。

《並木晴美は預かった。生きて返して欲しければ、本日午後四時までに、並木将隆本人が、十年前に誘拐させた正岡聡子を隠した場所まで来い。一秒でも遅れたら、取引は終了だ。並木晴美の命はないものと思え》

いま自分は、その忌まわしい廃村にいる。

喧しい蝉の鳴き声が、彼の耳に戻ってきた。

耐え切れなくなり、並木将隆は納屋を迂回すると、目に留まった倒壊していない一軒の小さな家に近づいた。

足を止め、もう一度、周囲をゆっくりと見回す。

「おい、私は来たぞ――」

怒鳴り声を張り上げた。

こめかみに、汗が流れ落ちる。

ふいに、嫌な予感に襲われた。

もしかしたら、晴美をさらった犯人はもっと残酷なことを考えているのではないか。

端から、晴美を生きて返す気などなかったとしたら、どうだろう。

とっくに殺されて、どこかに埋められていないと、誰が断言できる。

それでも、俺がここへ来ると確信していたに違いない。

そのうえで、自らは姿を見せず、いつまでも焦らす気かもしれない。

俺がどれほど腹を立て、憤り、あるいは哀願の声を張り上げても、一切反応せずに、この村を囲む雑木林のどこかに潜んで、冷酷な眼差しでこちらを見つめる気か。

こちらを放置して、そのまま姿を消そうと考えていたとしてもおかしくない。

なぜなら、犯人が姿を現すまで、俺がここを立ち去ることができないと知っているから。

絶望に苦しむ俺を、この廃村に生き埋めにする気なんだ。

そのとき、背後でかすかに物音がした。

並木将隆は、ハッとして振り返った。

8

ホンダ・ヴェゼルは、両側を木立に挟まれた土の道を走っていた。

いつ何時、並木将隆の乗っているベンツと遭遇するか分からない。ハンドルを握る水谷の運転が慎重になっていることが、助手席にいる日下にもはっきりと感じられる。いや、出くわす可能性なら、正岡満のクラウンも同じだ。

やがて、天蓋のように空を覆っていた樹木が途切れて、その先の広場のような場所が目に飛び込んできた。

「係長、ベンツが停まっています」

ずっと無言だった水谷が、いきなり叫んだ。

ナンバー・プレートは、（静岡330　る――）だった。

「思った通りだ。正岡満さんは、やはり並木将隆をここへ呼び寄せたんだ」

日下は無線機のマイクを握り、通話スイッチを入れた。

《――こちら、日下・水谷班、ただいま、天竺村の入り口付近で、並木将隆の車を視認しました――》

＊

講堂に設置されているスピーカーから、日下の息せき切った声が響いた。

途端に、指揮本部内に、人々の大きなどよめきが広がる。

指揮台にいた島崎は、弾かれたようにマイクスタンドを握り、言った。

「そこに、正岡満さんはいるのか」

ザーッと雑音が入り、すぐに音声が続いた。

《――近くに、人影は見えません――》

「よし、引き続き、廃村の奥を慎重に調べろ」

《マル対や並木将隆を発見した場合は、どうしますか》

つかの間、島崎は言葉に詰まる。強硬策に出るべきか。それとも、まだ待つべきか。

迷いの理由は、二つあった。一つは、さらわれた並木晴美の存在だった。通常、この場合に採るべき選択肢は、強硬策以外にあり得ない。まず間違いなく、正岡満は単独犯だ。捜査員たちを殺到させて逮捕すれば、それで一件落着となる。

しかし、ここで強引に正岡満を逮捕したとして、はたして、被害者の居場所をあっさり白状するだろうか。自らの手による並木将隆への復讐が叶わないのなら、頑として黙秘を続けて、被害者をどこかで衰弱死させる。逮捕されて追い詰められた正岡満が、そんな究極の仕返しを決意するかもしれない。

もう一つの逡巡の理由は、並木将隆の罪のことだった。彼が十年前の誘拐を主導し、玉村宏に実行させたという証拠は何もないのだ。もしも、ここで正岡満が逮捕となり、並木晴美を無事保護できたとしても、並木将隆の犯した罪を追及することが可能だろうか。無罪請負人などという業腹な弁護士連中を動員し、あらゆる法的な手段を繰り出して、限りなく疑わしくはあるものの決定的な物証も証人もないという法的裁定を、裁判官からもぎ取る可能性は、きわめて大きい。

だが、島崎は意を決し、マイクに口を近づけた。

「状況次第では、二人でマル対と並木将隆の身柄を確保しろ」

《了解しました》

スピーカーから日下の声が響くと、島崎はスイッチを切り替えて、マイクに向かって告げた。

「並木将隆は県道二九号線を北上し、入島付近の脇道の先の廃村にいる可能性が高い。静岡中央署管内の全捜査員、全捜査車両はただちに当該地点へ急行せよ」

＊

日下は、水谷とともに腰を屈めたまま、少しずつ前進していた。

二人は、倒壊した一軒の大きな廃屋の陰から、ほんのわずかに顔を覗かせて、二十メートルほど先に立っている正岡満に目を向けていた。ぼそぼそとした声が、日下の耳に届くものの、蝉の大合唱のせいで、話の内容まではほとんど聞き取れない。強い陽射しに、頭や背中をじりじりと焼かれ、額から汗が流れ落ちる。

日下は、インターカムの接話マイクに囁いた。

「マル対を発見しました。並木将隆もいるようです。例の廃屋のそばです」

たちまち、イヤフォンから島崎の声が返ってきた。

《了解した。ただちに応援を向かわせる》

連絡を終えると、すぐに水谷が小声で言った。

「どうしますか」

「このままでは埒が明かん。もう少し接近する」

日下は、斜め前の納屋のような建物を顎でしゃくった。この廃屋の背後から回り込んで、横手に張り付き、壊れかけた板壁を目隠しにして進めば、正岡満から七、八メートルの位置まで接近できる。

手招きし、日下は音を立てぬように廃屋の背後へと退いた。水谷もついてくる。廃屋の裏手に回ると、隣に並んだ納屋へと移動した。二棟の建物は、かつては整然と建ち並び、その間の細い通路を、ここで暮らしていた人々が毎日のように通り抜けていたのだろう。だが、いまは建物同士が肩を寄せ合う形で崩れて、通路も狭くなっている。しかし、体を斜めにして慎重に入り込めば、先に進めそうな隙間があった。

「ここの方が、さらに近づけるぞ」

日下は、声を潜めて言った。

「行きましょう」

水谷が囁く。

日下が先頭になり、隙間に身を滑り込ませた。

後から、水谷も入ってきた。

直射日光が遮られたせいで、暑さから解放された。だが、埃と黴の臭いに辟易させられる。足元で腐っている部材の不潔感に、本能的に身が竦《すく》む。壁土が落ちて剝き出しになった竹を組んだ木舞《こまい》や、ささくれ立った横木の部材は、ちょっと気を抜くと、シャツやズボンに引っ掛かりかねない。蟬の鳴き声以外に、何一つ物音のしない廃村なのだ。ちょっとした物音で、正岡満と並木将隆に、自分たち以外の人間がいると悟られてしまう。

蝸牛《かたつむり》の歩みのように、日下たちは、周囲に目を配りながら、土壁の隙間を通り抜けてゆく。鼻から埃を吸い込むと、くしゃみをしたくなる可能性もあった。示し合わせたわけでもないのに、二人ともいつの間にか、口呼吸していた。

「私が聞きたいのは、そんな話じゃない」

ふいに、男の胴間声《どうまごえ》が耳に飛び込んできた。

「いいや、あなたは、私の話を聞かなければなりません。もしも、拒絶するのなら、あなたは大事な孫娘に、二度と会えないことになりますよ」

別の声がした。こちらは冷静というより、感情のまったく籠らない口調だった。

「そんな下らない脅しに屈するほど、私が甘い人間だと思っているのか。晴美をどこへやった」

次第に、声がはっきりと、明瞭に聞き取れるようになった。

その時点で、日下は思いつき、ズボンのポケットから携帯電話を取り出すと、カメラのアプリを立ち上げて、動画撮影を開始した。液晶画面には、隙間の外の眩しいほど明るい地面が映し出されているだけで、正岡満や並木将隆の姿は映り込んではいない。それでも、二人が交わしている声は確実に録音される。

「お孫さんの居場所を知りたいのなら、十年前に、あなたが犯した罪を洗いざらい告白しなさい」

「下らないことを、何度も繰り返すんじゃない。何のことだか、さっぱりわからん。どうせ、晴美はこの近くのどこかに逃げ出せないようにして、隠しているんだろう。すぐに見つかるさ」

土壁の際からわずかに顔を出して、日下は二人に目を向けた。刺すような陽射しの中に、長身の正岡満と肥満体の並木将隆が対峙《たいじ》していた。

「ここらの山々が、どれほど広大で緑が深いか、お分かりでないようですね。私が教えない限り、あの少女のいる場所は誰にも分かりません」

「そんなものが、脅しになると思っているのか。私はこれまで、数えきれないほどの修羅場をくぐり抜けてきたんだ。さあ、はったりは終わりにして、晴美を解放しろ」

正岡満と並木将隆のやり取りが、低く続いていた。その間も、日下の耳に嵌めたインターカムには、指揮本部からの連絡が次々と入っていた。

《日下、応援部隊が、天竺村入口に到着したぞ》

《村入口の捜査員は、南側に包囲網を築け。絶対に、二人を逃走させてはならん》

「どれほど追い詰められても、あなたは決して、自分の罪を認めないだろうと思っていましたよ」

「さっきから言わせておけば、私が何かしたと出鱈目《でたらめ》ばかり並べ立てているが、どこにそんな証拠がある」

携帯電話を構えたまま、日下は水谷を見やった。

水谷が、歯を食い縛っている。

並木将隆は、ここに日下たちが潜んでいることを知らないはずなのに、十年前の誘拐事件に一言半句すら触れようとしない。用心深いというよりも、本能的な警戒心が為《な》さしめているのだろう。

「証拠ならあります。十年前、あなたの甥は重度の腎臓疾患に陥り、臓器移植を希望するレシピエントだった。その事実を把握していた臓器移植コーディネーターの佐田亜佐美さんが、三年前の夏、私の勤めていた病院に緊急入院して、私が手術を執刀しました。その全身麻酔が切れかけたとき、たまたま病室を訪れた私は、彼女が麻酔から覚めかけた興奮状態の中で、何度も口にするのを耳にしました。《聡子ちゃんを助けて。天竺村に――死んでしまう――》と。全身麻酔を施された手術後の患者に、こうした現象が起こることを、あなたはご存じないでしょう。しかし、けっして珍しくない現象なんです。麻酔のかかった意識をコントロールできない状態で、心の奥底に鬱積しているトラウマが口を突いて出てしまうんだ。その言葉通り、最近になって、この村で聡子の遺体が発見されました。あなたが親戚の玉村宏という男に誘拐させて、ここへ閉じ込めたんです」

正岡満のいまの言葉を耳にして、日下は、最後まで解けなかった謎の一つが氷解したと思った。病室で佐田亜佐美の無意識の叫びを耳にして、正岡満は真っ蒼な顔で病室から飛び出したのだ。

正岡満が続けた。

「――そして、あなたがここに来ていることが、何よりの証拠です。私はあなたへの電話で、《並木将隆が十年前に誘拐させた正岡聡子を隠した場所まで来い》と言いました。天竺村へ来いとは言っていません。警察が一切公表していないこの場所に、あなたが来た。これこそ動かぬ証拠だ」

「自宅から外へ出たときに、見ず知らずの男から、お孫さんを誘拐した犯人は天竺村にいますよと言われたからだ。その男が、どこの誰かは知らん」

「どうしても罪を認める気がないのなら、残された道はただ一つのようですね」

日下は、正岡満が手術用のメスを並木将隆に向けるのを目にした。

「それで、俺を刺し殺す気か」

「聡子がもうこの世にいないと考えざるを得なくなったとき、私は自ら命を絶ち、あの世で娘に再会することを考えました。でも、それを思い止まったんです。私は医者なのだから、病気や怪我で苦しんでいる患者を救うのが、真の役目ではないかと考え直したからですよ。わずか十二歳で逝った聡子の分まで、ほかの子供たちを助けてあげたい。これから先は、自分を捨てて、一人でも多くの苦しんでいる人たちを救うんだと、医療の仕事に打ち込みました──」

それまで感情というものがまったく籠っていなかった正岡満の声が、しだいに涙声に変わってゆく。

「——そういう生き方をすることで、病気から回復した患者さんたちの喜びに満ちた顔の中に、私は聡子の笑顔を見出していたんです。あの子が、私に向かって微笑んでいる。元気になった喜びに、歓声を上げている。ところが、三年前、娘の誘拐に臓器移植の問題が関わっていたと、私は知ってしまった。そのとき、私はもう医者でいることはできないと思ったんだ。そして私はいま、あなたの孫娘を誘拐した。それがどれほど罪深いことか、私自身が一番よく知っている。だから、ここであなたを殺して、私も死にます」

「やれるものなら、やってみろ」

並木将隆が大声を張り上げた。だが、その言葉は震えており、明らかに動揺が滲んでいた。

インターカムから島崎の絶叫が響いたのは、そのときだった。

《岸本たちが、並木将隆の犯行の証拠を確認した。ただちに、マル対と並木将隆を確保せよ》

その刹那、日下の意表を突いて、水谷がいきなり隙間から飛び出した。

日下も慌てて、その後に続く。

十メートルほど離れていた場所で、二人の男が激しく縺《もつ》れ合っていた。両名とも凶器を手にしている。

「やめろ——」

絶叫とともに、水谷が正岡満を庇《かば》うようにして躍り込んだ。その瞬間、並木将隆の突き出したナイフが、水谷の左腹部を刺し貫いた。

日下も正岡満を猛然と突き飛ばすと、押し倒すようにして地面に転がった。

一拍遅れて、背後から現れた三人の捜査員たちが、並木将隆の両腕を取り押さえた。

「放せ、私は被害者だぞ」

並木将隆が、怒鳴り声を張り上げた。さらに二人の捜査員が、次々と覆い被さってゆく。

日下は激しくもがく正岡満を押さえ込んだまま、傍らの地面に倒れている水谷に叫んだ。

「大丈夫か。無茶をして、いったいどうしたんだ」

腹にナイフが刺さったまま、苦悶に顔を歪めて、水谷が口を開いた。

「係長――私は、とんでもないことをしてしまいました」

声が震えていた。

「何をした」

「捜査で知り得た情報を、喋ってしまったんです」

「誰に」

「正岡満さんにです――」

日下は言葉がないまま、一瞬、組み敷いている正岡満と目が合う。

固く目を瞑ったまま、水谷が続けた。

「あまりにも可哀そうで、少しくらいならと思ってしまったんです。正岡さんの苦しみを目の当りにして、何かしてあげたくなって――馬鹿でした。私のせいで――」

「どこまで話した」

水谷が一瞬目を見開き、言った。

「すべてです。レシピエントの順位や佐田亜佐美、玉村宏、そして並木将隆のこと――」

日下には、思い当たるものがあった。携帯電話に電話が掛かってきたとき、水谷が出ようとしなかったことがあった。あれは、正岡満からの電話だったのだ。

水谷の目に、涙が溢れそうになっている。自分の仕出かしたことの愚かさに、どうしようもないほど情けない気持ちに襲われているのだ。

そのとき、日下のインターカムに、島崎からの短い連絡が入った。それを耳にすると、地面から懸命に首を浮かしたまま、死に物狂いで抵抗を続けている正岡満に怒鳴った。

「正岡さん、もういいんです。復讐する必要なんてない」

「それでは、その男は、何も失わない」

「いいや、それは違う。玉村宏の友人が、先ほど緊急逮捕されました。玉村がアパートに隠した証拠を持ち出そうとしたんです。それは、スマホでした。そのスマホから、並木将隆が誘拐を命じた証拠が見つかりました。並木将隆の卑劣な犯行は、白日のもとに晒されます――さあ、晴美ちゃんの居場所を教えてください」

正岡満が声を失ったように、驚愕の表情を浮かべた。

日下は相手の目をまっすぐ見つめて、言葉を続ける。

「あの男は法で裁かれ、最愛のお嬢さんを奪ったことに対する厳罰を、必ず受けることになります。聡子ちゃんの笑顔は、あなたの心の中に必ずまた甦ってきます」

正岡満が目を瞑る。瞼《まぶた》から涙が零れて、その頭部が力を失ったように、廃村の黒々とした地面に落ちた。

日下の耳に、蟬の大合唱が戻ってきた。

# エピローグ

高い杉木立に両側を囲まれた山道を、日下は登っていた。

九月に入ったというのに、まだ蒸し暑く、山特有の青臭い匂いが漂っている。

これから、谷口周作の家を訪れて、事件が落着したことの報告と、改めて捜査協力へのお礼を述べるつもりだった。

歩みを進めながら、様々な思いが胸の裡に渦巻いているのを、彼は感じていた。

正岡満は、すべてを告白した。並木邸の近くで待ち構えていて、母親が目を離したほんのわずかな間に、並木晴美を車で連れ去ったと。そのうえで、車内から携帯電話で脅迫電話を掛け、そのまま天竺村に直行したのだった。

正岡満の自供により、並木晴美は見つかった。天竺村から北へ、細い山道を入った林の中に停められていたトヨタ・クラウンの中で、眠っていた。車はエンジンが掛かったままの状態で、クーラーも利いており、後部座席に横たわった並木晴美は、睡眠薬を飲まされて眠っていただけで怪我はなかった。

子供に怪我はなかったものの、人を誘拐したという事実は絶対に消えない。だが、情状から考えて、執行猶予の付いた量刑が下される可能性はあるかもしれない。正岡満の公判には、その人柄について陳述する弁護側の証人として、彼が情熱を傾けて臓器移植の手術を行った患者たちの三人の親と、植竹末男医師が出廷することにもなっている。

取り調べに対して、正岡満は、玉村宏と並木将隆のことを匿名の手紙で知ったと言い張った。その手紙は、天竺村近くの雑木林で燃やしたとも供述した。

逮捕された並木将隆のことに、日下の思いは移ってゆく。

牧原健二から押収した玉村宏のスマホには、正岡聡子の誘拐を命じた並木将隆の音声がはっきりと録音されていた。玉村は複数所持していたスマホの録音機能を使って、並木将隆とのやり取りを録音し、それを自宅押し入れの天井裏に隠していたのだった。牧原は警察から事情を訊かれるうちに、十年前に玉村に金を貸して、それを取り立てようとしたとき、近々大金が手に入ると言っていたことと、玉村が高校生のときに、押し入れの天井裏に煙草を隠したという話を思い出したのである。競馬で大損し、複数の金融業者に借金を拵えてしまった牧原は、藁にも縋る思いで、玉村の残したものを捜し、結果として誘拐事件の真相が明らかになったのだ。

予想通り、取り調べに対して、最初、並木将隆はいっさい犯行を認めようとしなかった。目の前で、玉村宏が残したスマホの音声が再生されたものの、自分の声ではないと頑強に言い張った。だが、その音声が声紋分析に掛けられて、並木将隆の声である可能性が九十九パーセントという鑑定結果が出たことによって、ついに犯行を全面自供したのである。

並木学園の理事長が、十年前の少女誘拐事件に関わっていたという報道は、世間を震撼《しんかん》させた。連日のようにテレビのワイドショーやニュース番組で、この件が取り上げられている。並木学園からの退学者も続出しているという。並木将隆は理事長を解任され、並木孝明も自ら並木学園の秘書室長を辞したという。

玉村宏が並木将隆とのやり取りを録音したのは、保身のためもあっただろうが、その音声をネタにして、さらに金を強請《ゆす》るつもりだったのかもしれない。

並木将隆の自供で、佐田亜佐美の十年前の行動も明らかになった。佐田亜佐美は正岡聡子ちゃんが戻ってこないことを知り、天竺村に救出に訪れていたのだ。谷口周作がかつて、天竺村で女を見かけたと証言していた。その女とは、死に物狂いで正岡聡子を捜す佐田亜佐美だったのかもしれない。ただ、玉村宏が目印として伝えていた廃屋の裏手の掘り抜き井戸は、十年前には土砂に覆われてしまっており、見つけることができなかったのだろう。裁判の過程で、彼女の罪も世間に知られることになる。法的には当然のことだが、あの不幸な女性が断罪されることに、日下はやりきれない気持ちを抑えられなかった。

佐田亜佐美の弟の康彦も、間違いなく辛い思いをするはずだ。家庭崩壊の危機に直面するかもしれない。しかし、姉の捨て身の愛情を思えば、最後には許すことができるのではないだろうか。

ふと顔を上げると、山道の先で杉木立が途切れて青空が覗いていた。その坂道の上がり端に、谷口周作が立っていた。

「おおい、刑事さん――」

「谷口さん、ご無沙汰しています」

息の上がっている日下も、大きく手を振る。

谷口周作が近づいてきて、人懐こい笑顔で言った。

「本当によう来なすったな。うちの椎茸を焼いて御馳走しようと、娘が用意して待っているよ。山菜の炊き込みご飯も炊いてあるし、キノコ汁もあるから。たんと食べていきなさい」

「その節は、本当にお世話になりました」

日下は頭を下げた。

「いいや、そんなことはいいんだよ。――あれ、もう一人の若い刑事さんは、どうしたんだい」

つかの間、日下は言葉に詰まる。

今回の事件が落着した後、腹を刺されて入院中だった水谷は、捜査情報を正岡満に漏らしたことを自分の口から飯岡に告白した。その場に、日下も居合わせた。だが、嗚咽とともに滂沱《ぼうだ》の涙を流す水谷に、飯岡は厳しい表情のまま何も言わなかった。

その後、飯岡が島崎と電話で長々と話し込んでいるのを、日下は小耳に挟んだ。そして、再び水谷のもとを訪れた飯岡が、病院から刑事課の部屋へ戻ってきたとき、誰にともなく言ったのである。

《水谷は、依願退職した》

水谷から情報を得たことについて、正岡満が頑として口を閉ざしている以上、彼の警察官としての不祥事を裏付ける人間はいない。万が一の場合には、監察官の厳しい追及を含めて、すべての責任を自分一人が被ることを覚悟の上で、飯岡は不問に付したのだろう。来年の三月で定年を迎える島崎警部も、若い警察官の失態に目を瞑ったまま、警察官稼業から退くつもりに違いない。

日下は、谷口周作に言った。

「水谷でしたら、警察官を辞めて、実家の宿屋を継ぐことになりました」

「そうだったのかい」

満足したように、谷口周作はうなずいた。

二人は、坂になった山道を登りきった。

森が開けた左手に、雲一つない紺碧《こんぺき》の空が広がっていた。

日下はその光景に思わず目を奪われた。

蒼穹を背景にして、折り重なる山並みが、はるか彼方まで続いている。

鮮やかな緑に覆われた山々の上空に、一羽の白い鳥が、力強く羽ばたいていた。

天に向かって、子供の魂が、まっすぐに昇っていくように。

本作品はフィクションであり、
実在の個人・団体・事件などとは
一切関係がありません。

本書は書き下ろしです。

翔田 寛（しょうだ・かん）

1958年東京都生まれ。2000年「影踏み鬼」で第22回小説推理新人賞を受賞し、デビュー。01年「奈落闇恋乃道行」で第54回日本推理作家協会賞（短編部門）候補となる。08年『誘拐児』で第54回江戸川乱歩賞受賞。14年「墓石の呼ぶ声」で第67回日本推理作家協会賞（短編部門）候補に。17年『真犯人』で第19回大藪春彦賞候補になり、同作は18年にWOWOWで連続ドラマ化。他の著書に『冤罪犯』『黙秘犯』『人さらい』など多数。

編集 中村 僚

# 二人の誘拐者

二〇二四年九月二日 初版第一刷発行

著者 翔田 寛
発行者 庄野 樹
発行所 株式会社小学館
〒一〇一－八〇〇一 東京都千代田区一ツ橋二－三－一
編集 〇三－三二三〇－五九五九 販売 〇三－五二八一－三五五五
DTP 株式会社昭和ブライト
印刷所 萩原印刷株式会社
製本所 株式会社若林製本工場

 ISBN 978-4-09-386726-9